LE THEATRE DES DIVERS CERVEAVX DV MONDE.

AVQVEL TIENNENT PLACE,

selon leur degré, toutes les manieres d'esprits & humeurs des hommes, tant louables que vicieuses, deduites par discours doctes & agreables.

Traduict d'Italien, par G.C.D.T.

A PARIS,

Pour IEAN HOVZE, au Palais, en la gallerie des prisonniers, pres la Chancellerie.

M. D. LXXXVI.

AVEC PRIVILEGE DV ROY.

RAICT DV PRIVILEGE
du Roy.

LE Roy par ſes Lettres patentes données à Paris le ſeptieſme iour de Feb-
urier 1586. ſigné Yuer, eſt permis à Iean
Houzé Libraire à Paris d'Imprimer
ou faire Imprimer *Le Theatre des di-*
uers Ceruaux, traduit d'Italien en François, Par
Gabriel Chapuis, pendant le temps & terme de
neuf ans: Et deffenſes à tous autres Libraires &
Imprimeurs d'en imprimer ny faire imprimer
vendre ny diſtribuer autres que ledict auroit
faict imprimer, pendāt ledict temps de neuf ans,
ſur peine de confiſcation deſdicts Liures & d'a-
mande, arbitraire cóme plus emplement eſt declaré en ſes Lettres données à Paris le iour & an
que deſſus.

A NOBLE ET TRES-VER

TVEVX, PIERRE HABERT

Conseiller du Roy, Secretaire de sa
Chambre, de ses Finances, & de la
Maison & Corône de France: Bailly
de son Artillerie, & Garde du seel
d'icelle. &c.

Onsieur, attendant chose plus digne
de vous, & accôplie de tous poincts
côme vous estes accomply de toutes
vertuz, i'ay osé, veu vostre facilité & humanité si grande, vous acheminer ce Theatre des diuers Cerueaux, procedé d'vn gentil Cerueau Italien, & faict François, par
nostre accoustumé labeur, & diligence. Ie
croy que vous aurez du plaisir, à remarquer
selon vostre grand iugement, quels sieges y
doiuent tenir, tant de nobles Esprits, & ra-
res Cerueaux, qui embelissent la Court du
plus grâd, magnanime & Religieux Prince
du monde, entre autres, ce Phœnix des bons
Cerueaux: cet exemplaire de toute vertu, &

A ij

d'vne miraculeuse memoire, vous le conoiſ-
ſez ſans que ie le nomme, & vn bon nōbre
d'autres, leſquels par leurs perfections, pa-
roiſſent & eclairēt entre vne infinité d'hō-
mes lettrez, comme le Soleil entre les autres
eſtoilles. Bref vous aurez du plaiſir & contentement d'y aſſigner lieu propre & pecu-
lier, à vn nombre infiny d'autres cerueaux,
de quelque humeur qu'ils ſoient menez en
ce miſerable temps, où le vice ha prins tel
pied & racine, qu'il ſemble brauer la vertu
& luy tenir le pied ſur la gorge. O temps!
ô mœurs! Ie prie Dieu de changer tellemēt
les bizarres ceruaux des hommes, qu'en fin
l'hereſie face place à la religion, le vice à
la vertu, l'hypochriſie à la verité, la ſimula-
tion à la ſincerité, & les mauuais aux bons.
Paſſez donc icy le temps: & ce pendant ie
prieray Dieu:

Monſieur, vous donner en ſanté tres-
heureuſe & longue vie. De l'Vniuerſité ce
20. May. 1586.

Voſtre tres-humble & tres-affectionné
ſeruiteur, Gabriel Chappuys.

PREFACE,

LE THEATRE DE l'Hauteur aux spectateurs.

NE trouuez chose merueil-leuse, tresnobles specta-teurs, de voirles merueilles antiques estre susciteés de nostre temps : comme si le siecle present, differât de ceux là qui sont passez, en la maniere que le fer rouillé dif fere de l'or, requeroit choses moin dres : ne vous esmerueillez dy-ie, voyant les Theatres, vniques exé-ples de la grandeur Romaine, se former auiourd'huy, & se presen-ter deuant voz yeux ornez & ceïts ou entournez des plus beaux or-nemés, que les modernes ouuriers ayent peu recueillir & tirer des

anciens & vieils Architectes. Car
bien que les forces des nepueuz
soient inegales à celles de noz ancestres, les esprits neantmoins des
modernes ne sont tels, qu'ils se laiss
sent vaincre & surmôter d'eux: ains
par vne singuliere grandeur d'enté
demét, ils aspirent aux choses mesmes, voire à plus grandes, comme
il est aduenu, à nostre Ouurier, lequel tref-debile de force & valeur,
a voulu neantmoins par vne tref-
haute hardiesse & entreprinse es-
sayer de bastir vn Theatre, nõ toutesfois materiel, mais intellectuel,
pour plusieurs conditions (se re-
mettant au iugemeut des autres)
ou egal ou superieur à ceux des anciens. Me voicy en prospectiue de
uant voz yeux: daignez voir les por
tes, les arcs, les sieges, & vous rédre
en tout & par tout diligens specta

teurs de mõ edifice, & vous verrez
la hauteur, la capacité & la grãdeur
ou egaller ou surpasser celle de tous
les autres Theatres precedens. Ie
me reiouy en moymesme, pource
que ie me voy pouuoir contẽdre &
debatre en partie, auec celuy de
Marcellus basty à la Dorique, & à
l'Ionique ensemble auec ses triglif *Theatre*
fés, metopes, colonnes & bases de *de Mar-*
cellus.
singulier ornement, pource que
i'ay deux ordres d'artifice, quasi le
Dorique & l'Ionique aussi: l'vn de
louange artificielle, l'autre de blasme, comme vous pouuez voir, &
i'ay pour bases & pour colonnes,
certains cerueaux & grãds esprits
(ce qui me sert d'ornement particu
lier) ornez de mille bordures, & d'ĩ
finies palmes & trophées. Ie ne pẽ *Theatre*
se deuoir ceder en capacité & grã *Scaurus.*
deur à celuy d'Emili° Scaurus, veu

A iiij

qu'il ne comprenoit en son tour
& pourpris plus de septante mille personnes : & ie tiens (si ie ne
m'abuse)en mes tresamples & spa
cieux sieges, tous les hommes qui
sont au monde. Ie pourrois, mais
ie ne le veux, me preferer, sans autre chose, à celuy que le superbe
& victorieux Titus Quintus Flá-

Theatre de Flam-minius.

minius bastit, auec l'ayde de soixante mille esclaues, veu qu'il est
tout certain & manifeste, qu'vne
grande structure& edifice est plus
honorable, quand il est faict &
cóposé par vne seule persóne,que
par plusieurs congregees ensem-
ble.Ie pourrois aussi, si ie voulois
me vanter & glorifier de quelque
concurrence à celuy de Pompee,
lequel, par vne grande multitude

Amphi-theathre de Pópée.

de Paintres, fut par le commandement de Neron, tout mis en

or , en vne seule nuict, afin de le
monstrer, le iour ensuiuant, au
Roy des Armeniens : au lieu que
i'ay esté par vn seul Paintre , en
peu de iours, sans modelle d'autre
deuant luy, & basty & orné tout
ensemble, par l'estude indefati-
gable, & trauail inuincible de l'es
prit d'iceluy. Trouuerez vous pas
que ce mien Architecte ait beaucoup faict, reprenant quasi comme vn Antée nouueau, du bas de
la terre, où l'enuie le tient enseue
ly, vne courageuse force & vigueur, à ces entreprinses de Thea
tres, tant magnanimes & gene-
reuses? a il pas introduit , comme au cheual Troyen , vne si
grande quantité d'Heroz en
mes sieges, qu'il me fait reputer
à la seule apparence telle que
ie demonstre exterieurement,

vne treſſuperbe machine ? M'a il
pas faiſt au moyen de ces cerueaux pacifiques & tranquilles, en la
maniere du magnifique Temple de
la Paix, iadis edifié à Rome? m'a il
pas faiſt vn Arſenal Pireen, par les
hardiz, braues & belliqueux? vn
ſimulachre de Iupiter Olimpique,
par les Iouiaux? vn Temple de Minerue, par les ſages? vne Forteref-
ſe d'Athenes & de Sion, par les
vertueux? Vn mur de Babylone,
par les ſtables & fermes? Vn Licée
de Platon, au moyen des doſtes &
ſçauans? Vne Tour de Phare, par
les accorts? Vn Coloſſe Rhodian,
par les graues? Vne Piramide du
Nil, par les ſubtils & aiguz? Vn
temple de Diane Epheſienne, par
l'entrée des vertueux ' Or quelle
grandeur me pouuoit il donner
plus grande. Les cercles, rondeurs,

eſtudes, Obeliſques antiques, les
Termes de Diocletian, la Machine d'Adrian,le Pantheon tant ſuperbe, me feront quaſi dire,qu'ils
n'ayent concurrence ſuffiſante &
egalle à ceſte mienne grandeur : &
n'eſtoit que ma gloire eſt fort dan-
gereuſe,à cauſe du mauuais peuple
qui a prins place aux plus bas ſie-
ges,entré par force au dedans,i'oſe-
rois dire,que quant au ſuperbe baſtiment, ie ſuis vn autre Olimpe,
ſouſtenu nó par la force & valeur,
ains du grand eſprit au moins d'vn
nouueau Atlas.Mais ceſte treſ vile
canaille me ruine, pource qu'elle
m'occupe indignement tant de ſie-
ges, & auec vne ſi grande preſomption & inſolence, que d'vn Theatre treſ-noble , ie ſembleray para-
uanture à quelqu'vn faiƈt & deuenu vne eſtable treſ-deshonneſte,ou

vne cuisine de personnes viles &
basses seulement. Les Vains me
feront sembler & paroistre vne
vanité du monde: les inconstans,
vne legereté de ieunesse : les Curieux, vne vraye curiosité exterieure : les delicats & dedaigneux,
vn mont de siente fumeuse : les
passionnez vn labyrinthe obs-
cur, & tenebreux:les ocieux, & pa
resseux me feront paroistre vn
songe transitoire: les morts & insensez, vne roche : les Goffez &
lourdauts, vne pure gofferie : les
timides, & irresoluz, iustemét vne
brouillerie:les debiles & lourds,
vne cabanne de paisan: les des-
pourueuz de soin & memoire, v-
ne fausse imagination, les sots &
simples, vne simplicité & bestise:
les diminuez, vne cuue de celles
de Bergame: les vuides, vn hospi-

tal de fols de Milã. I'ay peur que
les cauſeurs & langúagers me faſſent ſembler vne chaire de chan-
ſons. & baliuernes: les Pedantéſ-
ques & Sophiſtiques, vne eſcole
puerile : les Glorieux & Scauan-
tereaux, vne proſpectiue de Pain-
tres:les Glorieux & ſolennels,vn
chaſteau baſty en l'air : i'ay peur
que les inciuils me faſſent ſembler vne maiſonnette de paiſan:
les ignorans, vn pilier, qui ne ſe
moune: les doubles & malicieux,
vne de ces Galeaces Venetiennes,
de la flotte,quand elles deceurent
& abuſerent la flotte ennemie:
les Bouffons, vne ſcene de Come
diens:les Diſſoluz,vne table pour
gourmãder & iouer:les ïmoderez,
vne machine temeraire & arrogã
te:les Vicieux,en general,vn bar-
querot deſioinct de toutes parts:

En fin i'ay peur que les non repoſez, qui n'ont aucune ceſſe, me faſſent ſembler vne maiſon caduque & rompue, les Contentieux, vne ſale du Criminel:les Malins & peruers, vn Conciliabule d'iniquité: les faſcheux & audacieux, vn vieil eſcueil de mer, rompu & caſſé : les Melancholiques & ſauuages, vne foreſt de beſtes:les Alquimiſtes, vne boutique de phiole,chapelles & Alēbics:les Aſtrologues,vne ſphere toute rompue:les fols, vne choſe extrauagante:les Brutaux,vne eſtable de beſtes:les Terribles & endiablez vn Enfer:ceux qui font & ordonnent à leur teſte, vn baſtiment & fabrique,ſans meſure, ſãs ordre,& ſans aucun moyē, & ceux deſquels le diable(comme l'on dit) ne ſe veut mesler ny empeſcher,vne choſe trop fantaſtique & trop

extreme. Parquoy me trouuant en
ceste maniere, ie ne me veux pas
trop esleuer, de peur que ne m'ad-
uinst, tant plus grand seroit le saut,
par l'insolence de ces bestes, vne
plus grande descente, voire ruine.
Et pourtant ie me descouure & ma
nifeste volontiers aux yeux d'autruy tel que ie suis, afin que chacũ
me pouuant à son aise voir & con-
templer, des pieds iusques à la teste,
l'on voye, si ie suis vn Theatre, ou
vraiment vne chose estrange, & dif
ferente de ceste cy. Il est bien vray
que ie iuge & estime qu'en la maniere que les hideux masques, mis
& appliquez par artifice, aux belles
tapisseries de Flandre, les rendent
aux yeux d'autruy plus excellés &
merueilleux: ainsi pourroyent bien
d'auanture ces cerueaux difformes,
accommodez par l'art & industrie

de mon Architecte, me faire pareillement, de ceste part, apparoi-
stre vn Theatre Roial & seigneu-
rial. Regardez moy donc par le
menu, tel que ie suis, ie me tiens
ferme, & ne suis aucunement es-
meu, ny esbranlé par voz yeux &
presences.

TABLE DES DIS-

COVRS.

B ij

B iiij

TABLE DES AVTEV

alleguez en cete œuure.

B

Balde

Balthasar Castiglioni

Baptiste Egnace

Benoist Varchi.

Bernard S.

Bernia

Berose

Bias

Boetius

C

Cariston

Cassiodore

Celius

Cristofle Parisien

Ciceron

Cirille

S. Ciprian

Claudian

Clearque

Concile d'Ispal

Corneille Tacite

Crates

D

Damascene

Dante

Dauid

Democrite

Demosthene

Didimus

Diogenes Laertius

Diomedes

Dionisius Areopagite

Dominique Venier

E

Elian

Empedocles

Ennius

Epicarm?

Epicuro

Esaie

Esope

Endoxe

Euphron	Hieremie
Euripide	Hierocles
Ezechiel	S. Hierofme

F

	Hoichilaco
Fabius Galeota	Homere
Fabius Quintilianus	Hortulan
Fortunius Spire	Horace Poete
François Marie Molza	
François Petrarque	**I**

G

	Iamblic
	S. Iean
Galen	S. Iean Chrisostome
Giacopo Bonfadio	Iean Boccace
Gilgilides	Iean Guidiccion
Gorgias	Iean Picus
S. Gregoire Romain	Iean Textor
S. Gregoire Naziazene	Iean de Tabia
Guglia Poete	Ioel Prophete

H

	Ioseph Hebrieu
Hamai Rabbin	Ioseph Salernitan
Halicarnaffe	Isidore
Herarlide	Isocrate
Herodote	Iulian Goselini

Iulius Camille

Iulius Firmicus

Iulius Morigi

Iustinian Empereur

Iustin historien

Iuuenal

L

Lactance Firmian

Laura Terracina

Lincee Poëte

Lisides

Louis Arioste

S. Luc

Lucain

Lucrece

Lucian

Luigi ou Louis Groto

Luigi, ou Louis Tran-
fillo

M

Macrobe

Manetius

Marc Aurele

Martial

Martian

S. Matthieu

Mercure Trifmegifte

Modeftin

Moife

Moriene

Mufée

O

Oldracus

Orphée

Ouide

P

S. Paul

Paufanias

Philemon

Philon	Raimond Lullius
Philostrate	Remy Florentin
Pierre Bembe	Rosin
Pierre Gradanice	
Pindare	
Pisistrate	
Pithagore	**S**
Platon	Salomon
Plautus	Saluste
Pline	Saxon Grammerien
Plotin	Second
Plutarque	Seneque
Pomponius legiste	Simmacq
pomponius Spreti	Simonides
Porphire	Sinesius
Priscian	Socrate
Pronape Poete	Sophocle
Properce Poete	Solin
Ptolomee	Stisbon
	Strabon
R.	Strozza pere

Suidas

T

Terence
Theodontius
Theodoré
Tibulle
Tite Liue
Troge
Thucidide

V

Valere le Grand
Virgile
Victoire Colonne
Vgue de S. Victor
Vlpian

Z

Zenocrate
Zeroastre.

LE
THEATRE DES
DIVERS CER-
ueaux du mon-
de.

'ON trouue aucuns au monde ayans vne si grande persuasion & estime d'eux mesmes, qu'outre la sotte reputation, qu'ils monstrét dehors, par laquelle ils cheminét plus superbes que Paons, & volent plus haut que les Aigles:ont en l'esprit, au dedans, vne telle pensee imprimee, & ferme opinion, que l'on ne puisse aisément trouuer vn cerueau semblable au leur : & quand l'on chercheroit d'vn pole à l'au-

C

tre, & d'vn bout de la terre, aux
extremes limites d'icelle, il semble à telle maniere de gens, qu'ils
n'ont leur semblable, d'entendement & sçauoir, ny en la maniere
de se conduire & gouuerner, tant
ils sont allechez & aueuglez par
leur propre estime, qui les rend
vraiement fols & ridicules à l'endroit des hommes sages. O la grãde misere & infelicité de ces hõmes là, lesquels, tandis qu'ils se
hauffent d'eux mesmes, à vn degré tant eminent & sublime, sont
par le commun aduis, abaissez au
centre de la plus grande temerité
& sottise, qui se trouue au monde:
& ceste leur infortune ne procede
plus proprement d'autre chose,
que de se reputer trop eux mesmes: car il ne faut pas se reputer,
mais estre reputez, ou bien monstrer par effects au monde, que

l'hôme, au moins doiue estre tenu
& reputé. Cresus se tenoit le plus *Hardie*
heureux de tous, en monstrant ses *se de Cre*
thresors : mais le tressage Solon *sus.*
confondit sa temerité, par le propre iugement, reputé du monde
tresprudent & diuin. Alexandre *D'Ale-*
mesmement se tenoit pour le fils *xandre*
de Iupiter Ammon, immortel: *le grãd.*
mais la tourbe des Philosophes, se
moqua, à sa mort, par diuers Epi-
taphes, de la sotte persuasion
de l'immortalité receuë. Qui est-
ce qui s'est reputé d'vn cerueau
plus merueilleux, qu'a fait Sapor
Roy des Perses, qui s'appelloit *De Sapor*
Roy des Roys, compagnon des *Roy des*
Estoiles, & frere du Soleil & de la *Perses.*
Lune? & neantmoins il fut estimé
de tous, en ceste sienne vaine &
sotte pensee, vn fol des plus solennels & glorieux qui fussét au môde. Estant donc l'arrogance & te-

merité des hommes ſi grãde, qu'ils
preſument non moins de leur cer-

preſum- ueau, que faiſoit Marſias du ſié, &
ption de Thamiras, du chant: l'vn deſquels
Marſias trop audacieuſement enorgueilly,
& Tha- deffia Apollon à ſonner, & l'autre
miras. les Muſes à chanter, quant & luy:
    & aduenant le plus ſouuent à tel-

Phaeton les gens, ce qui aduint à Phaeton,
& Icare & à Icare preſomptueux, à l'vn,
preſom- pour le chariot, à l'autre, pour les
ptueux. ailes du pere, leſquels tombãs mi-
ſerablement tous deux, donnerent
matiere au monde de rire, & ſe
moquer de l'extreme arrogance
& preſomption de leurs eſprits.
I'ay entreprins & me ſuis chargé
de confondre les miſerables &
maladuiſez cerueaux, principalement de noſtre ſiecle, & mettre
vn miroir deuant les yeux, particulierement de ceux cy, qui preſument tant, auquel regardant, ils

puiſſent voir la deformité & laideur, qu'ils ont en eux meſmes: &
puis des autres, tandis qu'ils ſe re-
putent les plus beaux & merueilleux cerueaux du monde, comme
ils font ſouuent. Et pource que
les choſes oppoſees, quand elles
ſe mettent pres l'vne de l'autre,
rendent leur oppoſition plus claire, comme la lumiere ſe monſtre
plus claire, pres des tenebres, & la
beauté deuant la laideur: par ceſte raiſon, ie me ſuis aduiſé de diſcourir generalement de tous les
cerueaux & humeurs des hómes,
que i'ay reduicts à particuliers
chefs & determinez: & toucher,
par vn brief diſcours, les louables
& les vituperables, à fin que ceux
cy tant ſages en eux meſmes, entrent en cognoiſſance de leur propre arrogance & preſomption. O
Dieu immortel! qu'il y a de cer-

ueaux au móde, ie ne ſçay pas, ſi ie pourray iamais ſuffiſammét deter miner, vne ſi gráde diuerſité d'hu meurs, ou caprices, ou natures, ou cerueaux: cóme on les voudra nó- mer, ſi ie ne cherche vn cerueau plus grand que le mien, lequel ſoit meſlé de l'impreſſion & idee de celui de tous les autres. Mais quoy qu'il en ſoit, ainſi debile que ie ſuis, ie me mettray & hazarderay à ceſte tant haute entreprinſe, qui n'a onques eſté attentee, par vne vraye & derniere determinaiſon: & par paroles, ores graues, ores mediocres, & ores entremeſlees de plaiſir & gayeté, ſeló les ſuiets des cerueaux, que i'entreprédray d'ex- pliquer, ie ſortiray de ceſte om- breuſe foreſt, à eſclaircir generale- mét tous les cerueaux, par les louã ges & blaſmes qui leur cóuiénent.

Pour commancer donc, ie dy,

que laiſſant à part de traiter du cerueau, en la maniere que les Medecins & Philoſophes, leſquels conſiderent ſeulement le cerueau, cóme mébre premier & principal de la vie humaine, maiſon de l'ame raiſonnable, inſtrument & principe de toutes les vertus animales, cóme Galé le cóſidere, au premier *Conſide-* De Regimine ſanitatis, & au liure *ratió de* qu'il a fait, De iuuamento pulſus. Et *Galen* laiſſant d'en parler en la ſignifica- *touchant* tion, par laquelle il eſt prins pour *le cer-* l'eſprit humain ſeulement, ſuiuất *ueau.* laquelle ſignificatió Bocace a diȼt, *Comme* Combien qu'à la grandeur de vo- *Bocace a* ſtre cerueau, ce ſoit petite choſe: *prins ce* entendant par le cerueau, l'eſprit, *nom de* & voulant en parler, en ceſte par- *cerueau.* ticuliere ſignification ſeulement, *Comme* en laquelle il eſt communément *l'Au-* prins en tous les lieux d'Italie, *teur le* pour vne certaine humeur natu- *prend.*

C iiij

relle, ou iugement : ou pensée, ou
proprieté du cerueau, suiuant laquelle maniere lon dira, qu'Octa-

cerueau uian Auguste a môstré en sa vieil-
noble lesse vn noble cerueau, à sçauoir
d'Au- vne noble humeur, ne priant, en
guste. ce temps là, les Dieux, d'autre chose, sinon, qu'ils luy donnassent la
force de Scipion, la bien-vueillâ-
ce de Pompee, & la fortune de Cesar. Et se dira que C. Caligula a

Cerueau monstré vn cerueau fort terrible
diabo- & endiablé, à sçauoir vne humeur
lique de fantastique, de ceste sorte, desirant
C. Cali- que le peuple Romain n'eust
gula. qu'vn col, pour pouuoir les tuer
tous, d'vn coup d'espee. Ie trouue
qu'en la maniere qu'vn arbre ou
plante, se diuise en diuers troncs
principaux, & ses troncs se depar-
tissent en diuers rameaux, ainsi ce
nom de cerueau est diuisé en diuerses significations, ains especes

des cerueaux, nommez au monde:
car en fa premiere diuifion, il appert, que les vns veritablement fe
peuuent appeller cerueaux, pour
ce que par le iugement & efprit,
ils fe rendent dignes de ce louable nom. Les autres diminuans vn
peu de cefte perfection, diminuët
auffi du vocable, & f'appellët Cerueaux legers, en Italien, *Ceruellini*,
d'où, en la langue Latine, fe trouue le terme, *de Cerebrofus* : les autres diminuans encores plus, font
appellez de nous, *Cernelluzzi*:côme
retenans en eux la moindre partie du cerueau. Les autres degene-
rans & forlignans des premiers,
n'eftans toutesfois tãt imparfaits,
que les feconds, fe peuuent appeller de ce nom deriué du vulgaire, *de Ceruelleti*, petis cerueaux. Les
autres meritent ce fameux & re-
fonnant nom, de grans cerueaux,

Diuifion generale des cerueaux.

pour l'abondãce de cerueau qu'ils
poſſedent, & pource qu'en eux
conſiſte l'entiere perfeꝰion de
l'eſprit de l'homme. Les autres de-
pendans des extremitez, acquierent pluſtoſt blaſme, que louange,
& ſont appellez vulgairement de
nous, *Ceruellazzi*. Mais il y a vne
autre plus particuliere partition
ou diuiſion de Cerueaux, qui ſe
Diuiſion diuiſent tous en pluſieurs parties,
particu- comme par ſimilitude, lon a cou-
liere ſtume de diuiſer vn genre ſubal-
des cer- terne en ſes eſpeces : car de ceux
neaux. qui s'appellent Cerueaux, les vns
ſont les paiſibles & repoſez:les autres les Braues & belliqueux: les
autres les Iouiaux & alaigres : les
autres les facetieux : les autres,les
arguts:lesautres, les accords,fins&
ruſez:les autres, les vifs, prõts & eſ-
ueillez:les autres, les ſubtils, aigus
& de iugement: les autres,les ſça-

uans & entédus: les autres les vertueux & nobles. Les legers de cerueau se diuisent en vains, en remuans, legers, instables, inconstans, & lunatiques: en curieux, en
delicats, dedaigneux, despiteux,
capricieux & semblables : en passionnez, & descouragez. Ceux que
nous appellons, *Ceruellazzi*, eceruelez, establissent l'espece des
ocieux & paresseux, des morts, stupides, insensez & lourdauts, des
goffes, sans goust, sans grace, ineptes & miserables : des timides,
irresolus, embarrassez, & enuelo-
pez des debiles, bas, infirmes,
rebouchez, & lourds, des
despourueus de memoire, sans
soucy, & negligés: des sots & simples: des diminuez & de prime face, des desnuez & vuides. Les petits cerueaux que nous appellons,
Ceruelleti, contiennēt ces causeurs,

langagers & mordans, ces pedans
tesques & sophistiques : ces glorieux, & sçauantereaux, ces glorieux & solennels. Ces grands
Cerueaux sont aussi de plusieurs
sortes, pource qu'il y a les prati-
ques, & masles, les stables, massifs,
constans & forts, les libres, les re-
solus, & les hardis : les resentans,
les vniuersels, industrieux & ingenieux : les sages & graues, & les
Cabalistics. Ceux qui sont du tout
sans ceruelle, appellez de nous,
Ceruellazzi, comprennent finalement les lourdauts & inciuils : les
ignoräs, les doubles & malicieux,
les bouffons, les plaisans, les ba-
steleurs, & principalement les flateurs, les immoderez en auarice,
les ambitions : la naturelle fierté,
la temerité & l'impudence, & generalement les vicieux. D'auantage tombent sous ceste espece, tous

les fantaſtics , comme ceux qui
n'ont repos , & les rompus : les
eſtranges , les litigieux & contentieux , les malins & peruers, diuiſez en perfides, ou deſloyaux, pariures, mediſans & enuieux , les faſcheux & houtains, par l'ingratitude, pertinacité, & obſtination d'e-
ſprit, la rigueur & ſeuerité de nature, l'impieté & cruauté : les melancholiques & ſauuages : ceux de
l'Alquimiſte : ceux de l'Aſtrolo-
gue : ces fols & extrauagans : ces
fols furieux & brutaux : ces terribles, indontez , endiablez, entra-
uerſez, precipiteux , trepanez, bijarres , heteroclites : ceux qui en
donnent & font à leur fantaſie: &
finalement ceux, deſquels (comme dit le vulgaire , en commun
prouerbe)le Diable meſme ne ſe
veut empeſcher.

Ayant donc diſtingué en tant

de diuers fils, ceste grande toile du
ceruean humain, reste de considé-
rer seulement, l'vn apres l'autre,
quels, à bō droict, se doiuēt acce-
pter, & quels par demerite, se doiuent fuir & reprouuer. Parquoy
pour dōner vn bon ordre à nostre
propos encommencé, reprenant
les especes des cerueaux, lesquels
veritablement se rendēt ornez de
ce nom digne & glorieux, no° dirons que les cerueaux paisibles &
reposez, ausquels nous auons assi-
gné le premier lieu, en l'ordre particulier de ce nostre Theatre, sont
par merites & par raison, tresdi-
gnes de toute louāge & honneur,
& principaux à la gloire, qui les
accompagne & suit.

DES CERVEAVX
tranquilles & reposez.
DISCOVRS I.

EVT on pas bien dire, que là où regnent les cerueaux tranquilles, regne vne paix sereine, vne tranquillité doree, ains Dieu mesme, lequel est la mesme paix, & la mesme tranquillité, puis que le Prophete Royal met sa demeure au milieu de la paix, disant que, *Factus est in pace locus eius?* Et pour quelle occasió Hierusalé est appellee, és saintes lettres, cité de Dieu, là où Esaie dit: *Hierusalem ciuitas Sancta:* Sin on pource qu'estant ce nom vulgairement exposé, Vision de paix, nous est denoté, que Dieu n'a autre retraite ny repos, qu'és esprits, lesquels regardent seulement à la paix, & à la tranquillité? Nostre Seigneur a il pas en vn autre lieu, d'vne pure affection, appellé ces heureux là ses vrais enfans, disant, *Beati pacifici, quoniam filij Dei voca-*

Cerueaux.

Dauid.

Esaie.

buntur? Le dict de Platõ s'est trouué tresveritable & tressainct, quãd il a descrit l'homme pour vn animal tranquille & doux, car l'homme ne peut mieux demonstrer ce qu'il est, que de se descouurir en effect tel, sçauoir est paisible & humain, qu'il a esté faict de la nature. Pour ceste cause Aristote, au premier des Politiques a dict, que l'homme est naturellemēt vn animal politique & ciuil : à quoy Ouide se conformant, a dit aussi, *Candida pax homines, trux decet ira feras.*

C'est à dire que la paix candide est conuenable aux hommes, & l'ire cruelle, aux bestes. Ces esprits paisibles & aggreables seruent de grande beauté, de grand ornemēt, & honneur à l'estat commun d'vne Republique, ou d'vne Religiõ : car comme à voir le Ciel nubileux

& cou-

L'hõme descrit par Platon.

Aristote.

Belles cõparaisõs à propos de la paix.

& couuert , on ne ſçauroit voir
choſe plus hideuſe & eſpouuanta-
ble , & à le voir en paix , auec la
clarté accouſtumee de ſes flam-
béaux, on ne ſçauroit regarder cho
ſe plus belle , & plus plaiſante, &
comme la nuiɛt, auec les tenebres
& l'obſcurité , eſt ſeulemét la mere d'horreur : par la lumiere auſſi
de la Lune , elle emplit de ioye &
de plaiſir, les eſprits errans. Et l'o-
rageuſe mer agitee des vents,& de
l'impetuoſité des tépeſtes, ſemble
vne choſe trop terrible & eſpou-
uantable à voir : & quand elle eſt
bonace, calme & paiſible, c'eſt vne
choſe treſagreable,& vn ſpeɛtacle
de grande beauté & plaiſir à nos
yeux. Ainſi fait il tresbon voir vne
Republique , & vne Religion,
quand ayant retrāché le voile ob-
ſcur de la diſcorde, lon voit en maniere d'vne ſcene doree, le ioyeux

D

& agreable appareil, des esprits tranquilles, cois, pacifiques & seirains. Pour ceste cause Platon, és liures de la Republique, conseilloit l'vnion des citadins, à la defense & conseruation de tout le corps. Quelle plus parfaite vnion peut lon trouuer que ceste cy, où tous s'accordét à entonner ce tressainct & vrayement tresheureux nom de paix? Quel plus doux estat ciuil peut on voir, que d'habiter entre les cerueaux paisibles & reposez, qui donnét aux ames d'autruy, les delices de Paradis ? Pour ceste raison, sainct Augustin, au traicté, *De Verbis Domini*, louant la paix, a dict, *Pax serenitas mentis, trãquillitas animi, simplicitas cordis, amoris vinculum, consortium charitatis.* C'est à dire, la paix, serenité de l'entendement, la tranquillité de l'esprit, la simplicité du cœur, le

Platõ cõseilloit l'vnion entre les citadins.

S. Augustin a loué la paix.

lien d'amour , la compagnie de
charité. Et pourtant le Pſalmiſte
a dict: *Ecce quàm bonum & quàm iu-* *Dauid.*
cundum habitare fratres in vnum.
Voicy, qu'il eſt bon & aggreable,
que les freres habitent enſemble.
Qui fait ſembler & eſtre en effect
heureuſe, la vie eternelle des Heureux , ſinon ceſte paix, de laquelle
ils iouiſſét tresheureuſemét? Pour
ceſte raiſon , le Prophete Eſaie a *Eſaie.*
dict: *Sedebit populus meus, in pulchri-*
tudine pacis. Mon peuple ſe ſerra en
la beauté de la paix: expliquant la
felicité des heureux eſtre aſſiſe en
la beauté de ceſte paix. Et pour *S. Paul.*
ceſte cauſe, l'Apoſtre ſainct Paul a *Royau-*
bien dict aux Romains: *Non eſt re-* *me de Sa*
gnum Dei eſca potus : ſed & iuſtitia *lomon*
& pax. Le Royaume de Dieu, n'eſt tresheu-
viande & breuuage , mais iuſtice *reux à*
& paix. Par ſemblable raiſon, le *cauſe de*
Royaume de Salomon fut reputé *la paix.*

tresheureux, pource qu'il regna, selon le nom, & selon les progres, pacifique & tranquille en tout temps. Et pour ceste cause Boetius l'escrioit: *O fœlix hominum genus, si vestros animos, amor quo Cœlum regitur, regat.* O race des hômes heureuse, si l'amour qui gouuerne le ciel, regit vos esprits. Et partant, Iosephe Hebrieu estima la maisô d'Herode vn enfer, pource qu'il n'eut iamais paix, ny auec ses femmes, ny auec ses enfans, ny auec ses nepueux, ny auec soymesme. Parquoy le tresgentil Petrarque, sçachât comme la paix est profitable, a monstré qu'il la desiroit fort en ce Sonnet, qui commence,

La maison d He rode esti mee vn enfer.

    Che fai alma? che penfi? haurem mai pace?

Et à la fin de la chanson, où il dit en ceste maniere:

    Iuô gridando, pace, pace, pace.

Et ainſi le treſdocte Venier , au Sonnet, qui commance:

Mentre, miſera Italia, &c.

Entre les autres Symboles Pythagoriques, on lit ceſtuy cy aſſez plein de myſtere: Tu ne prendras le rouge. Où par vn ſecret caché, Pythagoras entend de nous perſuader la paix, & le repos, pource que ſelõ les Cabaliſtes Hebrieux, la couleur blanche attribuee à la dextre de Dieu , appellee d'iceux, *cheſed*, à ſçauoir clemence, ſignifie la benignité de l'ame, & ſon affabilité. Et la couleur rouge, vermeille & ſanguine, attribuee à la ſeneſtre, laquelle ils appellent *Geburah* , ſignifie la colere, le courroux & deſpit. Parquoy diſant que lon ne prénc le rouge, il nous conſeille auec myſtere & profondité, l'affabilité & le repos d'eſprit & du cœur. Reſte donc que les

cerueaux tranquilles & repofez,
honorez du premier fiege de noftre Theatre, foient, pour les fuf-
dictes raifons, honorez, par tout
le monde , de toute forte de
louange.

DES CERVEAVX BRA-
ues, valeureux & belliqueux.

DISCOVRS II.

A PRES ceux cy, viennent
les Cerueaux braues &
belliqueux, lefquels ont le
chef & les mains enuironnees de
palmes & de couronnes, ayans par
la hardieffe du cœur, par la force
du corps, & par leurs geftes victorieux & fignalez, affemblé & con-
gregé mille gloires & mille triomphes, à leur nom, à iamais faict fa-
cré , diuin , & immortel. Et à la
verité, la vertu militaire doit eftre

fort estimee & prisee, pource que
l'on n'acquiert pas moins, par le
moyé des armes, le chemin à l'immortalité, que par celuy des let- *Exemple*
tres tát louees & exaltees de tous. *de Scipiō*
Scipion Africain se glorifie dedãs *Afri-*
le Poete Ennius, de s'estre faict *cain.*
voye au ciel, par le sang, & occisió *Dict de*
des ennemis: à quoy Ciceron con *Ciceron*
sent aussi, disant, que par ce mes *touchant*
me moyen, Hercule belliqueux est *Hercule.*
monté au ciel. Mais deuant ceux *Iason*
cy, Orphee, antique Theologien, *mis en-*
colloqua au ciel, entre les Dieux, *tre les*
pour le mesme respect, le guerrier *Dieux,*
Iason, disant, *par Or-*

   Clarior in cunctis Diuus splendebat phee.
   Iason. *Exempl*
Iustin Historien, à ce mesme pro- *de Leo-*
pos, narre que Leonide de Sparte *nide de*
promettoit à ses soldats, apres la *Sparte,*
bataille valeureuse, vn tresioyeux *tiré de*
festin au ciel. Ainsi le tresdocte *Iustin.*

          D iiij

Iules Ca
mille
loue le
Dauphin
de Frã-
ce.

Camille, en l'Ode, pour la mort du Daulphin de France, l'a mis au ciel, difant:

Doue eri Marte fero,
Quando fali il tuo Sole,
Dando ftupor al ciel del noue lumez

Ce qui veut dire: Où eftois tu furieux Mars, quand ton Soleil eft monté, eftonnant le ciel, d'vne nouuelle lumiere ? C'eft la caufe

Valere le
grand
loue les
Romains

pourquoy Valere le grand, louant la vertu militaire des Romains, a dict, que cefte cy leur auoit acquis la principauté d'Italie, donné le Royaume de plufieurs villes, octroyé l'Empire fur plufieurs Roys, fubiugué des nations trefvaleureufes, ouuert les deftroicts & goulfes de mer, aplani les montagnes, & hauffé leur nom par deffus les eftoiles du ciel. Et pourtãt madame Victoire Colonne, louãt auffi la grande valeur de l'Empereur Charles V. & magnifiant fa vertu militaire, a dict que le ciel l'auoit efleu aux armes, pour exéple de fa vertu. Or qui dira que la valeur militaire ne foit digne de ces louanges & de plus grâdes encore, veu que tous les peuples & nations non feulement l'ont prifee, mais aussi reueree d'vn singulier honneur & veneration? Les Romains n'auoient vn Dieu, qui leur fust plus deuot & fainct, que Mars, Dieu de la milice, non pour autre refpect, que cestuy cy feul. Et les Lacedemoniens auoient de coustume de porter en leurs estendars, Mars enchainé, à fin qu'il ne peust partir d'auec eux, & que par fon moyen, ils eussent plus grande force de vaincre, & furmonter les ennemis. On lit aussi des Atheniens, qu'ils portoient la Victoire, Deesse de la guerre, depainte

Mars de
uot &
affettiô-
né aux
Romais.
Mars te-
nu lié
par les
Lacede-
moniës.
Victoire
depeinte.

sans ai-
les par
les A-
theniës.

Diomede
louë Ae-
nee en
Virgile.

sans ailes, à l'opposite de la commune painture, à fin de monstrer,
qu'ils estoiér fort estimez à la guer
ré, & qu'ils ne vouloient en forte
du móde que la victoire s'enuolât,
demonstraft faire peu de compte
de leur valeur militaire. Que vou-
loiét signifier les loyers, les triomphes, les couronnes donnees aux
braues soldats & Capitaines, de
ce siecle antique, sinon la grande
estime, & reputation en laquelle
ils auoient la vertu militaire? Diomedes en Virgile, en l'onziesme
de l'Aeneide, louant la valeur
d'Aenee, combien qu'il fuft son
ennemy & emulateur, veut que
les dons à luy apportez, du pays,
retournent à Aenee, quand il dit:
Munera quæ patriis ad me porta-
stis ab oris,
Vertite ad Aenean, &c.
Pline & Aule Gelle racontent

chofe merueilleufe, de la vertu & *Pline &*
valeur de L. Cicinius Dentatus, *Aule*
appellé par fon extreme hardieffe, *Gelle*
l'Achille Romain, qu'il fe trouua *louë L.*
en diuerfes batailles , fix vingts *Cici-*
fois, & en rapporta , par la partie *nius Dē-*
de deuant, quarante cinq coups, & *tatus.*
nul par derriere: & fur tout, qu'on
luy donna huiɛt couronnes d'or,
vne obfidionale , & de fiege, trois
murales, qu'il fut feize fois courō-
né de la Ciuique, outre les loyers
de quatrevingts trois chaines, plus
de cét foixãte braffelets , dixhuiɛt
haches, vingt cinq taffes, & d'auãtage, qu'il fe trouua neuf fois, au
triomphe, en la compagnie de fes
Empereurs. Voyla la gloire, voyla
donc la fplendeur , deuë aux braues & belliqueux cerueaux, admi-
rables & fignalez. Ce n'eft pas peu *Virgile*
de chofe , que le Poete Mantuan *loue E-*
ait efleué la valeur d'Euandre fur *uandre.*

tout autre , pour auoir occis de ſa
propre main , le cruel & terrible
Herile , lequel il faint auoir eu
ttois ames , pour ſignifier les pro-
digieuſes forces d'iceluy,

Et regem hac Herilum dextra, &c.

Troge &
Herodo-
te louent
Cinigere
Atheniẽ. Ce n'eſt peu de cas , ce qu'eſcriuét
Troge & Herodote , de Cinigere
Athenien , lequel en la guerre de
Perſe, ſuyuant les nauires de l'ennemy, qui fuyoient , arreſta de ſa
main droite, vne nauire des leurs,
eſtất chargee, & comme on la luy
euſt coupee, il y mit la ſeneſtre, laquelle aiất perduë, il y mit les dếts
& ſ'efforça d'vn grãd cœur & hardieſſe & d'vne force incredible de
la retenir: Et n'eſt peu de cas de
la valeur du magnanime & tres
Chreſtien Roy François, demon-
ſtree en la malheureuſe icurnee de
Pauie , tant celebree par le diuin
Arioſte en ces vers:

Vedete quante lancie, & quante spade
Han do gn'intorne il Re animo ocinto,
Videte chie'l destrier sotto li cade,
Nè per questo si rende,ò chiama vinto.

Par lesquels il veut dire, Voyez
combien de lames & d'espees ont
enuironné le vertueux Roy de
tous costez : voyez que son cheual luy est tōbé sous luy,& toutesfois il ne se réd ou repute vaincu.
La valeur de l'inuincible Prince
de Parme n'est peu de chose,louee
par Iulian Goselin, Poete moderne,mais rare & de bon iugement.
Que nous reste il pour parache-
uer les louanges de ceux cy , sinon
louer les ordonnances & les loix
militaires, par eux excellemment
gardees : les assauts, les escarmou-
ches,les batailles,les sieges,les de-
fenses, les répars,les ruses, les stra-
tagemes,les prises, les sacs, les victoires innōbrables obtenues par

Goselin
loue le
Prince
de Par-
me.

eux? Qu'est ce qu'il nous reste, sinó
de louer l'esprit, demonstré es ba-
stimés des forteresses, des citadel-
les, des bastiós, des bouleuers, des
fossez, des mines, des casemattes,
des scarpes, des côtr'escarpes, & de
mille autres ingenieuses inuétiós?
Que nous reste il, sinon de louer
la valeur, par laquelle ils iettent le
feu, les pierres, la poix, les dards,
les sagettes, les balles, & autres
choses sur les ennemis? Que nous
reste il sinon de là conclure par la
louange des vertus particulieres,
qui accópagnent bien souuent la
valeur militaire, comme l'a nota-

Annibal blement conclue Annibal Caro,
Caroloue en l'Ode Heroique tãt diuulguee
le Roy & espandue, au Roy Henry: où il
Hëry de dit,
France. Mirate al vincitore
       D'Augusto inuito, al glorioso Henrico;
      Come di Christo amico,

Con la pietà, con l'honestà, con l'armi,
Col solleuar gli oppressi, & punir gli·
     emp',
Non co' bronzi, o co' marmi,
Si va sacrando i simulacri & i tẽpi,

Voulant dire, Regardez au vain-
queur d'Auguste inuicible, au glorieux & magnanime Henry, lequel est cóme amy de Iesus Christ,
par la pieté, par l'honnesteté, par
la vertu, par les armes, soulageant
les oppressez, & punissant les meschans : & se va consacrát les simu-
lacres & les temples, non de bró-
ze & marbre.

DES CERVEAVX
alaigres & Iouiaux.

DISCOVRS III.

Discovrons maintenãt
d'vn peu des cerueaux Io-
uiaux & alaigres, lesquels
simbolisent fort auec les tran-

qrilles & repofez, eftant proprement l'alegreffe, vne tranquillité, & vn repos de l'efprit, des foucis & fafcheufes penfees, comme difent les fages. Ces gais & ioyeux cerueaux monftrent quafi le ferain du ciel, tant au vifage, par le dehors, côme au cœur interne : meflant enfemble les ris modeftes, les chants alaigres, les ieux plaifans, les recreatifs propos, les ioyeufes nouuelles, & geftes & contenances tant agreables, que les cœurs de tous imprimét en eux merueilleufement leur contentement & plaifir infiny & en demeurent fort efmerueillez. On ne peut à iufte raifon, blafmer vne telle allegreffe : pouruen qu'elle ne foit diffolue & immoderee, & qu'elle ne paffe les limites de l'hónefte, s'accoftant des plaifirs d'E-

Epicure. picure, qui a fait la vertu ferue d'i-

ceux

ceux:des ioyes de Sophocles , le- *Sophocles*
quel en son Antigone,a comparé
les côtempteurs d'icelles aux hô-
mes d'ame morte:des delices d'A- *Aristipe.*
ristippe , lequel a mis en icelles le
souuerain bien , & la souueraine
felicité de ceste vie:des plaisirs de
Poliarque, lequel a obtenu le nõ *Poliarque*
de Voluptueux , pour s'estre du
tout abandonné aux effrenez &
debordez plaisirs de ce corps. Il
faut seulemét que ces esprits alaigres & ioyeux gardent le moyen
& la mesure, & accompagnét les
exterieures gaietez qu'ils mõstrét
souuét,de l'hõnesteté,& de la ver-
tu. pour ceste cause нeraclides Põ- *Heracli-*
tique,au liure qu'il a fait de la vo- *des Ponti*
lupté,a beaucoup loué la maniere *que a loué*
de volupté,qui rend les cœurs ge- *la volup-*
nereux , & la nature magnifique, *té vertu-*
vertueuse & en l'apparence & *euse.*

E.

en l'effect. Vn cerueau gay &
ioyeux, tel que ie le defcry, fera
pluftoft digne de louange que de
blafme, car retenant en foymefme ces efprits iouiaux, il appor-
tera vn ioyeux reconfort & ayde
aux efprits plus feueres, & vn té-
perament à ceux plus graues, lefquels en leurs grandes penfées &
foucis, font fort recreez & reftau-
rez, par cefte gayeté & allegreffe.
En cefte maniere le Philofophe
Socrates, apres fes eftudes graues,
fe plaifoit en l'aymée compagnie
d'Alcibiades, ieune hôme Athenien, de cerueau ioyeux & iouial,
defcrit par Athenodore, & def-
aigriffoit les penfées philofophi-
ques, en l'alegreffe & viuacité
d'efprit de ceftuy là. Vn cerueau
alegre & gaillard a en foy de tref-
bonnes conditions, car l'homme

Socrates
fe refiouif-
foit en la
rôpagnie
d'Alci-
biades.

vit d'autant plus longuemēt, que
plus il fe maintient en allegreffe,
il a vn plaifir infiny en l'efprit, il
n'a crainte des ennuyeufes penfées & eftranges:il refiouit les autres, par fa gayeté, il refueille les
efprits pareffeux & endormis, cō-
fole les melancoliques:& en fomme là où eft l'alegreffe, fe trouue
vne trefgrāde partie de la felicité
mōdaine. C'eft pourquoy le tref-
prudent Vliffes en Homere,repu- *Vliffes en*
ta vne tref-heureufe vie, l'eftat de *Homere,*
l'efprit gaillard & alaigre, recitāt *loue l'e-*
fon aduis,deuāt le Roy Alcinous, *ftat de*
& parlant d'vne vie honnefte,cō *l'efprit*
uenable à l'eftat feigneurial. C'eft *ioyeux.*
pourquoy auffi le Poëte Simoni- *Simoni-*
des a laiffé efcrit, qu'il ne pour- *des a loué*
roit iamais auouer & mettre pour *l'alegreffe*
defirable,la vie,laquelle feroit du
tout priuée de l'alegreffe & du

plaifir. On lit de Philemon, qu'il prioit les Dieux de quatre chofes, de fe conferuer en fanté, de ne deuoir, de pouuoir faire du bien, & de viure ioyeux & gaillard.

Pour cefte caufe Pindare Thebain efcriuant à Hieron Tyran de Siracufe, a dict : Ne te priues, ô Hieron, du tout de plaifir : car la gaye & ioyeufe vie, eft vne chofe conuenable à l'homme. Le Phi-

lofophe Antifthenes, difcourant touchant la volupté de l'efprit, l'a mife au nombre des biens, adiou-ftant, pourueu qu'elle foit telle, qu'elle ne t'induife à repentance. Parquoy l'alegreffe feule & ioyeu-feté, fera recommandée, laquelle ne fera meflée du vice, mais accó-pagnée de la vertu. Pour cefte caufe, les Poëtes anciens, depei-gnans Venus, Deeffe du plaifir,

l'ont depeinte & reprefentée auec
deux tref-blãcs Cignes, pres d'elle, par le chant defquels, ils ont
fignifié la ioye : & par la couleur
blanche, la purité vertueufe, honnefte & gentille, qui la doit accõ
pagner. Pour cefte mefme raifon,
Pythagoras certifioit que Iupiter,
lequel, comme dit Iulius Firmicus, excellêt Aftrologue, fauorife
d'vne naturelle proprieté, les cerueaux alaigres & ioyeux, eftoit
vne vertu, vne harmonie, vn té-
perament de l'efprit, vne fanté &
tout bien : ne voulant feparer l'a-
legreffe des perfonnes, de la vertu,
laquelle la doit toufiours appro-
cher & fuiure. Et à cefte mefme
intention, le docte Molza a accõ-
pagné les allegreffes d'vn heureux
Hymenée, d'vn defir vertueux,
difant en vn fien Sonnet:

*Venus de-
painte
par les an
ciens auec
deux Ci-
gnes.*

*Pythago-
ras.*

*Iulius
Firmicus.*

E iij

Molza. *Cortese aspira à desir nostri, ò Gioue.*
C'est assez discouru des cerueaux
allaigres & ioyeux.

DES CERVEAVX
facetieux.

DISCOVRS IIII.

MAis deuons nous passer
sous silence, les louanges
lesquelles conuiennent à
ces cerueaux, mis au quatriesme
lieu du Theatre, que nous appellons communément cerueaux facetieux? Qui ne voit de combien
grande ioye & gayeté ils sont, en
leurs affaires familieres? Qui est
Cerueau celuy qui ne loue le cerueau d'E-
facetieux sope? Qui est celuy qui ne fait cas
d'Esope de la grace & gayeté de Crassus?
& de Qui est celuy qui ne parle auec
Crassus. delectation de tous ceux, lesquels

ont en eux vne certaine gayeté &
gaillardife, tres-facile & propre
pour acquerir la faueur & grace
d'autruy? Ceux cy iouyffent gra-
tieufement de la vertu, appellée
par Ariftote au quatriefme de fes *Ariftote.*
Ethiques, ἐυβαπελία, par laquel-
le ils tirent les chofes ioyeufes, &
de plaifir, à vn certain repos, & à
vn certain foulas & côtentement,
principallement des efprits d'autruy. Quels fôt les vrais facetieux,
felon le docte Auerroës, au quin- *Auerroës*
ziefme commentaire, fur le qua-
ttiefme de l'Ethique, finon ces
cerueaux plaifans & gaillards, mis
entre les mordans ou piquans, &
les goffes & fans gouft. Vn cerueau facetieux fe demonftre communément en cinq chofes, és fentences ou dicts, és prouerbes, és
brocards, és refponces, & aux cô-
E iiij

ceptions:Es sentèces,cóme aucunesfois Diogenes no' a demóstré,
appellant les riches ignorans,bre-
bis à la laine d'or : & la ieunesse
belle, mais vicieuse, vn magnifique logis, habité d'vn hideux &
diforme esträger & hoste : ès prouerbes, comme ce facetieux cerueau, qui dit, par prouerbe, à son
maistre, qui murmuroit des vices
des modernes seruiteurs & subiects, que le poisson commence à
deuenir puant & se corrompre
par le chef:& d'auantage,que telle est la petite chienne, qu'est la
maistresse : Es brocards, comme
celuy de Philoxene, lequel estant
en vn festin à soupper, où les seruiteurs portoiēt sur table du pain
noir, dist en broquardāt facetieu-
sement, le maistre, ie vous prie,
monsieur n'en faites pas apporter

Dicts fa-
cetieux de
Diogenes

Prouerbes

Broquard
de Philo-
xene.

beaucoup, de peur que les tenebres ne ſurpaſſent & gaignent les
lumieres: Es reſponces, comme
celle de Pontidius Romain, auquel comme l'on euſt demandé,
Que te ſemble l'homme trouué
en adultere? Il reſpondit, Lent,
ou tardif. Es diſcours, ou conceptions, comme celle de Bemba,
lequel, en Caſtiglioni, diſcourt
touchant la ſottiſe du Podeſtat
Florentin, qui fit entendre à ſes
ennemis, que s'ils perſeueroyent
à faire la batterie ſi aſpre & fu-
rieuſe à la Caſtelline, il la feroit
auſſi à la deſeſperade empoiſon-
nant les bales de l'artillerie, & les
enuoyant en ceſte maniere. La
conception de Louys Grotto fut
auſſi facetieuſe, quand requis de
ſa dame, de baiſer vne ſienne petite fille, il luy deſplia gentiment

ces vers?

Madonna, se volete
Ch' vn dono in nome voſtro io porti
altrui,
Conuien, ch' io prenda il don prima
da vui.

● *Però, s'hor mi chiedete,*
Ch' à la fanciulla voſtra vn bacio
i'dia,
Da voi conuien ch'io lo riceua pria.

Voulant dire, Madame, ſi vous
voulez, que ie porte, de voſtre
part, vn don à autruy, il faut, que
vous me le bailliez premieremét,
parquoy ſi vous me requerez à
preſent que ie donne à voſtre petite fille, vn baiſer, il faut que ie
le reçoiue premierement de vous.
Comprenant donc le cerueau facetieux l'vrbanité & grace, choſe
ingenieuſe & de perſonne ſubtile,
Ariſtote comme dit Ariſtote, au troiſieſ-

me liure de fa Rhetorique, ie ne au 3. de la Rhetorique.
fçay comment on le pourroit paf-
fer, fans grande louange. Outre
ce que la facetie & gaillardife de-
lecte les efprits, allege les fafche-
ries, chaffe la melancholie, reueille les efprits endormis, & donne
vne merueilleufe recreatió à l'entendement chargé & laffé de plufieurs hautes penfées, qui ont de
couftume d'y regner.

DES CERVEAVX
arguts.

DISCOVRS V.

C Es cerueaux que nous appellons cómunément ar-
guts, font pareillement louables,
lefquels font quafi de la mefme
efpece que les precedents, fe trouuât entre eux cefte feule differen-

ce, que les facetieux ont plus de plaisanterie que de subtilité:mais les arguts, au contraire, ont plus de subtilité que de plaisanterie & gayeté. Et ordinairement l'argutie consiste plus és responces, qu'en autre chose, comme en l'exemple de Caius Lelius Romain, lequel estãt nay de tresnoble fãg, cõme quelqu'vn nay de bas lieu, luy eust dict, qu'il estoit indigne des ses ancestres, il respõdit: Certainement tu es digne des tiens, se moquant à l'opposite, subtilement. On lit vn exemple d'Esope, en l'estude duquel estant entré vn paysan, & l'ayant trouué seul sur ses liures, luy demanda curieusement, cõme il pouuoit viure ainsi seul: & il luy respondit, i'ay cõmencé à estre seul, depuis le tẽps que tu es entré icy dedans, voulãt

Responce argue de C. Lelius Romain.

Responce argue d'Esope.

subtilement signifier, que l'homme docte est seul alors, qu'il se trouue en la compagnie des ignorans. De ceste maniere de cerueau fut celuy de Guidon Caualcanti, duquel entre autres arguties, on lit, qu'vn iour estant rencontré, se promenant, en vn certain Cimetiere, par aucuns citadins ignorãs, qui souloyent se moquer de sa solitude, & enquis, par risée, ce qu'il faisoit à ceste heure là, il respondit, Ie parle auec les morts, entendant d'eux, lesquels pour estre sans lettres, se pouuoient appeller hommes morts. D'vn tel cerueau fut aussi le tref-argu & subtil Dante, lequel moqué d'vn hõme de petite stature, & quasi nain, respondit auec grande argutie, par ces vers:

Reponce argue de Guido Caualcanti.

Reponce argue de Dante.

O, tu, che noti la nona figura,

E sei da men, che la sua antecedente:
Va, & radoppia la sua sussequente,
Ch'ad altro non t'ha fatto la natura.

Entendant par la neufiesme figure, la lettre de l'alphabet appellée I. qui est la plus petite de toutes, notée en luy, de tel. Et par la
precedante, la marque d'aspira-
tion, appellée H. se mocquant de
luy, qui ne valoit pas vne H. Et
par la suiuante, il entend le K: par
le redoubler de laquelle lettre, il
l'a traitté en homme, qui n'estoit
bon à autre chose, qu'aux seruices
inciuils du corps. Ces cerueaux
erguts ameinent aux auditeurs,
delectation & merueille tout ensemble : car nous nous delectons
en la grace & gaieté des respon-
ses, & nous admirons la subtilité
du sens, qu'elles comprennent en
elles. Et pour ceste cause elles par-

ticipent de grande louange, ser-
uans aux esprits de recreation, &
à l'entendement de tres gentille
speculation.

D E S   C E R V E A V X
accorts, fins, & rusez.

D I S C O V R S   VI.

APRES ceux cy, suiuent
eles cerueaux accorts, fins
& rusez, lesquels retiennent en
eux mesmes vne image, & vne si-
militude de la prudēce humaine,
persuadée mesmes par les sainctes
lettres, en ces paroles : *Estote
prudentes sicut serpentes*. Laquelle
astuce consiste particulierement,
en trois choses:en pensées, en paroles, & en faicts : en pensées, cōme celle de Daue, en Philostrate,
auquel la putain Lucille ayant se.

*Astuce de
Daue en
Philostra-*

dict, que la nuict precedente, elle
auoit touſiours ſongé, qu'elle luy
prenoit la bourſe, il reſpondit fi-
nement, qu'il auoit auſſi ſongé
toute la nuit, qu'il la gardoit bié.
En paroles : comme Ciceron à
l'accuſateur de Milon ſon amy,
qui auoit tué Clodius, lequel demandoit, que Ciceron luy diſt, à
quelle heure Milon l'auoit tué : il
reſpondit, Tard : trompant par
ſa cauteleuſe reſponce, l'attente
d'iceluy : car par ceſte parole, il
a entendu l'heure de la mort, laquelle Codius, à cauſe de ſes vices
meritoit pluſtoſt : & non pas de
l'heure du iour auquel il fut tué,
ſelon que l'aduerſaire attendoit.
En faicts : comme Denis le Tyran,
lequel ayant promis grande recō-
penſe à vn ſonneur, tandis qu'il
le delectoit, par le ſon, comme
apres

Aſtuce de Ciceron.

Aſtuce de Denis Ty-ran.

apres ledict son, le ioueur euft demandé le promis falaire, il refpõ-
dit, Te fuffit il pas de cecy, que
tandis que tu m'as delecté par le
fon, ie t'ay delecté auffi par l'efperance du loyer? En cefte partie
d'aftuce, Vliffe eft loué par Homere: Annibal, par Plutarque: Iu-
guttha, par Salufte: & Sertorius
Romain, par Valere, & fort exal-
té d'autres. En quoy Petrarque
auffi a gentiment loué fa Dame, la
depeignant fine & accorte, contre les dards d'Amour.

*Rufé d'V-
liffe, An-
nibal, Iu-
gurtha &
Sertorius.*

*Fineffe de
Liure en
Petrar-
que.*

DES CERVEAVX
vifs, prompts & efueillez.

DISCOVRS VII.

MAis parlõs vn peu des cerueaux, qui s'appellent vifs,
prõpts, refolus & efueillez,
lefquels ne different que bien peu

F

des arguts. Ceux cy ont auſſi vn
honorable Siege , au Theatre,
pource qu'ils retiennent en eux,
la viuacité de l'eſprit, & de l'entendement propre à reſpondre,
auec grace, à toute propoſition,
ſans y penſer & à l'improuueu &
ſont merueilleuſement prompts
& appareillez à tout cóſeil & de-
liberation. Tel fut veritablement
le cerueau de Dante : duquel l'on

Cerueau de Dante

narre, qu'il reſpondit treſ-viue-
ment, par vne ſeule reſponce , à
trois propoſitiós, tout en vn coup.
Que dirons nous de la promptitude du cerueau, qu'auoit Picus
de la Miráde, duquel l'on racon-

Cerueau de Picus Mirádula.

te, qu'il repliqua à l'improuueu,
& d'vn ordre retrogradant, cent
argumés de Caietán, ſi promptement qu'il eſmerueilla & eſtonna
tous les aſſiſtans ? Le cerueau de

Carafulle (encore qu'il fuſt de
profeſſion peu honorable)qui fut *Cerueau*
tant agreable au Cardinal de Me- *de Cara-*
dici, obtiendra auſſi le renom, à *ſula.*
bon droiĉt, de treſprompt & eſ-
ueillé, duquel, entre mille, ſe racontent ces deux viues & preſtes
reſponces qu'il a donnécs, l'vne
ſur la Bombarde : enquis à l'improuueu, pourquoy elle s'appelloit ainſi, il diſt, en reſpondant,
que la Bombarde s'appelle ainſi
pour trois effeĉts d'icelle, elle
retentit, tard & donne. Lautre,
ſur les armes d'vn Seigneur peu
propre,par merites, à la Seigneurie, leſquelles eſtoiĕt d'vne vigne
attachée & liée à vn poirier, au
milieu d'vn champ de grain,ſur
leſquelles enquis à l'improuueu,
par ſon maiſtre, de la ſignificatiõ,
reſpondit promptement que ces

armoiries ne ſignifioient autre
choſe, ſinon que c'eſtoit vne grãde honte, qu'vn tel homme fuſt
monté à ceſte dignité là. Ces cerueaux ont en eux de l'admiration
beaucoup, pource que leur eſprit
n'eſt aucunement endormy, ains
en vn inſtant ſe ſouleue à ſa hauteur naturelle, & par vne vigueur
infinie, donne viuacité à la péſée,
& à l'œuure que l'on doit faire.
Pour ceſte cauſe le treſ-gentil Petrarque a nommé ſon amour vi-
Petrar- gourreux ou vif, diſant:
que.

Viuace amor, che ne gli affanni
creſce.

Pource qu'il eſtoit de nature
tant pleine d'eſprit, qu'és ennuis
& angoiſſes, eſquelles il ſemble
que l'homme perde la vigueur,
iceluy plus eſleué, alloit croiſſant.
Pour ceſte occaſion auſſi Quidie

cion a appellé l'efueillé Seigneur
Duc d'Vrbain, vne viue flamme
de Mars, retenant vn cerueau vi- *Le Duc*
goureux en toute maniere d'étre- *d'Vrbin*
prinfe militaire, au Sonnet com- *de cerueau*
mençant, *vif.*

Viua fiamma di Marte &c.

De cefte maniere de cerueau vif
& prompt, les Hiftoriens narrét
Semiramis Royne des Affiriens,
auoir efté prouueue : car ayant eu *La Royne*
à l'improuueu, nouuelle de la re- *Semira-*
bellion de Babylone, tádis qu'elle *mis de cer*
peignoit fes cheueux elle recou- *ueau vif.*
ura par les armes, la ville perdue,
auant qu'elle fe racoutraft & ra-
gençaft fa treffe desfaicte & ef-
parpilléo. Cefar eftoit de cefte *Cefar de*
mefme promptitude & viuacité, *cerueau*
duquel l'on recite cefte tref-refo- *vif.*
lue expedition, comprinfe en ces
paroles, cognoues, *Veni, vidi, vici.*

De maniere, que ces efueillez &
vigilans efprits, paffent, auec grãde gloire & honneur, en l'infinie
multitude & cõpagnie des autres.

DES CERVEAVX
fubtils, aigus & pleins de
iugement.

DISCOVRS VIII.

OR faifons paffage aux cerueaux fubtils, aigus &
pleins de iugement : ceux
cy demõftrent en eux vne grandeur admirable d'entendement,
penetrant par la fubtilité de l'efprit, où l'homme fenfible ne peut
de foymefme arriuer. Et fe defcouure leur fubtilité principalement en deux chofes, en l'aigue
refolution des doutes, & des que-

ftions fpeculatiues, & en l'inuention des chofes incogneues deuant, à l'endroit de tous. Le cerueau d'Ariftote s'eft monftré de
la premiere fubtilité, lequel par
la bonté de fon entendement a
tresbien refolu & defmelé tant
de queftions entremeflées, de Logique & de Philofophie:Et celuy
du grand pere S. Auguftin, fi grãd
Dialecticien, & tant fubtil, qu'il
a merueilleufement confondu la
fubtilité des Pelagiens, celle des
Manicheens, & la peruerfité de
toute la fecte Arriane: & celuy de
Scotus, lequel en la faincte Efcole Theologale a dignement acquis
le nom de Docteur fubtil, combatant fubtilemēt auec l'inuincible
Docteur, lequel embellit & illuftre d'vne angelique doctrine,
tout ce ciel doré de la fainte Egli-

*Ariftote
de cerueau
fubtil &
autres.*

*S. Augu-
ftin.*

Scotus.

*Louange
de S. Tho-
mas.*

F iiij

se. Le diuin Petrarque a parãgonné à ces ceruaux là, celuy du Philosophe Porphire, en quelques siens vers. Et de la seconde subtilité se sont mõstrez ceux, lesquels de leur propre esprit, ont trouué les choses deuant non inuentées, amenant nouueauté & merueille aux yeux & aux oreilles d'autruy. Apollon fut de ceux cy lequel trouua la Medecine, & pour ceste cause, il dit de soymesme en Ouide au premier des Metamorphoses,

Porphire loué par Petrarque

Inuentum Medicina meum est, opifexque per orbem

Dicor, & herbarum subiecta potentia nobis.

Apollon en Ouide a trouué la Medecine.

Zoroastre trouua la Magie : & ainsi le diuin Arioste la luy attribue, disant:

Zoroastre inuenteur de la Magie en l'Arioste.

E Zoroastro, che fu dell'arte magica inuentore.

Belus trouua l'Aftrologie: Amphion, la Mufique : Cleantes, la painture : Rhadamante, les loix: Zenon, les Dialogues : Empedocles, l'art oratoire, & va difcourant par infinis exemples de cerueaux, en ces inuentions treſfubtiles. Ie ne pêfe qu'aucũ fuſt de tãt folle temerité d'ofer ofter tãt foit peu de la deuë louãge à tels hommes, lefquels en maniere d'vne aigle, ont la veuë aigue, & treſfubtile, pour penetrer iufques à la lueur du Soleil mefme. Et d'autãt plus, que les doctes auteurs font d'iceux vne foꝛ honorable&glorieufe mention: Plutarque, en la vie d'Alexandre, loue côme treſfubtils, les Gimnofophiftes, lefquels s'acheterent la vie, par la refolution des doutes, qui leur furét à l'improuueu propofez par Ale-

Pline.

xandre. Pline celebre au septiesme liure de ses Histoires, quasi tous les premiers inuenteurs des choses, côme plusieurs ingenieux, & tres-aigus. Parquoy ils marchét ornez & parez des deubs prix & conuenables honneurs.

DES CERVEAVX
scauans & entendus.

DISCOVRS IX.

DEPARTANS de ceux là, allons nous en trouuer les cerueaux scauans & entendus, desquels il semble qu'Aristote ait parlé au douziesme liure des animaux, quãd il a dit : *Cerebrũ hominis est mẽbrũ diuinũ, in quo est operatio sensus, & intellectus.* Ie ne me trauailleray pas beaucoup pour le present, à louer les sciences & les

Aristote au 12. liure des animaux.

lettres, lefquelles font d'elles mefmes tant louables, qu'elles n'ont
pas befoin d'eftre louées de moy:
elles ont eu tát d'auteurs de leurs
louanges & modernes & anciens,
que i'aurois honte de me vouloir
maintenant mettre en l'honorable rang de ceux là. Cecy feulement fuffit que les cerueaux fa-
chans & entendus fe font de tout
temps, rendus dignes de prix, cóme les exemples de ceux qui font
paffez ont demonftré à nous autres, leurs nepueux. Pline au fep-
tiefme liure de fes Hiftoires, narre le memorable exemple d'Homere, duquel le Poëme, concе-
ption & fruict d'vn cerueau tant
entendu, fut tellemét eftimé d'A-
lexãdre, qu'és defpouilles de Darius Roy des Perfes, il le prefera à
l'eftin d'or, de perles, & de pier-

Pline au
7.liure de
fes hiftoi-
res narre
du poeme
d'Homere

res precieuſes, qu'il print & re-
cueillit en ſon pauillõ. Diogenes

Diogenes Laertius, de Zenon.

Laertius raconte que le Philoſophe Zenon, fut tant honoré par
les Atheniens, à cauſe de ſon ſçauoir, qu'on luy laiſſoit en garde
les clefs de la ville, & meſmes ils
l'ornerent d'vne couronne d'or &
d'vne image de bronze. Plutar-

Plutar-que, de Platon.

que ne ſe peut ſaouler de celebrer
ce ſçauant & entendu cerueau de
Platon, racontant que Denys le
Tyran, autrement ſuperbe & ar-
rogant, en fit tant de cas, que venant iceluy aux riuages de Sicile,
il enuoya au deuãt de luy, vn treſ-
beau vaiſſeau, pour l'honorer : &
eſtant deſcendu au riuage, il le receut honorablement, en vne ca-
roche, tirée par quatre cheuaux
blancs. Ces cerueaux ſont deſira-
bles, à l'endroit du monde : &

pourtãt Philippe roy de Macedoine, felõ qu'efcrit Aule Gelle ne fe
glorifioit principalement d'autre
chofe que de ce que fon fils Alexandre luy eftoit nay, au temps de
l'entendu cerueau d'Ariftote, duquel il peuft apprendre & la vertu
& la doctrine tout enfemble. Ar-
taxerxes Roy des Perfes , comme
raconte Suidas, fut tant affection-
né à la doctrine & fçauoir d'Hi-
pocrates, qu'il efcriuit à Hifcanus
prefect & gouuerneur de l'Hellef-
pont, qu'il ne laiffaft, pour or, ou
pour loyer d'autre forte, de fe le
rendre agreable & amy, defirant
l'auoir, en fa Cour, fur toute autre perfonne vertueufe ! ô efprits
genereux! ô penfées éleuées! ô defirs heroïques ! ô efprits diuins.
Ces cerueaux ont efté defirables,
pource que les fciences & les let-

*Aule Gel-
le, de Phi-
lippe Roy
de Mace-
doine.*

*Suidas
narre de
Artaxer-
xes Roy
des Perfes*

tres sont naturellement, en soy

Aristote. desirables. *Omnis homo*(dit le Philosophe) *naturaliter scire desiderat.* C'est pourquoy les hommes sages les ont tant estimées, qu'ils ont trauaillé infiniment, pour s'en rédre maistres, & ont mostré en plusieurs manieres, qu'ils en faisoiét plus de compte, que de toute autre chose du monde. Le pauure

Exemple des amateurs de la vertu Philosophe Cleantes, tirant de nuit, de l'eau des puits, soustenoit son indigence & pauureté, pour

De Cleantes. ouir à son aise, de iour, la doctrine de Chrisippus. Pithagoras na-

De Pithagoras. uigea expressement & courut par le monde iusques aux pays des Perses, pour apprendre la Magie,

De Democrite. comme Pline raconte. Democrite (exemple memorable) se tira les yeux de soymesme, & se les arracha, pour mieux vaquer, & plus

cōmodément à l'eſtude de la Philoſophie . Sainct Hieroſme fut *De Saint*
bien tāt deſireux de ſçauoir, qu'o- *Hieroſme.*
res à Rome, ores à Byzance, ores
en Antioche, il voulut ouir les
fameux & ſçauans hommes Do-
natus, Victorinus, Gregorius Na-
zianzenus, Appollinaris Antio-
chenus, & Didimus Alexandrin.
Scipion Africain auoit touſiours *De Scipiō*
entre les mains la Pedie de Cirus. *Africain.*
Alexandre le Grand tenoit ſoubs *D'Ale-*
ſon cheuet, auec ſon poignart, l'I- *xandre le*
liade d'Homere. Platon mourant *grand.*
ſe laiſſa trouuer au lict, les Nom- *DePlatō.*
bres de Sophron. Le docte Cipriā *De Ci-*
prenoit vn ſi grand plaiſir en la le- *prian.*
cture de Tertulian, que demandāt
ſes liures à lire, il ſouloit dire, cōme narre S. Hieroſme, *Da eMa-*
giſtrum, Da Magiſtrum.
    Que noſtre ſiecle eſt miſerable:

Deploration des temps modernes, esquelles let tres sont foulées aux pieds.

& les temps modernes malheureux, esquels le sçauoir & la doctrine sont tất peu estimées, qu'õ les tient à neant ? que dy-ie estimées ? ains auilies : quoy auilies? ains conculquees & mises sous le pied : quoy conculquées ? ains trahies, assassinées & malheureusement oppressées. Vn liuret de Comtes est la Pedie de Cirus, que auiourd'huy l'on tasche d'auoir en la main : vne bourse pleine d'argent, est l'Iliade d'Homere, que l'on tasche de tenir soubs le cheuet : vne perpetuelle Tariffe, bonne seulement pour dérober, & assassiner, sont les Nombres de Sophron : Vn ie ne sçay quel abregé des goffes qui ont esté cy deuất, est le maistre que l'on prend volontiers, à toute heure, à lire & manier. Sont ce là (ô siecle aueugle!)

gle !) les chofes qui te femblent
donner honneur ? Sont ce là tes
ornemens ? Eft-ce l'honneur que
t'apporte ton eftude, bas, negligé
& vile ? confidere en tous les têps
& eftats, que tu verras que les lettres (prefuppofant toufiours la
preeminence de la bonté & de la
difcipline) ont donné le vray hôneur à toutes les republiques, à
toutes les villes & à toutes les religions. Qui a illuftré la republi- *Difcours*
que Romaine(ie tais pour le pre- *des hom-*
fent les perfonnes de guerre) fi- *mes let-*
non vn Caton, vn Ciceron, vn *trez*
M. Varron, & tant d'autres fei- *anciês &*
modernes,
gnalez aux lettres ? Qui, la Re- *qui ont il-*
publique des Atheniens, finon *luftré les*
Demofthene, Æfchines, Ifocra- *Republi-*
tes, Zenon, & infiniz autres fça- *ques villes*
uans cerueaux? Qui a honoré The *& Reli-*
bes, finon Pindare? Mâtoue, finon *gions.*

G

Virgile? Verone, ſinon Pline? Pa-
doue, ſinon Liuius? Naples, autres
que les Portiens, & les Sannazars?
Florence, autres, que Dante, Mar-
ſile, Bocace, Petrarque, Alamani?
Siene, autres, que Sominati, Tolo-
mei, Piccolomini? Peruſe, autr:
que le docte Balde, honneur de
celle patrie? Rauenne, autres que
les Pieri, les Ferrets, Thomai, Roſti, & ſur tous Deſiderio Spreti?
Bolongne, autre que l'eſtude & la
doctrine propre de celle ville là
tant ſtudieuſe? Ferrare, autres, que
le diuin Arioſte, ſon moderne Gi-
raldi Cinthien, les Braſaoli, les
Pigni, & ſes Seigneurs, tant amateurs & protecteurs des vertus?
Cremonne, autres qu'vn Vide;
Milan, autres que les Corii, les
Boſſi, les Buſti, les Cardans, les
Crotti, les graues Senateurs, les

Oracles & Sibilles de tous les peu
ples de ce gouuernement là ? Pauie, autres que les Corti, les Me-
nochi, les Alciats, les Guali, les Be-
reti ? l'excellente Venise, autres
que les Barbari, les Gradenighi,
les Gabrielli, les Venieri, les
Contarini, les Iuſtiniani, les Ze-
ni les Lippomani, les Nauagei, ies
Valieri, les Giorgi, les Dolci, &
ſur tous ce fameux Bembe, lequel
eſt egal à ſon Hermolaus ? Ie laiſſe
à part tant d'autres honorables
villes & fameux chaſteaux, veu
que la trouppe infinie de leurs hômes doctes ne pourroit ſe nombrer ſinon par vne grande prolixi-
té. Qui eſt-ce qui a orné de mille
palmes, les Religions de l'E-
gliſe Saincte, ſinon les lettres?
A bon droict ſe glorifient les

G ij

Chanoines Reguliers de Latran,
tres-anciennes lumieres, fur les
autres, de la faincte Eglife, de leur
Hugues de fainct Victor, de fon
difciple Richard, de Profpere,
Fulgétius, Aimon, Iuon de Char-
tres, ie ne parle pas du Maiftre
des fentéces, Chanoine de S. Ge-
neuiefue:& de ces premiers, Hilaire, Cirille, Ifidorus, Rofetus
& plufieurs autres, qui ne font
pas cogneus finon des ftudieux
de plufieurs hiftoires. Et auant
tous, du grand Pere, S. Auguftin,
lumiere des doctes, flamme des
vertueux, fplendeur treffuifante
des lettrez, l'ornement & l'honneur de l'habit canonical. Les
moines tirent leur gloire & honneur de Caffianus, de Climma-
chus, Rupertus, Ifidorus, Pierre
Bercorius & d'infinis autres tref-

renommez aux lettres : defquels
fi ie me tais, c'eft pource qu'il ne
m'en fouuient pas bien pour le
prefent, & n'en ay bonne memoire maintenant : & aufli pource que ie ne procede icy par maniere de Cronique, mais i'entens
faire vn brief difcours : & pour
cefte caufe, fi ie me tais d'aucuns
pareillemét renommez, ie ne pre-
tés les iniurier, ou leur faire tort.
Et pareillement la Religion de
S. Dominique marche glorieufe,
de fon Albert le Grand, du Docteur Angelique, du docte Caietan, de Rupert Holcoth, d'Hugues Cardinal, & d'autres vertueux inombrables. La Religion
de S. François eft exaltée, par Scotus, S. Bonauenture, Alexandre
d'Ales & Nicolas de Lyra, & d'v-
ne grande trouppe de perfonnes

tresdoctes. La Religion des Hermites florit en gloire & honneur,
à l'occasion d'Egidius, de François Mairon, de Seripand, & de
plusieurs autres. Ainsi les autres
Religions se vont glorifiant, de se
voir honorées d'hommes excellés
& fameux en toute sorte de lettres, & auec tresgrande raison: car
elles ont toutes cogneu le vray
honneur consister en la doctrine
& au sçauoir. Pourquoy s'exaltent
auiourd'huy tant de Predicateurs
signalez, de toute Religion, vn
Fiamma, vn Caracciolo, vn He-
breo, vn Panigarola, vn Vollera,
vn Lupo, vn Toledo, sinon pour
cet honneur? Pourquoy sont estimez tant de fameux Theologiens
modernes, vn Maistre Octauian
de Rauenne, auquel ie doy graces
infinies, comme à mon tresdocte

& trefamiable precepteur , vn
Ambroife Barbanara , vn Maiftre
Lucius de Piacenze : vn Maiftre
Iofeph , de Vercelli: vn Quaino,
vn Salmeron , & tant d'autres,
que ie paffe pluftoft fous vn indigne filence, que de fouiller ou ob-
fcurcir les louanges d'iceux , par
ce que ma plume rude , non fa-
conde & inepte en pourroit ef-
crire , finon pour cet honneur
mefme? Oyez vous nommer ceux
qui femblent rebelles aux eftudes
& aux lettres ? Oyez vous que le
monde en face cas , ou les honore d'aucune gloire ? Oyez vous
que leur renommée forte hors
d'vne cuifine , ou hors d'vn clo-
cher? Oyez vous qu'on leur donne
autre louäge, que d'efprits mecani
ques & plebees? Or laiffons les là,

G iiij

ie vous prie de peur qu'ils fuſſent
trop honorez de trop parler d'eux

DES CERVEAVX
vertueux & nobles.

DISCOVRS X.

A derniere eſpece des cerueaux, eſt celle des ver-
tueux & nobles, leſquels
embraſſent en maniere d'vne grãde mer, tous ceux, leſquels par
quelque vertu qu'ils ont en eux,
acquierent à l'endroit du monde,
la nobleſſe, reuerée & priſée de
tous. Les vertueux & nobles ſont
generalement en treſgrand prix
& conſideration, pour toute voye
de iuſtice, de raiſon & deuoir,
pource qu'ils ont l'entendement
touſiours eſleué à choſes dignes

& honnorables d'eux. O Vertu! ô nobleſſe, choſes vraiemét enuiées: y a il vn plus beau iardin de deli-ces, que celuy de la vertu ? quelle fontaine de tous biés eſt plus pre-cieuſe ? quelles drogues & ſen-teurs plus ſouefues & odoriferan-tes que ſes fleurs? quel puits d'eau viue, plus diſtillant que le ſien? quelles roſes, quelles violettes, quels narciſſes, quels amaranthes, plus gracieux qu'icelle ? Quelles perles, quelles pierres precieuſes, quel plus riche threſor que ceſtuy là ? Le Philoſophe Bias ſe glori-fioit eſtant deſnué de toute choſe, hors mis de la vertu, & diſoit, *Diſt de* *Omnia bona mea mecum porto.* Ceſte *Bias.* eſt la derniere perfection de la nature, qu'Auerroes a ainſi appel- *Auerroes* lée. Ceſte eſt l'Ethique tirée du ciel du treſſage Socrates. Ceſte eſt la flamme, que par la verge hardie, Promethée rauit de la sphere du feu. Ceste est le rameau d'or, que la *Sage Cumaine* enseigna à Aeneas. C'est icy la toison d'or, que Iason rauit en l'Isle de Colchos. Ceste est la lame d'or, que le Prestre ancien deuoit porter au front. Elle est ce grand prodige, que le tres-docte S. Hierosme nóme. Elle est la sapience, que Ciceron a dict estre paisible es tempestes, luisante es tenebres, ferme es dangers, sans crainte & hardie aux combats, honorable en la honte & vitupere. Elle est finalement la Beatrix de Dáte, qui guide l'homme par toutes les spheres celestes à la gloire immortelle. O tresprecieuse vertu ! ô vertu de lumiere, de gloire, de prix incomparable ! Ie ne puis trouuer vne

plus feure efcorte que cefte cy :
pour cefte caufe , les Romains a- *Exemple*
uoient ce dict , fur toute chofe , *des Ro-*
pour agreable , *Virtute dure.* Ie ne *mains.*
puis trouuer plus chere & douce
compagnie, & pour cefte caufe le
penible & laborieux Hercules
s'efleut la vertu, pour chofe fingu- *Exemple*
liere, & pour fon aymée & agrea- *d'Hercules*
ble compagnie. Ie ne puis voir
chofe plus affeurée qu'elle eft. Et *Dict de*
pour cefte caufe le Poëte Tufcan *Petrar-*
a bien dict, *que.*

Che ne ferro, ne foco à Virtu nuoce.
Que le fer & le feu ne nuifent à la
Vertu. Ie ne puis voir chofe plus *Dict de*
belliqueufe. Pour cefte raifon , *Fortunio*
Fortunio Spira a dict gentiment, *Spira.*

Virtute è combattuta à prima
vifta :
Ma vince al fine, e'l Vitio mette al
fondo :

E lungamente gloriosa regna:

La vertu est combatue de prime face, mais elle surmonte à la fin, & met le vice au fonds, & l'abat, & regne long temps glorieuse. Ie ne puis voir chose plus riche qu'elle est : & pour ceste occasion Seneque disoit que la vertu estoit contente de l'hôme nud, & qu'elle suffisoit seule à le vestir & l'orner. Pour ceste raison mesme, le Philosophe Stisbon, ayant au sac de sa patrie, perdu tout son bien & auoir, disoit gayement qu'il n'auoit rien perdu, luy estât demeurée la vertu, seule & vraye richesse, outre toute chose. Ie ne puis voir chose plus heureuse que la vertu, à ceste cause Macrobe disoit bien, que *Sola virtutes beatum faciût.* Ie ne puis trouuer chose plus glorieuse & pour ceste rai-

Dict de Seneque.

Dict du Philosophe Stisbô

Dict de Macrobe.

son la vertu a d'elle mesme acquis vn si grand train de personnes. L'oisiueté desplaisoit à Achilles, le silence à Nestor, le repos à Vlisse, la tranquillité à Thesée, & Hector haissoit d'auoir les mains à la ceinture, pource qu'ils estoiét sectateurs de la vertu. Alexandre souspira pour l'infinité des mó- des establie par Empedocles, voyant qu'à peine par sa vertu, il en auoit surmonté vn demy. Themistocles disoit que lesvertueux trophées de Milciades le tenoyent esueillé du sommeil. Iules Cesar regardant l'image d'Alexandre, en l'aage de ieunesse, gemissant de fascherie, se blasmoit soymesme de paresse, en ce qu'en l'aage mesme, il n'auoit faict aucune entreprinse de valeur, en laquelle il auoit vaincu & surmóté quasi tout

Exemple d'hommes sectateurs de vertu.

D'Alexã dre.

De Themistocles.

De Iules Cesar.

le monde. Ceux cy eſtoient les e-
mulateurs des vertus, & les corri-
uaux & concurrens des vertueu-
ſes entreprinſes. La nobleſſe, la
grandeur, la magnificence conſiſte
toute en la vertu: & de là ſont venus à l'endroit des anciens, tant
de loyers donnez aux vertueux,
pour remunerer leurs dignes a-
ctes, glorieux & immortels. Les

Couſtu-
me des
Cartha-
ginois.

Carthaginois donnoyent autant
d'aneaux aux vaillans & vertueux
ſoldats, qu'il y auoit de batailles,
auſquelles ils s'eſtoient trouuez.

Couſtume
des Heſpa
gnols.

Les Heſpagnols dreſſoient autât
d'obeliſques à l'entour du ſepul-
chre du mort, comme il auoit oc-

Couſtume
des Scy-
thes.

cis d'énemis. Et entre les Scythes
ceux là ſeulement pouuoient boire en vne taſſe, que l'on portoit
tout entour, leſquels par leur valeur auoyent tué vn ennemy. Les

Macedoniens auoyent vne loy, Couſtume des Macedoniens.
que celuy lequel n'auoit occis &
mis à mort aucun ennemy, en ſigne de deshonneur, eſtoit tenu
d'aller ceinct d'vn cheueſtre. Et
pour ceſte raiſon les Romains dó-
noyent aux vertueux & nobles, Couſtume des Romains.
tant de ſortes de coronnes : les
Triomphales, les Ciuiles, les Murales, les Obſidionales, les Oua-
les, les Nauales, & tant de dons
militaires, braſſarts & braſſelets,
haches, piques, bardes, chaines, a-
neaux, ſtatues, images, & ſimula-
cres. Les coronnes & les guirlan-
des ſont marques Hieroglyphi-
ques d'eternité, & de victoire : &
pour ceſte cauſe, il eſt eſcrit es Pſe- Pſalmes de Dauid.
aumes, Tu leur as mis ſur le chef,
vne coronne de pierres precieuſes.
Et pourtant Aratus ancié Theolo Aratus ancien Theologiẽ
giẽ a dit, que Bacche, pour vne e-
ternelle memoire de l'amour qu'il

portoit à fa femme Arianna, mit
& colloqua au ciel , la couronne
d'icelle . De là vient, que les nobles enfeignes,armes & deuifes fe
font trouuées pour fauorifer les
vertueux & môftrer la hauteur de
leurs penfées : comme le fouldre
pour les Scithes : l'arc pour les
Perfes: le chef armé pour les Ciliciens : Mars pour ceux de Thrace: Hercules pour les Pheniciens:
le Lion pour les Milefiens: le Pe-
gafe pour les Corinthiens:le cheual pour l'Italie:les trois Serpens,
pour l'Afie:l'Elephant, pour l'A-
frique : & de noftre temps, à cefte
caufe, la Republique de Genes
a pour armes, vn cheualier armé:
& la Venetienne vn Lion ailé, de
couleur d'or, auec vn liure entre
les pattes & griffes, attribué au
glorieux S.Marc. Les grands perfonnages

Armes &
enfeignes
diuerfes
pour les
vertueux
& nobles.

fonnages pour cefte occafion, portoient anciennement , armes honorables & illuftres, comme Agamemnon , felon que Paufanias
raconte, auoit accouftumé de porter en fon efcu la tefte du Lion ,
auec ces paroles : Ceftuy cy eft la
terreur des hômes, & qui le porte
eft Agamènon. Antiochus auoit
le Lion auec le Caducée , & l'Aigle, qui tenoit vn Dragon , entre
fes ongles : Thefée auoit le Beuf :
Seleuque le Taureau : Octauian ,
le Sphinx, en fon cachet. Pompée
le Grand , le Lion auec l'efpée :
Caius Marius, deux beufs, ioints
à vn ioug : Attila, l'Efpreuier co-
ronné. Quoy ? les Dieux anciens
mefmes, pour faire preuue de leur
vertu & nobleffe, & la monftrer
aux hommes de la terre, efleurent
des enfeignes honorables & il-

H

luftres. Et pour ceste cause Iupiter choifit le foudre: Neptune
le Trident: Mars l'efpée: Bacche
le Thirfe: Hercules la maffe: Saturne la faux: Apollon les efcor-
gées: Mercure la verge. O trefe-
noble vertu, ô nobleffe tref-ver-
tueufe. La vertu de l'hôme principalement fe defcouure, en la benignité de l'efprit, en la modeftie
de l'entendement, & en l'hônefte
& ciuile honte, de la nature ayant
refpect, fans infinis autres moyens
particuliers que nous laifferons
côprins es louanges generales des
cerueaux nobles & vertueux. Elle
fe defcouure pareillement en la
benignité, gaillardife & gentillef-
fe de l'efprit, fe demonftrant trai-
table, doux, humain, en tous téps
& en tous les eftats. Pour ceste
Ciceron. caufe Ciceró a dit en fes Offices,

que la gaillardife, eft vne vertu de
l'efprit, qui pefe, par vne iufte balance, l'vn & l'autre eftat du monde : à fçauoir celuy de la profperité, & celuy de l'aduefité, pource
que le veritable, benin & gaillard
& affable, ne fe fafche & irrite en
l'aduerfité , & ne f'enorgueillit
pas és chofes profperes. Parquoy
fainct Hierofme, fur fainct Mat- *Saint Hie*
thieu defcriuāt la nature de l'hō- *rofme.*
me doux & affable, l'a orné de ces
belles conditions , *Manfuetus feu*
mitis eft qui nec irritat , nec nocet , nec
nocere cogitat : nec ira, nec furore affi-
citur. C'eft à dire : le doux & humain eft celuy , lequel ne f'irrite & ne nuit, & ne penfe pas
à nuire , & n'eft point pouffé
de colere ny de fureur. Tel fut
ce rare & fingulier exemple de
benignité & manfuetude, Dauid,

Exēple de Dauid humain & doux.

duquel eſt eſcrit : *Memento Domine Dauid , & omnis manſuetudinis eius.* Souuienne toy Seigneur de Dauid , & de toute ſa manſuetude & douceur, lequel ne ſ'eſmeut ny pour outrages, ne ſ'irrita pour iniures, ne ſe courrouça pour offenſes , & oncques pour diſgraces ou infortunez euenemens , ne

Euangile.

Homere eſtablit les benīs aux champs Eliſés.

ſe troubla, ne deſmit de ſon priſtin eſtat entierement doux & bening. Ceux cy ſont appellez heureux, par noſtre Seigneur en l'Euangile : *Beati mites.* Ceux cy ſont

Virgile canoniſe Ceſar à cauſe de ſa benignité.

colloqués par Homere, en l'onzieſme de ſon Odyſſée, aux chāps Eliſés. Ceſar à cauſe de cete vertu, eſt canoniſé par Virgile, en ſa Bucolique. C'eſt la vertu, laquelle

Mercure Triſmegiſte.

Ioel le Prophete.

Mercure Triſmegiſte ſouloit dire eſtre alliée de la nature diuine : ce que le Prophete Ioel a tresbiē exprimé, en ces paroles: *Conuertimini ad Dominũ Deum veſtrũ, quoniam benignus & miſericors eſt.* C'eſt à cauſe de ceſte vertu, que le ſeigneur Iulian Goſelini a loué beaucoup la maieſté du Roy Philippe, en vn ſien Sonnet. Et meſmes la vertu de l'hôme conſiſte en la modeſtie de l'eſprit, comme on lit de Caton, lequel plein de modeſtie ne voulut pas permettre, qu'on luy dreſſaſt aucune ſtatue, diſant qu'il aymoit mieux que les nepueux demandaſſent pourquoy elles ne luy auroiét eſté dreſſées, que s'ils s'enqueroiét de l'occaſion de les voir debout eſleuées ſur pieds. Par ſemblable modeſtie TerenceVar- *Terence Varron.* ron reietta librement la Dictature, qui luy auoit eſté gratieuſemét offerte par le Senat, & tout le peuple. par ſemblable modeſtie auſſi

H iij

Pompée. Pompée deffait par Cefar, aux champs Pharfaliques, entrant en Lariffe, comme tous les citadins de cefte ville là fuffent venus au deuant de luy, il dift : Allez & faictes cefte faueur au victorieux. Ainfi le docte Venier a defcrit la gentille modeftie de Trifon Gabrieli, es vers qui commencent!

Tu con piena humiltade &c.

Exéple de Spurinus honteux. Elle confifte auffi en la honte, côme l'on lit le notable exemple de Spurinus, ieune hôme de grande beauté, lequel voyât fa beauté follicitée des yeux de plufieurs fémes, meu d'vne merueilleufe hôte fe difforma tellement le vifage, de coups & de playes, qu'il perdit quafi du tout fa naturelle beauté.

faint Ambroife de Sainct Ambroife en fes Offices, defcriuant la honte de Sufanne,

dict, qu'en ce trefgrand danger Sufanne
des deux vieillards, elle fe tai- honteufe.
foit, reputant plus griefue la
perte de la honte que de la vie.
O honte amie de l'honnefteté,
compagne de la modeftie: fœur
de l'hôneur: emulatrice de la gloire: vnique voye à la vraye eternité, ie t'admire, ie t'honore, ie
te reuere, & te loue, & exalte,
auec vn fainct refpect: tu honores
les femmes mariées: tu ornes les
pucelles, tu pares & embellis le
fexe feminin, tu magnifies les
hommes, tu hauffes & efleues les
vieillards, tu es gracieux au moyé
des yeux: en manieres, ciuile: en
actions, honorable: de geftes &
contenances, humaine: de paroles aggreable, & de faict, pleine de
grace & de courtoifie. C'eft pour-

H iiij

Contraste insuffisant

NF Z 43-120-14

Ciceron. quoy Ciceron au liure de l'Orateur, louant ceste tresgentille vertu de la honte, dist qu'elle estoit la
gardienne de toutes les vertus. Et

Valere le Valere le Grand l'a appellée mere
Grand a des honnestes conseils: la tutele
loué la hö- & deffense des solennels offices:
te. maistresse de la pureté & innocē-
ce : chere aux prochains, greable
aux estrangers, & chose fauorable
en tout lieu, & de tout temps. Et
pour ceste cause le gentil Molza,
louant sa dame d'vne tres-hóneste
Molza honte, l'a comparee au visage, à la
loue sa da- couleur de la rose : & Varchi en a
me de höte faict de mesme, pour la siéne. Parquoy ie conclus qu'en toutes ma-
nieres les cerueaux vertueux & nobles meritent supremes & infinis
honneurs, à l'endroict de tout le
monde.

DES CERVEAVX
vains.

DISCOVRS XI.

Y A N T affez parlé de ceux, *L'Italien* que nous appellós propre- *dit Cerue-* mét de ce nó celebre & ho- *lini, com* norable de cerueaux: paſsós à ceux *legers d'ef* de la feconde efpece, appellez en *prit.* Italien, *Ceruellini*, comme euen- tez ou legers de cerueau, & parlós en premier lieu, des cerueaux eué- tez, vains, ainfi appellez de tous. Les Cerueaux tels & vains, font ceux lefquels en chofes mef- feantes, non conuenables, & de trefpetite valeur, occupent le téps & leurs efprits. Et pource que la vanité des chofes eft infinie, com- me des richeffes, des delices, de la gloire du monde, d'affections, &

peines treſinutiles & vaines, c'eſt
pourquoy il y a vne infinité de
cerueaux legers de ceſte eſpece
& maniere : & ce ſeroit vne trop
laborieuſe entreprinſe de les deſ-
crire tous. Mais nous ſoit pour vn
memorable exemple, le cerueau
leger de l'Empereur Domitian,
lequel tandis qu'il deuoit ſ'appli-
quer à choſes treſgraues & dignes
de ſa maieſté, entédoit ſeulement
aux choſes vaines, legeres & de
nulle conſideration : & eſtoit tant
vain & inutil, que tout le iour il
ſ'amuſoit à piquer & percer les
mouſches, en ſa chambre, auec vn
poinçon : & donna vn iour occaſion à vn ſien chambrier de donner ceſte gétille reſponce à vn Se-
nateur, lequel voulant parler à
l'Empereur, luy demanda, ſ'il y
auoit des perſonne au dedans,

Cerueau leger de l'Empe- reur Do- mitian.

quant & luy, diſant : *Nec muſca*
quidem, Non meſme la mouſche.
Les femmes, pour la plus part, ont
leurs eſprits frappez à ce coin, &
ſont legeres de cerueaux : car elles
ſont tant vaines, que ſi on leur o-
ſtoit la vanité, ne reſteroit (ſelon
le dire d'vn homme d'eſprit & iugement) aucune autre choſe. Vous
voyez que tout leur ſoucy & cure
eſt ſeulement en choſes vaines, à
ſe polir, à s'orner, à s'embelir, à ſe
farder, aneller leurs cheueux, les
creſper, blanchir le viſage, &
colorer leur front, ayans deuant
elles, des phioles, boites, &
petits vaſes, remplis ſeulement
de mille vanitez. Ie ne parle
pas de toutes, car l'on ſçait
bien que pluſieurs entendent &
s'appliquent à autre choſe, &

Cerueau
leger com-
munemēt.

en cecy principalement employét l'honnefteté & l'honneur, qui eft requis. Pour cefte caufe Simma-chus, louant les anciennes Romaines d'hónefteté, a dict: *Vitta earum capiti decus faciunt.* Leurs voiles fót l'honneur & l'ornement de leurs teftes, cheminans couuertes, auec grauité, côtre la couftume des vaines. Ainfi le diuin Petrarque voulant louër l'hónefteté de fa Laure, a dict:

Lafciar il velo, o per Sole, o per ombia,
Donna non vi, vid' io.

Ie ne vous ay veu laiffer le voile ou pour le Soleil, ou pour l'ombre. Homere en l'Odiffée parlant de la chafte & pudique Penelope, efcrit des vers de cefte fubftance, *Quand la Dame illuftre vint à fes a-mans, elle affit le pied fur le fueil de fon palays bien fondé, ayant le vifage*

Simmach⁹ loue les dames Romaines.

Petrarque loue mada me Laure.

Homere loue Penelope.

couuert d'vn gros drap ou voile. Et Musée entre tous les Poëtes tref-ancié, introduit Ero pucelle, ayāt le chef & le visage couuert, en vers Grecs, de ceste substance: *La pucelle tenoit les yeux fichez en terre, muette, sans dire mot, & ayant le visage cou-uert d'vn voile qui luy estoit deuenu vermeil de honte.* Mais les femmes vaines, ont accoustumé de faire tout à l'opposite, pource qu'elles ont vn ceruiau seulement aueuglé en leurs vanitez. Et pour ceste cause, Dāte a dict de ces cerueaux legers, en son Enfer:

Noi siam venuti al loco oue t'ho detto,
Que vdirai le genti dolorose,
C'hanno perdito il ben dell'intelletto.

C'est à dire, Nous sōmes venus au lieu où ie t'ay dict : où tu oyras les peuples douloreux, qui ont perdu le bien de l'entendement. Ceste

Museus des-crit Ero voilee.

Dante.

vanité tant friuole a esté appellée
par Bias, vne maladie de l'ame: par
Democrite, vne mer ocieuse &
morte: par Platon, en sa Republique, vne peste, & vne mortelle
contagion. C'est pourquoy les sçauans auteurs, par leurs dicts ont
excité les entendemens, de se destourner de ceste vanité, la con-
gnoissant trop vile & defectueuse.
Saluste a laissé par escrit ceste sentence dorée : *Omnes homines, qui se*
se student præstare cæteris animanti-
bus summa ope niti decet, ne vitam si-
lentio transeant, veluti pecora. C'est à
dire, tous les hommes qui veulent
exceller par dessus tous les autres
animaux, se doiuent efforcer de
tout leur pouuoir, à ce qu'ils ne
passent leur vie, sous le silence, côme les bestes, &c. Ouide encou-

Bias.
Democri-
te.
Platon.

Sentēce de
Saluste.

rageant l'homme à chofes dignes
de luy, a efcrit ces vers dorez :

Prondque cum fpeɛ̃tet animalia cætera Sentence
      terram, d'Ouide.

Os homini fublime dedit, cælumque
      tueri

Iufsit, & erectos ad fydera tollere
      vultus.

C'eſt à dire, veu que tous les autres animaux regardent naturellement la terre : il a eſleué le
viſage à l'homme, luy a com-
mandé de regarder le ciel, &
de dreſſer ſa face en haut, &c.
Homere auoit accouſtumé de di- Dit d'Ho
re, que ſe trauailler en ces cho- mere.
ſes vaines, eſt donner à l'eſprit vn
ieuſne trop inſuportable. Quand
Dieu créa, ſelon qu'il eſt eſcrit
au Geneſe, les oiſeaux du ciel,
il leur donna ſa benediction &

Cōception de l'escriture. ne la donna autrement aux beſtes brutes, qui meinét leur vie en terre, pour nous mōſtrer, auec myſtere que ceux là ſont benis de Dieu, qui ont la pēſée & le cueur eleué aux choſes hautes & ſupernelles, & non pas ceux qui l'ont occupé aux fantaſies & fanfreluches de la

Ieremie. terre. Le Prophete Ieremie plora ſur la ville de Ieruſalem, diſant: Ses immondices ſont à ſes pieds, ſachant que le peuple eſtoit ſeulement addonné aux choſes terriennes treſ-vaines & freſles. Ie ne la puis mieux reſouldre, que de

Le Prophete Dauid. prier auec le Prophete, noſtre Seigneur, & dire : *Auerte oculos meos, ne videant vanitatem.* C'eſt à dire, Deſtourne mes yeux qu'ils ne voyent la vanité: car de cete vanité de ceruëau on ne tire ſinon dommage, ignominie & deſ-honneur.

Des

DES CERVEAVX LE-
gers, remuans, inftables, in-
conftans, & Lunatiques.

DISCOVRS XII.

LEs Cerueaux qui changent & font inftables en leurs penfées & actiõs, n'acquie rent pas moindre perte & deshõ neur. L'inftable & legere femme du iufte Loth, cõuertie en vne fta- tue de fel, peut feruir de manifefte exemple de la perte & dommage qui vient de cefte volubilité. L'in- conftant Semei, lequel s'apliqua mal à la charge & commiffion de fon Maiftre, monftra, par la mort qui luy en aduint, comme c'eft v- ne chofe nuifible & dommageable d'eftre inconftant & leger. Le fu- plice & la peine de deuenir vn va-

Exemple de la fém de Loth.

Exemple de Semei.

I

gabond & errant tout le temps de
la vie, monſtra à Cain de quelle
perte & dommage eſt l'inſtabilité
du corps & de l'eſprit. Petrarque
a exprimé en peu de paroles, mais
clairement, le mal & preiudice de
ceſte legereté, en ces vers:

Petrar-
que.

 E del mio vaneggiar vergogna è'l
  frutto,
 E'il pentirſi e'l conoſcer chiara-
  mente,
 Che quanto piace al mondo, 'e breue
  ſogno.

C'eſt à dire, & de ma volubilité, le
deshonneur eſt le fruict, le repentir, & cognoiſtre manifeſtement
que tout ce qui plaiſt au monde,
n'eſt qu'vn brief ſonge. Et ainſi
les a tresbien declaré Grotto, au
Sonnet qui commance,

 Io che dal primo di vaneggio &
  vago,

La spoglia, è l'adma al precipitio
porto.

C'eſt à dire, quant à moy, qui des
le premier iour erre leger, ie por‑
te le corps & l'ame, au precipice.
Et nous pouuons voir manifeſte‑
mét par pluſieurs paſſages de l'Eſ‑
criture, comme en apres ſe rend
vile vn homme leger & inſtable,
pource qu'à cauſe, de ſa vilité, ores
il eſt comparé à la pouldre de la
terre, comme en ce vers du Pſeau‑
me, *Non ſic impii, non ſic : ſed tanquã* Pſeaume.
puluis, quem proiicit ventus à facie
terræ. C'eſt à dire, nõ ainſi, les meſ‑
chans, mais comme la pouſſiere,
que le vent iette de deſſus la fa‑
ce de la terre : ores à la mer inſta‑
ble & orageuſe, à cauſe des vents,
qui y ſoufflent continuellement:
cõme en Eſ. où il dit: *Cor impij qu‑*
ſi mare ſeruës, quod quieſcere nõ poteſt. Eſai.

I iij

C'eſt à dire, le cœur du meſchant,
eſt quaſi comme la mer orageuſe
& bouillante, qui n'eſt iamais en
repos:ores aux oiſeaux vagabõds,
en l'air, comme aux Prouerbes, où
il eſt eſcrit, *Sicut auis tranſmigrans*
de nido ſuo, Sic vir qui relinquit locũ
ſuum:Et pour le dire en vn mot les
inſtables ſont figurés en l'Euangile, & ſignifiez, par le fils Luna-
tique, pour lequel le Pere dit à
Ieſus Chriſt, *Domine miſerere filio*
meo, quia lunaticus eſt : car ils ſont
proprement muables comme la
Lune. Pour ceſte cauſe, quand le
Sage voulut en l'Eccleſiaſtique,
blaſmer ceſte legereté & changement, le comparant au vent, il dit,
Non ventiles te in omnem ventum.
Et quand noſtre Seigneur, par v-
ne occulte ſignification, voulut reprendre ceſte legereté, il dict, en

Prouerbes

Euangile.

Eccleſiaſt.

S. Luc, *Noli transire de domo, in do-* S. Luc. *mum.* Ne paſſez de maiſon, en mai-ſon:comme s'il vouloit dire, Il ne faut pas eſtre leger & inconſtant de penſée & d' actions, s'apli-quant ores à vne choſe, ores à vne autre:de maniere que l'on vueille auiourd'huy eſtudier, demain le plaiſir du ſon: auiourd'huy les de-uotions,demain le bal & danſes : auiourd'huy les peines,demain le repos:auiourd'huy la vertu, de-main le plaiſir. Le diuin Arioſte a noté fort ſententieuſement l'hu-maine inſtabilité en ceſte Stance, qui commance :

　　O de gli huomini inferma e' inſtabil Arioſte. 　　*mente:*
　　Come ſiam preſti à variar diſe- 　　*gno.*

Pource que veritablement, nous ne ſommes iamais fermes & ar·

I iij

reſtés en vn propos, mais tournons comme la girouette à tous
vents, çà & là,& changeons bien
ſouuent de penſée. Ceſte inſtabilité fut ſingulierement notée par
Petrarque,en la perſonne d'Amnon,ores prins d'amour,ores aueu
glé de haine,contre ſa ſoeur Thamar,là où il dit,

Petrarque   *Vedi quel,che in vn punto ama è di-*
    ſamar.

   Voy ce qu'en vn inſtant il ayme,& n'aime plus.

Ce que Guidiccion a bien exprimé en ſoymeſme , & gentiment,
quand il eſcrit,

   Se ben s'erge tal hor lieto il pen-
   ſiero

   A caldi raggi del ſuo amato ſole:
   E vede il volto, & ode le parole,
   Quaſi in vn punto poi l'attriſta il
   vero.

C'eft à dire, Bien qu'aucunesfois
s'efleue ma penfée gaye aux
chaulds rayons de fon aymé fo-
leil, & voit le vifage, & oit les paroles, apres le vray, tout en vn inftant l'atrifte. Parquoy pour eftre
tant dommageable & vile, elle
merite le blafme, que l'on a couftume de donner & attribuer aux
chofes vicieufes: & d'eftre tenu en
la haine, que fa miferable & abie-
&e nature requiert.

DES CERVEAVX
curieux.

DISCOVRS XIII.

LAiffant les cerueaux vaga-
bóds & inftables, difcourôs en
brief de ceux, que noius appellons
curieux, lefquels ont la péfée

I   I iiij

assez vaine, le desir vain, le voir, le
parler, & toutes les manieres &
actions de leur vie, vaines. Ceste
vaine curiosité de pensée a esté re-
prinse par le Sage, en ces paroles,

Eccles.

de l'Ecclesiaste : *Proposui in aïo meo
quærere & inuestigare sapiëter de omnibus, quæ fiunt sub sole. Hanc occupa-
tionem pessimã dedit Deus filiis hominum, vt occupentur in ea.* Où apertement il la nomme vne chose tres-
mauuaise & inique. Seneque, le
philosophe, la reputãt du tout inutile, a dict à ce propos: *Quid te torques in illa quæstiune, quam vtilius est
cötëpsisse, quàm soluere?* Pourquoy te
mets tu en peine, en ceste question
là, laquelle il est meilleur & plus
vtile auoir en contemnement que
la souldre? Car de s'occuper & empescher en la consideration de
certaines extremes curiositez,

c'eft vne chofe, non feulemét vai
ne, mais digne de haine & de mefpris. Le defir curieux n'eft pas
moins vain & dommageable auf- *rieufe.*
fi, comme l'exemple nous declare,
en Dina fille de Iacob Patriarche,
laquelle meuë d'vn vain defir, de
voir les manieres des femmes de
la region de Sichem, en tira en fin,
le vitupere & le deshonneur que
luy fit le diffolu fils d'Emor Euéc.
Le voir auffi eft caufe de grandes
pertes & maux pour cefte caufe,
on lit qu'Actéon fut conuerty en
cerf, pour auoir trop curieufemét, *Acteô &*
affis l'œil, fur les belles deeffes *Aglaure*
nues. Aglaure fut changée en *curieux.*
pierre, pour auoir defcouuert d'vn
œil cupide, le monftre, que la deeffe Minerue luy auoit fecretemént
donné en garde. Procris fut tuée
d'vne fagette, par fon mary, pour

Procris curieuse.

auoir voulu, par vne trop grande anxieté voir s'il eſtoit point rauy de l'Aure, comme elle auoit ſoupçon. Le diuin Petrarque attribue quaſi touſiours les miſeres de ſó amour, aux curieux regards. Le miſerable Ariodant, trop curieux de

Ariodant curieux en l'Arioſte.

regarder ce que le ſaint Polineſſe s'offrit de monſtrer, de Geneure, attribua la faute à ſes yeux, en l'Arioſte: Et en ceſte maniere, le gentil Remy Florentin, attribue les peines de ſon amour, aux yeux de ſa Dame, & à ſon propre regard. Quand l'Eſcriture Saincte depeint la douleur des deux faux vieillards, amoureux de Suſanne,

Daniel le Prophete.

il en rend la cauſe, diſant, que, *Vi debant eam ſenes quotidie ingredientẽ & deambulantem : & exarſerunt in concupiſcentiam eius.* Là où toute choſe eſt attribuée au curieux re-

gard de leurs yeux. Le curieux par-
ler aussi est blasmé & reprins, cô- *S. Paul à*
me S. Paul escriuant à Timothée *Timothee*
reprint les Maistres & Predicateurs , lesquels il preueut deuoir,
auec le temps, declarer & expliquer seulement les fables & nouuelles. Les femmes sont communement notées , es actions & gestes pleins de curiosité , pource
qu'elles s'appliquét pl° à cecy, qu'à
aucune autre chose digne de louãge: pour ceste cause l'Ariofte descriuant les curieuses actions d'Al *Alcine cu*
cine, l'a proprement declarée & *rieuse en*
deschifrée en quelques siens vers. *l'Ariofte.*
Mais parlât en general, est demô-
stré que la curiosité est digne de
blasme & de reprehension , par le
dire du Poete Antagoras, lequel
ayãt esté trouué par le Roy Anti- *Exemple*
gone, en son propre pauilló, faisãt *du Roy*
cuire certains poissons , par luy *Antigone*
  curieux

derouuerts, par vne trop grande curiosité : & enquis, par ieu, s'il pensoit qu'Homere, tandis qu'il escriuoit les faicts d'Agamemnō, s'amusast à faire cuire des poissons, il fit responce: Pensés vous qu'Agamemnon, tandis qu'il faisoit ses entreprinses, fust curieux de sçauoir, comme vous estes, si en son armée, l'on faisoit cuire des poissons? En quoy il a manifestement reprins & noté, la trop grāde curiosité d'iceluy. Le dict de S.

Le Philo-sophe Sim-plicius cu-rieux Augustin aussi blasme la curiosité: car comme le Philosophe Simplicius luy eust demandé ce que Dieu faisoit auant qu'il creast le mōde, on lit qu'il respondit, que Dieu estoit en vne forest, où il couppoit le bois, pour en faire vn grād feu, à brusler tous les curieux rechercheurs de ses hauts secrets : auquel

lieu il fe moqua manifeftement du
doute trop curieux du temeraire
Philofophe. Eftant donc cefte cu-
riofité telle, que nous l'auons depainte , s'enfuit & refte que les
cerueaux curieux fe rendent dignes de blafme & de vitupere :
d'autant plus qu'ils ont le liure du
pourquoy en toute chofe , es yeux
qui veulent voir toutes chofes , es
aureilles qui veulent ouir la caufe
de toute chofe, en l'odorer & flai-
rer, pource qu'ils veulent mettre
le nés par tout, au gouft, entant
qu'ils veulent engloutir toute cho
fe. En fomme, Seneque, en fes E- *Seneque.*
piftres, ne leur peut donner epithetes plus conuenables, que de
cerueaux ennuyeux & trop à contrecœur, defquels il eft force que
ie me deporte de parler d'auãtage,
pour l'horreur de leur nature.

DES CERVEAVX DE-
daigneux, defpiteux, capricieux
& fauuages.

DISCOVRS XIIII.

IE me tourne maintenant, auec nó moindre horreur & fafcherie aux cerüeaux lefquels nous appellons delicats & defdaigneux, pource qu'ils font de tant fafcheufe nature, ayant tout à contrecœur, qu'il femble, qu'ils ayent toufiours le rubarbe en la bouche, ou la rue fauuage au nés. L'on en trouue aucuns tant defpiteux & fauuages, qu'vn feul figne ou clin d'œil ne leur venãt à fantafie, les réd comme enragez, & ont vne poifõ au dedãs trop infupportable. On lit que le Philofophe Euvilocus a efté d'vne telle

Exemple du Philofophe Euvilocus.

maniere de cerueau : car comme
ſon cuiſinier n'euſt vne fois accō-
modé ſon ſoupper à l'heure deuë,
il print le roſti & la broche tout
enſemble, & courut apres luy, iuſques en la place de grande colere
& deſpit, afin de l'embrocher.
Speuſippe fils d'Eurimedon ſe
monſtra pareillement d'vn tel cer- *Exemple*
ueau, quand quelqu'vn ayant en *de Speuſip-*
ieu, touché la queuë d'vn ſié petit *pus.*
chien, oyant abbayer, il le ietta,
par deſpit, dedans vn puits. Que
dirons nous de ces cerueaux deſ-
piteux d'Aman, duquel on lit es
ſainctes lettres, qu'il voulut pēdre
Mardochée, pource qu'il ne luy *Exemple*
plioit les genoux, & ne luy faiſoit *d'Aman.*
reuerence comme les autres? Ce
que Dante a gentiment touché
en ces vers,

Poi pioue dentro à l alta fantaſia

Vn crocefiſſo diſpettoſo è fero,
Si è la ſua viſta , & cotal ſi mo-
ria.

Telles gens, à la verité, meurent de
rage & de deſpit, & n'eſt poſſible,
ce croy-ie, de voir plus grãdes vi-
pereſque telsecruelés, qui ſe ruét
ſur autruy, auſſi toſt ſeulemét que
l'on tourne les yeux ſur eux: toute
choſe leur deſplaiſt, toute choſe
les faſche, & peut on dire ỹ l'eau
roſe, le muſc, la ciuete, toutes
les odeurs & parfuns de Perſe &
de l'Arabie tout enſemble, leur
puent. Ils ſont eſchars à rire, re-
tirez en la ioye, faſcheux es careſ-
ſes, affables, obſtinez & dedaigneux, es paroles, & brief toute choſe leur vient à contrecœur, & ne trouuent rien à
leur gré. Boeme n'eſtoit pas
tant deſpiteuſe à la perſonne de
Marc

Exemple
de Boeme
deſpiteuſe

Marc Aurele, que ceux cy en tout
& par tout, font fafcheux & har-
gneux en paroles, en geftes, manieres, & en leurs actions. Auffi
toft que i'en voy vn de ceux là, il
me fouuient incontinét de la defpiteufe Gabrine, de laquelle les *Gabrine*
eftranges conditions ont efté def- *defpiteufe*
crites par l'Ariofte : ou bien de la
femme de Pinabel, de laquelle le *La femme*
mefme auteur a depaint la def- *de Pinabel*
plaifante nature. Parquoy haiffant *defpiteufe*
tels eceruelez, tant delicats, dé-
daigneux & eftranges, ie me tourne en fin d'autre part, & vay trouuer les paffionez, & hommes
ayans perdu cueur.

DES CERVEAVX
paffionez & defcouragez.

DISCOVRS XV.

K

Es cerueaux pasfionnez
pourroyent bien, en plu-
fieursmanieres,demôftrer
leurs pafsions differêtes & diuerfes,côme d'ire, d'enuie, de côuoitife,& de beaucoup d'autres: mais
nous entédons parler,pour le prefent de ceux, qui defcouurent en
diuerfes manieres & occafions, la
pafsion amoureufe, fubiect des
ieunes cueurs,trop miferablemét
trâfportez & menez de l'aueugle
affection & cupidité:laquelle paffion ils declarent eux mefmes, en
paroles,fignesde l'œil,en regards,
œillades,en ris,en changement de
vifage, en lettres,en promesses,en
messages, en prefens,en armes,en
liurées, & deuifes, outre les affections interieures exterieuremét
exprimées, & mentionnées par
Marsile *Ficin*. Marsile Ficin, au commentaire

fur Platon de l'Amour , à fçauoir
des larmes , defirs, lamentations,
triftefles , ialoufies , allegrefles,
décharges du cueur , ires , ven-
geances , faute de bonne volonté,
& fentiment du cueur : & outre
quelques fignes exterieurs , qu'ils
pratiquent tant feulement pour
la chofe aimée, en s'ornāt, ballāt,
chantant, fonnant, eftudiant, courant, fautant, iouftant, & prenāt
les armes pour icelle , auec de-
monftrance manifefte d'aucuns
extremes defirs, à fçauoir d'aller
inuifibles & transforméz, pour la
poffeder, endurāt, outre tout cela,
pour elle, rifee, vitupere, les coups
& fur tout la cruelle mort, toutes
lefquelles chofes donnent indice
& argument affez exprés & certain, d'vne grande legereté. S'Il
faut regarder aux vaines paroles

K·ij.

& affectées, elles ne defaillét poĩt
ny en public ny en secret, par mes-
sager & par eux mesmes:dolentes
& ioyeuses, craintiues & languis-
santes , presomptueuses & har-
dies , lasciues & ocieuses , sans
goust & pleines d'artifice. Dequoy
font foy les paroles d'Amnon à sa
sœur Thamar : celles des deux
vieillards à Susanne : celles d'Holophernes à Iudith : celles de Da-
lile à Sãson. Si l'on préd garde aux
signes , ils se peuuent voir en tout
lieu par les personnes necortes , es
Eglises , es places , es rues , aux
fenestres,aux portes,aux ialousies,
aux bals,aux festins, aux bãquets,
au moyen des yeux, des mains, des
gans , des mouchoirs , sans aucun
regard d'honneur, & sans honte
aucune. C'est pourquoy les tres-
vains Poetes amoureux, ont ra-

*Exemple
des propos
amoureux*

mêteu les signes en leurs amours.
S'il est questió des regards, il n'est
pas besoin de dire, comme ils sont
prests, accorts, larrós, trompeurs,
couuerts, malicieux, & lascifs.
Pour ceste cause le Poete Sopho *Sophocles*
cles introduisant Hippodamie di- *Poete.*
sputant de la beauté de Pelops,
l'induit à dire, qu'il auoit au regard, vn éclair tresaccort & ardát
es yeux, par lequel, elle se sentoit
enflammer son œil, côme aucunefois le fer s'enflamme, quand il
est mis par le forgeron, au milieu
de la fournaise. Ainsi le Poete
Toscan parle des amoureux re- *Petrarque*
gards de sa Dame,

    E'l bel guardo sereno,
    Oue i raggi d'amor si caldi sono.

Le trescelebre Pindare descriuant *Pindare.*
les beautez & la cruauté de Theos-
sene, luy attribue les luisans rais

           K iij

des yeux meſlez à vne ame de fer & de diamant, laquelle il appella ame noire, & compoſée par vn forgeron. On lit auſſi en Athenée,

Sapho en Athenée. que Sapho en Athenée, diſt à vn qui ſembloit admiror les belles contenâces & manieres de la perſonne d'vn autre: Arreſte toy, ami, n'aduiſe autre choſe, que les gracieux regards de ſes yeux, comme eſtât le principal ſiege de l'amour laſcif, mis au ſeul regard des yeux de la choſe aymée, comme Ouide

Ouide. certifie auſſi, diſant:

Si neſcis, oculi ſunt in amore duces.

C'eſt à dire, ſi tu ne le ſçais, les yeux ſont côducteurs en l'amour. Et auſſi,

Et formoſus eras, & me mea fata trahebant,

Abſtulerant oculi lumina noſtra tui.

Iules Camille, & Pierre Gradinique l'ont mis àuffi en leurs vers. S'il faut aduifer aux ris, l'on ne fçauroit dire, comme ils font dolents, ioyeux, vains, artificiels, féints, fimulez & fots. Le diuin Ariofte a attribué telles manieres de ris à la trompeufe & cauteleufe Alcine, en certains vers de cefte *Alcine en* fubftance & fignification : Elle *l'Ariofte.* auoit en toute fienne partie, vn lacet tendu, foit qu'elle parle, ou rie, ou chante, ou chemine. Et ail-leurs : De là fe forme ce doux ris qui ouure en terre le paradis, à fa difcretion. Si l'on regarde les changemens du vifage, on les trouuera fort frequents & diuers: car ils deuiennent ores ioyeux, ores melancoliques, ores timides, ores hardis, ores pafles, ores hon- *Le Philo-* teux. Pour cefte caufe, le Philo- *fophe Epi-* fophe Epicarme comparoit les *carme.*

K iiij

penſées laſciues , qui cauſent
ces externes diſpoſitions, aux flux
& reflux de la mer , laquelle
n'eſt iamais en repos , ny tranquille , mais en continuel mouuement, comme l'on voit, les comedies de Terence & de Plaute,
& celles des modernes, donnent
en mille vains amans, àtoute heure , exemples treſmanifeſtes , de
ces frequentes mutations. Si l'on
prend garde aux lettres & aux eſ-
crits, ils ne monſtrent auec plus
de moyen, auec plus d'artifice, ny
auec moindre reſpect, moins de
crainte, ny auec plus grande aſ-
ſeurance, les paſſions enracinées
dedans le cueur, eſcriuant les penſées, les deſirs, les conceptions, les
eſperances, les ſignes , les infortunez euenemens, les choſes pro-
ſperes, & l'eſtat auquel ils ſetrou-

uent, rempliſſant les lettres de larmes, de ſouſpirs, de peines, de
douleurs, de martyres, de deſpits,
indignations, de plaintes, de ia-
louſies, auec vne extreme folie, de
leurs eſprits: comme l'on voit les
lettres de Penelope à Vliſſes :
d'Helene à Paris, de Phillis à
Demophon, d'Ariadne à Theſée,
d'Hero à Leandre, & celles des
modernes, qui ne ſignifient autre
choſe qu'embraſemens de cueur,
departemés des ames, dards mortels, flammes du mont Ætna, feux
du Montgibel, lacets d'amour,
rets, ceps, priſons, auec mille autres folies, que la plume meſme
a honte de coucher par eſcrit. Si
l'on note les meſſages & les am-
baſſades, l'on voit, auec quel art,
maniere ſecrette, auec quelle
crainte, auec quelle attente, auec

quel defir & fin , on les enuoye & attend : lefquelles chofes
demonftrent apertement l'aigre
paffion , & la peine infinie, que
les miferables fouffrér. Auec cefte
peine là , le miferable Petrarque
a dict,

Petrarque.

E mi par d'hora in hora vidir il meſſo
Che mi mãde Madona a ſe chiamando.
Il m'eft aduis que i'entens d'heure
en heure, le meffage, que madame
m'enuoye m'appellant à elle. Et
mefmes eft efcrit de la miferable
Bradamant , en l'Ariofte :

Ariofte.

Se difarmato, o viandante a piede,
Che fia meſſo di luy, ſperanza piglia.
S'il faut regarder aux promeffes ,
ô qu'elles font grandes , qu'elles
font amples , qu'elles font frequentes , combien allechantes,
combien malicieufes, & combien
trompeufes. Vliffes, en Properce,

faillit de sa promesse, à la gentille
& gaillarde Nymphe Calipso.
Heleine, en Virgile, faillit à Dei-
phobe Troyen, Iason, en Ouide,
à l'amoureuse Medee : & pour
ceste cause, le Poëte Ferrarois a
bien dict,

Ariofte.

L'amante, per hauer quèl che defia
Senza guardar, che Dio tutto ode e
    vede,

Auil uppa promesse e gipramenti,
Che tutti spargoit poi per l'aria i venti.

C'est à dire : L'amant pour auoir
ce qu'il desire, sans regarder que
Dieu oit & void toute chose, fait
des promesses & serments, que les
vents, en apres, espandent tous
parmy l'air. Si l'on note les presens de ces amoureux, l'on note
pareillement la sottise & la misere
de leur esprit, pource que non seulemét ils donnét des roses, fleurs,

violettes, bouquets, auec diuerſes
ſignifications des herbes, du fil &
ſoye, dont ils ſont entourez, phioles d'eaux odoriferantes , petits
vaſes de parfums, pômes de muſc,
mais auſſi bagues, aneaux, braſſelets, pendants, chaines, & beſon-
gnes tiſſues d'or & d'argent de
treſgrãde valeur, diſſipãs le bien ,
& ſe deſtruiſans , par ſemblable,
eux meſmes. Heraclides Ponticus

Heracli-
des Ponti-
eus. eſcrit, que Pericles Olimpien cõ-
ſomma quaſi tout le ſien, à donner
& faire des preſens, à Aſpaſia ſa
fauorite. Le Poëte Claudian , au

Le Poëte
Claudiã. liure *de Raptu,* introduit Mars &
Apollon , amoureux de Proſer-
pine, auãt que Pluton l'euſt rauie,
ſ'efforçans auec dõs & preſens, de
la gaigner en ces vers :

Perſonat aula procis , pariter pro vir-
gine certant,

Mars donat Rhodopen, Phœbus largi-
tur Amyclas.

Iean Bocace en vne fienne Nou- Bocace.
uelle mefle aufsi les prefens d'vn
vain amant, exprefsement faicts,
difant: Et pour pouuoir gaigner
l'amitié & priuauté de madame
Belle-couleur, il luy faifoit bien
fouuent des prefens. Si l'on confidere les armes, ou en cafaques, ou
en efcus, ou autrement, la multitude, la varieté, l'inuention, &
les fignifications defcouurent le
grand aueuglement & folie qui
regne en eux. L'vn porte vn cœur,
l'autre vne pomme: qui vn Cupidon, qui vn dard, qui vn lacet, qui
vn cerf frappé, qui vn abricotier,
qui vne enclume, qui vne montagne, qui vne flamme, & qui vne
chofe, qui vne autre, côme on lit
en l'Ariofte, que la dolente Bra-

Inuention de Bradamant defefperée

damāt a porté, comme defefperée de fon Roger, les troncs de l'aibre que l'on nomme Ciprés, lequel vne fois couppé, ne repouffe iamais plus, voulant inferer le defespoir & la volonté qu'elle auoit à cefte heure là de mourir. On lit

Exemple d'Alcibiades.

d'Alcibiades ieune Atheniē, qu'il portoir, en fon efcu, le Dieu Cupidon, auec le foudre en main, fignifiant les extremes embrafemens de l'amour, qu'il foufroit. Si l'on regarde les tresbelles liurées, de diuerfes couleurs, on ne fçauroit voir vne plus grande folie. La couleur pafle (côme efcrit elegamment le fçauant Alciat en fes Emblemes) defcouure la pafleur des amans : la couleur brune, la douleur & la triftefle : & pour cefte caufe, Petrarque a dict,

Petrarque.

E cofi auien che l'anima ciafcuna

Sua passion sotto e'l contrario manto.
Ricuopre con la vista hor chiara, hor
bruna.

Le verd denote viuacité, comme
le mesme Poete a dit,

Per far sempre mai verdo i miei de-
siri.

La couleur de pourpre signifie la
priuation de la vie : & pour ceste
cause Homere a appellé la mort, *Homere.*
pourprée, à cause du sang amassé
& espaissy : ce que Virgile imitant
escrit,

Et enuoya dehors l'ame pourprée.

Si l'homme prend garde aux de- *Virgile.*
uises, il verra les plus grandes sot-
tises, & les plus grandes vanitez
qui soient au monde, comme en
celle du Chameleon, qu'a feinct
vn amant auec l'escrit prins d'vn
vers de Petrarque, qui disoit,

I. per che non della vostr' alma vist'a

desirant se paistre de la veue de la
personne aymée, comme le Chameleon se paist de l'air: Et ceste
autre de celuy, lequel aymant vne
dame Violante, print pour deuise,
vn bouquet de fleurs & violettes,
auec ces paroles: *Sola mihi redolet,*
Elle est seule me sentât bon:enté-
dant par ceste touffe & bouquet sa
maistresse, laquelle il aymoit tant.

Les larmes de plusieurs & diuers. Ie ne diray côbien de larmes iettent les pauures & infortunez a-
mans: car les larmes de Didon,
pour l'amour d'Aenée: celles de
Briseis, pour Achilles:celles d'An-
dromede, pour Perseus: celles de
Tisbe, pour Pirame:celles de Meleagre, pour Athalante : celles
d'Hemon,pour Antigone: celles
d'Herode, pour Mariamne, en
donnent tresample tesmoignage
à tout le môde. Ie ne parleray des
lamen-

lamentations & des plaintes, auec
cuifans foufpirs , qui enflamment
l'air, pource que Nafon en fait foy
manifefte, pour Corinne: Catulle , pour Lesbie: Properce, pour
Cinthie : Tibulle , pour Delia :
Licinius, pour Quintilia : Terence Varron , pour Leucadie : Hor-
tence, pour Martie : D'ante, pour
l'amour de Beatrix: & Petrarque,
pour l'amour de Laure. Ie ne parleray auffi des trifteffes & des af-
flictiós : car (cóme dit Anaximã- *Anaxi-*
dre) les plaifirs de Venus n'appor- *mandre.*
tent autre chofe à l'homme , que
repentance: & la painture de Cupidon auec l'arc en main & les
fleches, ne fignifie autre chofe que
les tourmens & les peines , qu'il
donne à ceux là qui le fuiuent : ce
que Petrarque a tresbien declaré, *Petrarque*
en ce Sonnet:

L

Per far vna leggiadra sua vendetta,
E punir in vn di ben mille offese,
Celatamente Amor, l'arco ripreso,
Com' huom, ch' a nuocer luogo e tempo
aspetta.

C'est à dire: Pour faire vne sienne
gentille vengeance, & punir en
vn iour bien mille fautes ensemble, amour a reprins secretement
son arc, comme vn homme lequel
pour nuire attend & espie le lieu
& le temps. Ie tairay les desirs,
pource qu'ils ne sont iamais contens, & iamais ne reçoiuent fin,
côme Guglia a bien manifesté en
vn sien Sonnet, commenceant,

Quando sia mai &c.

Ie ne feray mention des ialousies:
car on sçait bien ce que fit le ialoux Vulcan, pour Venus, laquelle il accueillit & surprit auec
Mars, au reth: ce que fit Circe

Guglia.

Exemple
des ialoux

fille du Soleil à la Nymphe Scille,
que Glauque, Dieu marin aimoit,
empoisonnant par ialousie la fontaine, où elle auoit accoustumé se
lauer, ce que fit Dirce à la ieune
Antiope, la liant, par les cheueux,
au col d'vn taureau, pour descharger & assouuir le despit qu'elle a-
uoit contre elle, pour luy auoir
derobé son mary. Ie tairay les vaines & fallacieuses ioyes & alle-
gresses, qu'ils ont des rencontres,
des salutations, des signes, des regards, des ris, des rapports, des
aduis, aduertissemens, & de mille
autres occasions qui aduienent,
comme Ange de Constanzo l'a *Ange de*
tresbien declaré en vn sonnet có *Constance*
manceant:

    Nouo penser, &c.

Ie ne diray mot des courroux : car
l'on sçait bien, cóme ces paunres

           L ij

amässe deschargét en paroles&escrits, appellâs la personne aymée, desloyale , cruelle, ingrate, inhumaine , barbare, Ourse nouuelle, mechäteTigre,& deuoräte Lionne , auec mille autres epithetes,de marbre , de diamant , d'enclume, d'aspics : seulement pour descharger l'aigre & ennuyeuse passion , qu'ils souffrêt au dedans : dequoy peuuét donner manifeste tesmoignage , les Ariadnes, Olimpies, Bradamant, subiects particuliers, à l'endroit desdicts Poëtes,de telles descharges,de courroux.Ie tairay les ires, qu'ils môstrent en paroles, en gestes, és yeux,au visage, au frôt, en plusieurs occasiôs particulieres : car Petrarque a assez *Petrarque* bien declaré cecy, en ce Sonnet,

Geri, quando tal hor meco s'adira
La mia dolce nemica ch'è si altera.

Ie ne diray mot des végeances:
car l'on sçait assez, comme on les
desire, & comme on les met à effect, ce qu'a tresbien expliqué *Anguil-*
l'Anguillara, en ceste Stance qui *lara.*
commence:

Torna con le none armi alla vendeta,
E troua il biodo Dio, non meno altiero
Tosto l'aurato stral tira, e saetta
Il cor al forte, & oltraggioso, arciero.

Ie tairay semblablemét les desauts *Martial.*
& euanouissémens de cueur, puis
que le Poete Martial les a tresbien
demonstrez en ces vers:

Quicunque ille suit puerum qui sinxit
        Amorem,
    Nonne putas miras hunc habu-
    isse manus,
Is primum vidit sine sensu viuere a-
    mantes,
Et leuibus curis, multa perire bona.

C'est à dire, Quiconque a esté ce-

Ornemēs & habits

luy, lequel a faint Amour enfant: pēſez vous pas qu'il ait eu de merueilleuſes mains? Il a veu premierement que les amans viuent ſans le ſens, & que beaucoup de biens periſſent, par legers ſouciz. En apres, les ornemens de la perſonne, les diuerſes façons d'habits, les veſtemens polis, paſſent en eux les limites, & s'apliquent tant ſoigneuſemét à leurs cheueux, à leur viſage, à leur frōt, & à leurs mains pour les faire belles, que le monde en demeure non ſeulement eſmerueillé, mais auſsi eſtonné. O folle ieuneſſe! ô temps & années trop mal employées! C'eſt

Ouide.

pourquoy le Poete Ouide, aduertit les femmes de ſe garder de ces ieunes hômes qui ſe parent & ornét auec ſi grāde affectatiō, & dit. *Sint procul à vobis iuuenes, vt fœmina compti.*

Et en vn autre lieu, il aduise au
cõtraire, les ieunes-hommes, de se
garder des femmes qui sont tant
industrieusement polies & agen-
cees, disant.

Ad mea decepti iuuenes præcepta ve-
nite,

Quos ferus ex omni parte se fellit amor.

Les diuerses chansons, partie io- Chanson
yeuses, partie dolentes, donnēt in- des vains
dices manifestes de leurs folles amans.
pensees : cõme les poursuiuans &
amoureux de Penelope ont de-
mõstré, s'a vtendãs d'attirer à leur
volõté par le chãt, les sourdes au
reilles de la pudique dame , & le
sot Polipheme, lequel eut esperã-
ce, par le chant d'adoucir le cœur
de sa gaye & belle Galatee. Les
bals & danses sont pures lasciue-
tez , comme celles des Faunes,
des Satyres , des Bergers & des

L iiij

Nymphes , descrites par les Poetes : comme celles de Diane, pres le fleuue Eurote, métionnées en l'Æneide de Virgile. Les sons *Sons des* mesmes, ne sont autre chose, que *vains a-* expresse vanité : comme ceux là *mans.* d'Orphée pour l'amour d'Euridice, duquel parlant le Poete Mantuan, en son sixiesme, a dict :

Si potuit manes accersere coniugis Orpheus,

Threicia fretus cithara , fidibúsque canoris.

Et ceux de la belle Lamie, qui attirerent les aureilles du Roy Demetrius, comme Plutarque escrit. Les estudes sont vrayes dissolutions de Poesies, de Stances, Sonnets, Madrigals, Chansons: de lettres amoureuses, liures lascifs, cópositions inutiles du tout, comme ont móstré & monstrét tousiours

tant de modernes, n'ayans autre
plaifir & toulas en leurs peines,
que de comprédre, en vn Sonnet,
la cruauté de Victoire : l'arrogáce
de Domitie, & l'ingratitude d'O-
limpie, & faire que Echo retétiffe
& redie les dolentes voix, es pro-
fondes cauernes, & és obfcures
grottes, & és antres chargez de tenebres & d'horreur. Ils courét a-
uec trefgrande vanité, comme A-
talante eut contention auec Hip-
pomenes, à la courfe : Ils faultent,
en maniere d'vne autre Herodias
vaine & diffolue. Ils iouftét cóme
Ænée, pour Lauinie contre Tur-
nus, en Virgile, & Neffus Centaure, & Hercule pour Deianire,
en Seneque.

Ils prennent les armes, pour la
chofe aymée, cóme Oreftes, contre Pirrhe, pour Hermione : Piri-

thous, contre les Centaures, pour Hippodamie, laquelle Properce a appellé en lãgue Grecque, Ischomache, qui signifie chose acquise en combatant. Menelaus, contre les Troyens, pour Heleine la belle. Ils ont en pensee d'aller inuisibles, taschans de trouuer l'Elitrope d'Albert, les secrets de Pierre d'Aban, & les coniurations des diables, comme faisoit l'amant de Faustine. Ils se transforment souuentesfois le mieux qu'ils peuuẽt, pour obtenir, souz diuerse forme, la chose aymée, comme Iupiter se chãgea en Taureau pour Europe: Apollon, en pluye d'or, pour Danae: Hercules en femme filandiere, pour l'amour de la Roiné des Lidiens. De là, ils reçoiuent moquerie, comme Echo, de Narcisse, Mars d'Ilice: vitupere; cõme Tar-

quin pour l'amour de Lucreſſe:
playes & coups, cõme les fils d'E-
giſte, par les filles de Danaus : &
finalement la mort, comme Alcibiades, pour l'amour de Timãdre:
Pirame, pour Tisbe, Antoine,
pour l'amour de Cleopatra: Phillis, pour Demophon, Deianire,
pour Hercule, Sapho pour Phaõ:
& ainſi ces legers de cerueau paſ-
ſionnez & deſcouragez ont en fin
vne connenable & tref-iuſte recõ-
penſe de leurs vanitez.

DES CERVEAVX
moindres, ocieux & pareſſeux.
DISCOVRS XVI.

PVis que nous auõs aſſez parlé
de toutes les eſpeces des cerueaux legers, il faut conſequémét
paſſer, aux eſpeces des moindres
cerueaux, & trouuer en premier

lieu , les ocieux & pareſſeux , auſquels nous auons aſsigné le principal lieu , en la diuiſion generale miſe cy deſſus. Parquoy entre les plus petis cerueaux , ſe preſentent dĕ prime face, les ocieux & pareſſeux, leſquels ne ſe veulent reſoudre à choſes d'aucune cõſideratiõ. O que ceux cy ſont dignes de blaſme & de vitupere! On ne ſçauroit voir plus grand mal'heur & infelicité qu'vn eſprit ocieux. *Pithagoras* diſoit qu'il falloit retrãcher beaucoup de choſes du monde : la luxure du ventre, la ſedition de la ville , la diſcorde des maiſons, & l'endormiſſement des eſprits , & tiedeur qui regne en iceux. Le tres docte *Dante* , au purgatoire, exciteces eſprits ocieux, & les reueille de la pareſſe, diſant :

Ratto, ratto, che'l tempo non ſi perda.

Pithagoras.

Dante.

Pour ceſte cauſe, Empedocles ap- *Empedo-*
pelle l'oiſiueté , vne perte de *cles.*
temps, qui ne ſe peut recouurer.
Et à ceſte intention, noſtre Seigneur, en S. Mathieu , maudit le *S Ma-*
figuier ocieux & ſans fruict: à rai- *thieu.*
ſon dequoy il deuint incontinent
ſec & aride. Le Sage , és Prouer- *Salomon,*
bes, enuoye le pareſſeux & ocieux *es Prouer-*
à la tourmis, diſant : *Vade, piger, ad* *bes.*
formicam, à fin qu'il prenne exemple d'icelle, de fuir l'oiſiueté & la
pareſſe de ceſte vie. Ariſtote au *Ariſtote.*
dixieſme liure des animaux , re-
prenāt la pareſſe de ceux cy, a dit,
Nullum ens naturale natū eſt ocioſum:
comme ſ'il vouloit dire, qu'ils a-
prennent de la nature , laquelle
n'eſt aucunement ocieuſe, en ſes
operations: pource que, *Nihil o-*
tioſum eſt in natura : dict il plus
clairement, au ſecond de la Me-

Salomon es prouerbes.

taphifique. Salomon, és Prouerbes appelle tresfol, celuy qui se donne en proye & s'abandonne à l'oisiueté, disant: *Qui operatur terram suã, satiabitur panibus: qui autem sectatur otium, stultissimus est.* Sene-

Seneque.

que en ses epistres, a appellé l'hõme ocieux, vn homme mort, disant. *Otium, sine literis, mors est, & viui hominis sepultura.* Ce vicieux loisir, qui retire l'homme des veilles, des estudes, des trauaux, & de toutes les louables operations, & qui procede propremét de la pusilanimité de cœur, est cause de beaucoup de maux ensemble, cõme de lasciueté, de gourmandise, de mensonge, de vanité, & d'autres pechez infiniz, en la maniere que l'eau arrestée & ocieuse, des marests, & estangs, n'est cause, que de crapauts, serpés, & mille autres

corruptiós. C'eſt pourquoy Petrar
que, pour deteſter l'oiſineté, a dit: *Petrarque*

La gola e'l ſonno, e l'otioſe piume

Hanno des moudo ogni virtu bandita.

C'eſt à dire, la gourmandiſe, le
ſommeil & les ocieuſes plumes,
ont banny du monde toute vertu.
C'eſt pourquoy meſmement, Ca- *Dict de*
ton ſouloit dire, que les hommes *Caton.*
ne faiſans rien, aprennent à faire
mal. Et Mercure Triſmegiſte a dit *Dict de*
que l'homme ocieux deuient vne *Mercure*
Triſmegi-
beſte, Pource que le ſens domine *ſte.*
ſeulement en luy, côme il fait aux *Exéple des*
beſtes. Ceſte maudite oiſiueté eſt *perſonnes*
cauſe auſsi d'vn treſgrand dom- *endomma-*
gées, à cau-
mage, comme il nous appert, par *ſe de l'oiſi-*
l'exéple de Sanſon, lequel eſt lié, *ueté.*
tandis qu'il dort entre les genoux
de Dalide. Ionas dormât ocieuſe-
mét en la nauire, eſt quaſi ſubmer-
gé & ieuté en la mer, par les ma-

mariniers. Sifara dormant au lict
de Iahel , fut en vn inftant occis
& tué , auec vn clou, que cefte
femme vigilante , à fon mal , luy
ficha en la tefte. Et pour cefte caufe, ie conclu que c'eft vne tresbonne chofe, de fuir l'oifiueté, & f'efforcer de tirer ce clou, hors de la
tefte endormie de ceux cy, auec les
tenailles des paroles , qui font ef-
crites, en S. Mathieu : *Quid hic
ftatis tota die otiofi ?* & d'autant plus
qu'il fe voit que cefte pareffe & oifiueté enrouille les efprits, infecte
les entendemens , tient les corps
appefantis , & en toutes occafions
n'ameine que perte & dommage
à l'homme.

DES CERVEAVX
de cefte efpece fufdicte, morts, ftupides,
infenfez & lourds.

DISCOVRS XVII.

Entre

Ntre les plus petis cerueaux, ceux là ont le second
lieu au Theatre , que le
Vulgaire appelle communement
morts, & font de ces hommes là,
qui ne fçauent ny parler , ny ref-
pondre, ny deliberer ou difcourir
en aucune chofe, & femblent propremét comme infenfez & morts,
à l'oppofite de ceux qui sõt vifs,
prompts & efueillez en leurs operations. Diogenes les apelloit a- *Diogenes.*
nimaux muets, pource que la lan-
gue & la raifon par mefme moyé,
font muettes en eux, lefquelles
chofes ils ne peuuent pratiquer
ny employer, au temps & befoin. *Exemple*
On lit que tel fut le cerueau d'vn *de Bagas.*
certain Bagas , duquel recite vn
homme docte, que le Prouerbe eft
venu, *Vt Bagas conftitifti* : tãt ftu-
pide & mort, qu'il fembloit vne

pierre infenfée, en toutes fes actions. Qui ne dira que ceux cy font
cerneaux de trois au fol, puis qu'ils
ne vallent rien , ny pour eux mefmes, ny pour autruy? Le vulgaire
les appelle hommes venuz des Indes, pource qu'ils femblent proprement de ces Antipodes, qui sōt
tout neufs. I'ay fouuenance d'a-
uoir leu l'exemple d'vn Cheualier
de cefte forte, auquel comme l'on
euft propofé, en vne affemblée ,
qu'il difcouruft vn peu auffi (pour

Exemple ce que fe taifant , il eftoit tenu
d'vn Che- pour vn homme fage) touchant la
ualier in- maniere de vaincre le Turc, il de-
cenfé. meura, comme vn homme eftour-
dy, lōg temps, à ouurir la bouche,
& en fin ne fçachant difcourir , il
dift, auec la rifée de tous, qu'ō luy
pardonnaft & que l'on l'excufat ,
pource qn'il n'auoit iamais efté en
Turquie. La proprieté de telles

gens, est de demourer, és occurré-
ces, pasles en face, & destituez de
sang, tremblans des mains, muets
de la langue, stupides d'entendement, de nulle memoire, & statues
mortes & sans esprit, en toute sor
te d'operation. A ceste cause, n'ayans en eux aucune louable partie,
passons au discours des autres, au
plustost.

DES CERVEAVX
goffes, sans goust, sans grace,
ineptes & miserables.

DISCOVRS XVIII.

Retrouuons vne autre ma-
niere de cerueaux, que no⁹
auons accoustumé de nõ-
mer communement, Goffes, & sás
grace: la bestise desquels se demõ-
stre principallement au poids de
l'intellect, & en la compositiõ des
parolles. Cest Abbé se mõstra d'ũ

M ij

goffe entendement, au Courtifan, auquel comme le Duc d'Vrbin euft propofé, qu'il eftoit en grand foucy, de ce qu'il ne fçauoit où mettre la terre tirée des fondemés d'vn fien palais, il refpondit, qu'il fift faire vne foffe aupres, en laquelle il mift les vuidanges:& cóme le Duc euft aioufté, Où mettrons nous, apres, ce gui fe doit tirer de cefte foffe là ? il refpondit, Voftre Excellence la face faire tãt grãde, qu'elle puiffe tenir l'vne & l'autre terre: n'aduisãt pas que tãt plus l'on en euft tiré de terre, & plus euft l'on efté en peine de trouuer lieu aux vuidanges. La fottife ne fut pas moindre, du Grãmerié ou Pedant, du Chafteau S. Iean, pres Piacenze, auquel trop glorieux de fon fçauoir, comme l'ó euft propofé vne contradiction apparente, en deux paffages : l'vn de

Virgile, qui dit: (ito. *Virgile.*

Tu ne cede malis, sed contra audentior

Où il monstre que nous deuons
allegrement nous opposer & aller
au deuant des maux: l'autre de Caton, qui dit, *Rumores fuge* : où il *Caton.*
veut manifestement que nous les
fuyons , apres auoir long temps
pēsé, il respōdit: Arrestez vous vn
peu, ie vous prie, & me laissez trou
uer le verbe Principal. Et fut tres- *Sottise*
mal aduisé, en la composition de *d'vn Es-*
ses paroles , l'Escolier Lombard, *colier.*
lequel ayant à remercier, en l'estude de Siene, l'Assistant à ses Con-
clusions, pour la peine d'iceluy,
dist: Ie laisseray, Monsieur & me
deporteray d'vser de ceremonies
de paroles , en vostre endroit,
pource que si i'vsois de ceste simo-
nie (voulant dire Ceremonie)
ceux de mon pays diroyent, voyez

quel homme, lequel n'a demouré
qu'vn an à Siene, & veut faire du
Toscan tout en vn instant. O cerueaux veritablemét de Babouins.
Ceux cy seroyent bons, à enuoyer,
pour Ambassadeurs aux Indes
nouuelles, pource qu'ils resemblét
mieux aux hommes de ce pays là,
qu'à ceux de cestuy cy.

DES CERVEAVX TI-
mides, irresoluz, embaras-
sez & embrouillez.

DISCOVRS XIX.

MAis où sont ces Esprits,
que nous appellons timi-
des, irresoluz, & embrouil-
lez? qu'il y a auiourd'huy grande
quantité au monde de ceux, lesquels ayans à parler, ou à discourir, ou à donner leur iugement, en
vne chose, semblent auoir à passer

à pied fec, la mer rouge, tant ils fe
trouuent espouuantez & enuelop
pez. On lit de Theagenes, qu'il *Exemple*
eut vne fi grande fuperftition de *de Thea-*
crainte, qu'il tenoit en fa maifon, *genes.*
l'image de la Deeffe Hecate, qui
preside aux refponces, & ne vouloit fortir auant qu'il fe fuft con-
feillé à icelle, ayant peur de cho-
per à toute heure. Ceux cy font de
cefte forte, pource qu'ils craignent
en toute chofe, & tremblent hors
de propos, en mille occafions, faifans verifier d'eux, le dire du Prophete, *Trepidauerunt timore, vbi non* *Dauid.*
erat timor. Ceux cy font touchez,
du mal de paralifie, au cerueau qui
eft femblable au mouuemét de la
huictiefme fphere, ou ciel, appellé
mouuement de frayeur ou trëble-
ment, pource qu'ils tremblent, au

        M iiij

proferer d'vne feule fyllabe, ou
d'vn accent, comme fi c'eſtoit le
pas de Furlo, de tant manifeſte
eſpouuantement à ceux qui vont
deuers Rome. Le Lion, autremét,
animal tresfier & hardy, eſt noté
de coeur vil, pource que felon Pline, quand il voit la queuë & la
creſte, & quand il oit le chant du
coq, il eſt eſmeu & a peur: l'homme fera il pas digne d'eſtre blaſmé
d'vne puſilanimité grande, veu
qu'en choſe treſpetite, il demeure
tout eſperdu & mort? Entre les celebres preceptes de Pithagoras,
on trouue ceſtuy cy aſſez plein de
myſtere, Ne deuores le coeur: par
lequel il a fort profondement entendu la hardieſſe qui regne au
coeur de l'homme, comme en fon
fiege naturel:mal obſerué de ceux,
leſquels veritablement fe peuuent

Exemple du lion en Pline.

Precepte de Pitha-goras.

appeller, hommes fans coeur, &
fans la hardieffe deuë & conuenable. Ariftophanes & Lucian fe
moquét, à iufte caufe, d'vn certain
Plutus, que l'on dit auoir efté tellement, qu'vne moufche, en volãt
luy faifoit peur. D'autre-part les
Lacedemoniens, auec raifon, chaf-
ferent de leurs confins, le Poete
Archilocus, pource que timide &
peureux, il a efcrit, qu'il vaut
mieux ietter l'efcu & targe que
mourir, contre le precepte militai
re des Romains, qui comman-
doyent à leur ieuneffe, *Aut cum*
hoc, aut in hoc: Signifians qu'ils euf-
fent en memoire, ou de retourner
auec l'efcu de la bataille : ou en
mourant eftre portez dedans, en
iceluy. Pour cefte caufe on lit en
Valere le Grand, que Epaminon-
das Thebain, bleffé à mort, en vne

Arifto-
phanes &
Lucian fe
moquent
de Plutus.

Archilo-
cus chaffé
par les La
cedemo-
niens.

Precepte
militaire
des Ro-
mains.

Epaminõ-
das en Va
lere le
Grand.

bataille, demanda sur toute autre chose, si l'escu estoit sauue, & cōme il eust entendu, que ouy, il passa ioyeusement de ceste vie en l'autre. Estant donc la pusilanimité compagne de ceux cy, & la crainte leur sœur, ils ne peuuent, auec hōneur, entrer en la compagnie & trouppe des esprits gentils & honorables, mais demeurent comme couards, viles, au rāg des malheureux, à iuste canse, moquez & auiliz de tous. Aristogiton de Phocion, Athenien, en Plutarque, a esté mis du nombre de ces pusillanimes, & le tres-vil Martā en l'Ariofte, en plusieurs endroits. A ceste cause laissant le propos ville de telles gens, nous irons trouuer autres esprits & cerueaux menuz, des especes qui s'ensuiuent.

Aristogiton moqué en Plutarque. Martan tresvil en l'Ariofte.

DES CERVEAVX DE-
biles, bas, infirmes, reboufchez, & lourds.

DISCOVRS XX.

IE ne tairay, combien font
ales ces menuz cerueaux,
lesquels l'on appelle debi
les, reboufchez & lourds, & igno-
rans:ce qui procede de faute d'efprit & iugement, ne pouuans cō-
prendre finon trefpeu , & chofes
treslegeres, & de bas entendemēt.
Serapion fut vn paintre de la race
de ceux cy , pource qu'en tout le *Exēple de*
cours de fa vie , il reprefenta les *Serapion*
fcenes & theatres des come - *peintre.*
dies , & ne peut iamais pein-
dre vn homme , ou vne figure,
en laquelle fe peut noter l'artifice & l'efprit de fon Maiftre &
ouurier. L'efprit de Philonides

fut tant debile & rude, qu'il dôna
lieu au prouerbe, *indoctior Philo-*
nide : quãd l'on parle & eſt que-
ſtion des menus cerueaux rebouſchez, & peu capables des lettres,
ou des ſciences d'aucune ſorte.
Pour ceſte cauſe, Ariſtote, deſirãt
trois choſes, à l'homme docile, a
mis en premier lieu, l'eſprit, ſecõ-
dement l'exercice, tiercement, la
diſcipline & ſçauoir. Quintiliã
eſtably cecy meſme, comme principalement neceſſaire, diſant: *Te-*
ſtandum eſt nihil præcepta atque artes
valere, niſi adinuante natura. Quelle
choſe peut faire vn de ces cerueaux rebouſchez, par nature? qua
ſi rien. Et pour ceſte cauſe, comme
la ſcience a eſté conſtituée, par le
treſſage Socrates, pour vn ſouue-
rain bien aux ſçauans : ainſi ceſte
inhabilité naturelle qu'ont les

Eſprit de
Philoni-
næ
Ariſtote.

Quinti-
lian.

ignorans à comprendre les sciences, les disciplines & les arts, est
tenue pour vn mal extreme à i-
ceux.

DES CERVEAVX
sans memoire, negligens, &
dicts cerueaux de chat.

DISCOVRS XXI.

Eux là possedent vn tres-
debile siege, au Theatre,
que nous auons coustume
d'appeller quasi par prouerbe, cerueaux de chat, ou memoire de
chat : lesquels sont ainsi communement appellez, à cause de la negligence du iugement, & pour le
peu de memoire qu'ils ont, en tou- *Exemple*
tes les occúrrences. Ciceron fait *de Curion*
mention de la grande negligence *en Cicerõ.*

de Curion, lequel oublia du tout
en iugement toute la cause appellée & encommancée. Seneque escrit, que Caluisius Sabin auoit la
memoire tant labile, qu'ores il ou
blioit le nom d'Vlisse, ores d'A-
chille, ores de Priam, côbien qu'il
eust tresbône cognoissance d'eux.
Philostrate escrit, qu'Atticus fils
du Sophiste Herode, fut tant de-
stitué de iugement & de memoire
qu'il ne peut iamais aprendre l'alphabet, ny retenir en son esprit,
vn caractere, ou lettre d'iceluy.
Textor narre pour vn grand &
memorable exemple, que les peuples de Thrace sont de tât pauure
memoire, tant estrangement subiets à l'oubly, & d'vn esprit tant
rebousché, qu'ils ne peuuent, en
comptant, passer le nombre qua-
ternaire, & arriuer au cinq, sans

Exemle de
Caluisius
Sabin en
Seneque.

Atticus
en Philo-
strate.

Exéple des
Thraces
en Textor

perdre la memoire, ou faillir en
quelque forte ou maniere. Vn efprit facetieux de ces menuz cerueaux, a dict & proferé vn gentil
broquard, difant, que telles gens,
ont beu des leur enfance, & des le
berceau, à la fontaine de Boetie :
pource qu'Ifidore efcrit, qu'en cefte prouince là, l'on trouue vne
fontaine , laquelle faict oublier
toute chofe, & perdre la memoi·
re & fouuenance de tout ce que
la perfonne s'eftoit auparauant
imprimé en l'efprit. Or c'eft affez
parlé de ces cerucaux depourueuz
de memoire: tournons noftre difcours ailleurs.

*Broccrt
d'vn face
tieux cer-
ueau.*

Ifidore.

DISCOVRS XXII.

Pſilles peu ples ſots en Herodote. Apres ceux cy viennent les cerueaux que nous auons accouſtumé d'appeller ſots & ſimples, ſelon la maniere de parler de tout le vulgaire, leſquels ſe deſcouurent pour tels, en pluſieurs ſortes & manieres. Les Pſilles peuples, ſont à iuſte cauſe moquez par Herodote, au quatriéſme liure de ſes Hiſtoires, pource qu'ils prindrent les armes (dit il) contre le vent Auſter ou Meridional, eſtant trop couſtumier de moleſter, tous les ans, par ſon haleine, leur region, ſubiecte à iceluy. Voyez, ie vous prie, quelle eſpece de ſottiſe? Vne certaine vieille, appellée

ACCO

Acco par les Grecs, auoit accouftumé de deuifer, à fon image, en
vn miroir (tant elle eftoit fimple)
comme fi elle euft efté en familier
deuis, auec vne autre femme. Lu-
ciã parle d'vne autre fottife, d'vn
appellé Corebe Phrigien, lequel
alloit fouuent à la marine nombrer les ondes efcumeufes, au
plus grand mouuement & orage
de la mer. Amphiftides fut vn hõ
me tant fimple & fot, qu'il ne fçauoit s'il eftoit nay de pere, & fe
confommoit à l'ouir dire, & affir-
mer les autres. Melitides a efté celebré par le docte Homere, pour
vn homme affez fot & fimple,
pource qu'il alla donner fecours à
Priam, apres que la ville de Troye
fut prinfe & ruinée:& de là eft venu le prouerbe, *Melitidis auxilium.*
Lequel n'eft pas beaucoup diffe-

*Acco fim-
ple.*

*Corebe
Phrigien,
fimple, en
Lucian.*

*Amphifti
des fimple*

*Melitides
fot en
Homere.*

N.

rent de celuy, duquel nous vfons communement, quand nous difons : le fecours de Pife : parlans d'vn fecours vain & fot, ou mal à propos. Il eft donques demonftré, par les fufdicts, que la fottife de tels cerueaux, eft colloquée & affife en la fantafie remplie de beftife qui eft en eux, ayans l'efprit groffier & goffe, duquel s'eft moqué Bocacé à propos, en vne fiéne nouuelle, difant ces paroles. Le grãd amour que ie porte à voftre qualifiée & groffiere humeur.

Bocace.

DES CERVEAVX
diminuez, & peu experimentez.

DISCOVRS XXIII.

IL y a vne autre espece de ces plus petis cerueaux, qui s'appelle les diminuez, & peu experimentez, lesquels se manifestent assez par leur maniere Bocace. de parler & proceder. Iean Boca-ce, en vne sienne nouuelle, met l'exemple d'vne femme de ceste sorte là, & pour telle cogneuë d'ū frere Albert, disant, Frere Albert cogneut incontinent, que ceste cy auoit faute d'esprit, & estoit sim-ple, peu experimentée & aduisée. On lit d'vn certain Xenophätes, *Exemple* qu'il fut d'vn cerueau tant fol & *de Zeno-* defaillant, que combien qu'il s'ef- *phantes.* forceast aucunesfois, de se tenir de rire, ce neantmoins de là à peu de temps, il falloit qu'il se print à ri-re. Ceux cy sont de ceux, que le Sa-ge remarque, en l'Ecclesiastique, disant, *Fatuus in risu exaltat vocē suā.*

N j

Et au liure des Prouerbes, il appelle ces defaillans d'esprit, du vocable commun de fols, quand il dit,
Os fatuorum ebullit stultitiam. Le
pauure ceruau de Parmeniscus
n'a esté en riē disséblable de ceux
cy, duquel Athenée raconte, qu'a-
yant perdu le ris, & venant en l'I-
sle de Dele, où estoit le simulachre
de la Deessé Latone mere d'Apollon, à laquelle l'Isle estoit dediée,
comme il eut veu vne statue de
bois, de la Deesse, laquelle il pensoit, qu'à tout le moins, elle fut de
bronze, il ouurit incontinent la
bouche, pour rire auec vne sou-
daine meruielle de tous les assi-
stans. Or ceux cy ayans faute du
sens vsité, seroyēt pluostost dignes
d'auoir vn lict, en l'Hospital des
fols, que de posseder & tenir
lieu, en vn theatre.   Praquoy les

Exemple
de Parme-
niscus, en
Athenée.

ayans par pitié & compaſſion ſeulement, acceptez au dedans, don-
nons par la meſme raiſon, lieu, à
ceux qui s'appellent cerueaux vuides.

DES CERVEAVX
vuides.

DISCOVRS XXIIII.

LEs cerueaux vuides ſont
de beaucoup plus grande
imperfection, que les de-
faillans & fols, pource qu'ils de-
monſtrent plus ſouuent, & quaſi
en toutes occurrences, le treſpeu
d'eſprit & ſens qui loge en eux. Le
Poëte Philemon, eſcrit du cer- *Philemon*
ueau vuide, lequel, en Samos, print *Poëte.*
vne ſi grande amour à vne ſtatue
d'vne fille, formée par Cteſicles,

que iour & nuict, hiuer & esté, &
par la pluie & par les vêts il se pais
soit & rauissoit de la seule venë de
l'image, qui luy estoit tât chere &
agreable. Pour ceste cause, Valere
le Grand, vient à noter le mesme
auteur d'esprit ou cerueau aussi
vuide : car quand il raconte là fin
de sa vie, il dit, qu'il mourut, pour
voir vn iour, qu'en vn banquet, vn
Asne mangea toutes les figues,
qui auoyent esté les premieres,
aprestées, pour mettre sur la table,
selon la coustume. Que dirons
nous du cerueau vuide de Pasi-
phae, laquelle s'embrasa si fort de
l'amour d'vn taureau, comme
Virgile narre? Que dirons nous
d'Alchidas Rhodien, qui entra
volontairement en pollution, a-
uec vne statue de marbre? Que

Valere le Grand.

Exemple de Pasi-phaé, & autres de cerueau vuide.

Alchidas Rhodien.

dirons nous de Ciparisse, lequel Ciparisse.
mourut, pour l'amour d'vne Bis-
che? De Passienus Crispus, qui Passienus
pleura vn More, & l'embrassa plu Crispus.
sieurs fois, comme s'il eust esté vne
tres belle femme de laquelle il se
fust enamouré & esprins de son a-
mour? Que diray-ie du fol amour Narcisse.
de Narcisse, lequel contemplant à
la fontaine, sa belle & fauorisée i-
mage, en fut extremement & d'v-
ne maniere insupportable amoureux, & pour l'amour d'icelle, ou-
tré de douleur, mourut miserablement? ce qui a donné occasion au
gentil esprit d'Anguillara de former les beaux vers, qui commancent ainsi,

La vaga, è bella imagine chi' ei
vede,
Che'l corpo suo, &c.

N iiij

Or laiſſons le propos de ceux cy,
& parlons vn peu d'vn autre genre de cerueaux, dicts, *Cerueletti*, petits cerueaux , trouuans entre les
premiers , les Charlatans cauſeurs.

DES PETIS CERVE-
aux: Charlatans, cauſeurs
& mordans.

DISCOVRS XXV.

Es Charlatans, iaſeurs &
mordans ſont ceux leſ-
quels ont accouſtumé de
parler trop inconſidere-
ment aucunefois, & plus ſouuent
que l'on ne doit, mal à propos, &
hors le temps, exerceans leur langue, par occaſions indeuës, & ne-
ceſſitez non conuenables. Ceux

cy sont appellez sols par le Sage,
lequel dit en l'Ecclesiaste: *In mul-
tis sermonibus inuenitur stultitia.* En Salomon.
beaucoup de propos & language
se trouue la folie. On ne sçauroit
dire comme la langue de telles
gens est blasmée, par tous les auteurs du monde. Aristote, au se- Aristote.
cond des animaux a dict, que l'hôme, au regard & comparaison de
tous les autres membres du corps,
a la langue petite, pource que la
nature l'a retirée, afin, que comme
petite, elle se descouure rarement.
Le Philosophe Bias disoit qu'elle Bias.
auoit esté close & enfermée de
doubles portes, asçauoir des leures & des dents, afin qu'elle de-
mourast là, comme en vne seure
forteresse, sans se môstrer dehors.
I'ay souuenance d'auoir leu que

Solon. Solon auoit accouſtumé de dire, Veu que tu es cauſeur & babillard, quelle choſe es tu, ſinon vne ville ſans muraille, vne maiſon ſans porte, vne nauire ſans gouuernail & timon, vn vaiſſeau ſans couuercle, & vn cheual, ſans bri-

Socrates, en Laerce. de Socrates (comme recite Laertius) diſoit qu'il falloit bien aprédre deux choſes, au monde, à bien parler, & à ſe bien taire. Pour ceſte cauſe, la langue eſtoit à l'endroit des Ægyptiens, Hieroglyphique de Mercure : car eſtant Mercure

Aegyptiens. ſur les ſciences, ils vouloyent ſignifier que la langue ſe doit ſagement employer, & non pas temerairement, comme les jaſeurs s'en ſeruent. Par ceſte meſme ſignification, Orphée, es Hymnes, a appel-

Orphée. Xenocrates. lé le meſme Mercure, prononceur de la parole. Le Philoſophe Xeno crates, entre autres enseignemés, a donné cestuy cy, Que l'homme ouïst beaucoup & parlast peu: disant qu'à ceste occasion, la nature nous auoit donné deux aureilles & vne seule langue. Les Esseens, *Les Esseens.* qui estoit vne secte principalle entre les Hebrieux, à ceste fin, cōmandoyent le silence à tous ceux, qui entroyent de nouueau, en leur escole. Les Pithagoriques, comme *Les Pithagoriques.* recite Sainct Hierosme, imposoiët pour cinq ans le silence, à leurs disciples commenceans à receuoir doctrine & instruction. Les Ae- *Aegyptiens.* gyptiens (comme narre Platon, au liure de ses loix) depeignoient à l'escole, vne langue fendue par le milieu, auec vn couteau, voulans signifier, que la parole vaine & inutile fust retranchée

de la bouche des hommes. On ne
sçauroit conter les vices qui accõ-
pagnent ceste langue, ny les maux
qui prouiennent & dependent d'i
celle. Le murmurer, le detracter
de la renommée d'autruy, le vâter,
le moquer d'autruy, le mesdire &
blasmer, la flaterie, le pariure, le
mésonge, les iniques accusations,
les contentions, les debats, les dis-
cords, les menaces, & les outrages, sont tous les amis & familiers
de ceste langue. Pour ceste cause
Esope, par son iugement, & par
commission & charge de son Maistre, achetant la pire chair de la
boucherie, emporta la langue. Le
Poëte Ouide, en ses Metamorphoses, l'a appellée venin de l'hõme, disant:

Pectora selle virent, lingua est suffusa
veneno.

Esope.

Ouide.

Le Philosophe Secundus, l'a appellée vn fleau, & chastiment des
hommes du monde. Et pour ceste
cause, Virgile a attribué à Sinon
Grec, de langue mauuaise & enue
nimée, la ruine de Troye, là où il
dit:

Iam seges est, vbi Troia fuit, resecandá-
que falce.

Qu'est il besoin de parler des
maux & dommages causez par la
langue? Theocrite fut il pas occis
par le Roy Antigone, pour l'extreme licence de son mesdire? Les
Lacedæmoniens banirent ils pas
Archilocus, à cause de ceste mesme licence effrenée de mal parler?
Calisthenes fut il pas iugé par A-
lexandre à la mort, pour sa langue
trop licentieusemét mordáte? Tátale, pour auoir trop parlé, est
il pas fainct, par Ouide, con-

Le Philo-
sophe Se-
cundus.

Exemple
de Theo-
crite.
Exemple
d'Archi-
locus.
Calisthe-
nes.
Tantale
en Ouide.

damné des Dieux, à vne perpetuelle soif, quand il dit:

Quærit aquas in aquis, & poma fu
  gacia captat
Tantalus, hoc illi garrula lingua
  dedit.

Tantale cherche les eaux, és eaux,
& prend les fruicts qui fuyent,
voila ce que la langue babillarde
luy a occasionné. Et par icelle
mesme, les Poëtes feignent ils
Exemples pas, que le corbeau a esté changé
des cau- de blanc en noir? Que les femmes
seurs & ont esté changées en Pies? & que
babil- Bathus babillard, lequel reuela le
lards. larcin de Mercure à Apollon, fut
pour ceste cause, changé en pierre?
En fin, le tresdocte Dante, en
son Enfer, met entre les autres,
la trouppe des iaseurs & babil-
Dante. lards estafilez & taillez de diuers

coups d'efpée, par le Diable, &
fendus, difant.

> Vn Diauolo è quà dietro , che
> n'accifina
>
> Si crudelmente al taglio della
> fpada,
>
> Rimettendo ciafcun di quefta
> rifma.

Il faut donc faire vne tresbonne
conclufion, auec le dire du Pro- Dauid
phete: *Quis eft qui vult vitam, & di-* Prophete.
ligit dies videre bonos? prohibe linguã
tuam à malo, & labia tua ne loquan-
tur dolum. Qui eft celuy qui ayme
la vie, & ayme de voir fes iours
bons & heureux ? garde ta langue
de proferer mal, & que tes leures
ne foyent fallacieufes. Or paffons
aux petits cerueaux Pedantefques
& Sophiftiques.

DES PETIS CERVE-
aux Pedantesques & Sophistiques.

DISCOVRS XXVI.

Eux là sont appellez petis cerueaux Pedantesques & Sophistiques, en grande trouppe, & compagnie non moins importune que grande, lesquels tant és choses de nulle valeur, & qui ne vallent le parler, qu'en celles de poids & consideration, se ment sur certaines petites choses, comme de triqueniques, lesquelles le vulgaire appelle communement Pedanteries, & Sophistiqueries, & sont appellées par Aristote, vrayes importunitez, pour ce qu'elles n'ameinent autre chose, que fascherie & ennuy à quiconque les escoute & les entend.

Aristote.

Et

Et pour monstrer auec quelle i-
gnorance, vaine gloire & iactàn-
ce, meslée de presomption & de
temerité, elles sont, sans goust &
sottement proferees, hors le téps,
hors l'occasiun, & hors propos &
le deuoir, les places, les boutiques,
les rues, si elles pouuoyent parler,
poutroient en rendre, au monde,
vn euident & certain tesmoignage. Sçauroit on trouuer vne plus
grande ignorance & temerité que
cete cy, en ce qu'auec quatre termes, ou quatre pauures, *Cuius*,
qu'ils ont en l'esprit, ils entrét en
champ & veulent faire de l'Aristote, & du Ciceron, en la compagnie des sçauans & entendus?
Qu'importe aux personnes let-
trées, d'ouir aucunefois, quinze
pronons, comme veut Priscian,
ou vraiment dauantage, comme *Priscian.*

O

Diomedes Diomedes le veut? Si les gerõdifs
sont noms, ou vrayement verbes?
si les verbes neutres, sont exclus
ou vraiment admis? Si les parties
de l'oraison, sont distinguees en
huiçt? si *Sum*, *es*, *est*, fait seul l'o-
raison parfaicte? Si l'H, sur laquel
le, ils crient tant, est marque d'af-
piratiõ, ou vrayement vne lettre?
Quelle afniere ignorance est ce
de celuy, qui se met sur ses ergots,
& debat fort, auec la compagnie,
sur vn accent, sur vne diphton-
gue, sur vne syllabe, sur vne lettre,
& finalement sur vn petit poinçt?
Qu'importe aucunesfois de plaider, & debatre, si *Fero fers*, veut
l'accẽt? si *Felix* requiert diphtõgue
que sert de disputer, si *Cacabus*, a la
syllabe du millieu longue? si *Reli-*
gio, marche auec deux ll? si le sens,

imparfaict est pluſtoſt eſcrit, auec
le coma, qu'auec deux poincts?
qu'elle folie eſt ce de debatre, ſi
l'Omicron & l'Omega lettres
Greeques ſont requiſes en la langue vulgaire: ſi l'H, ſe doit retrãcher, ou admettre? ſi *Giuſtitia*, en
Italien ſe doit eſcrire, & ſe pro-
nonce pluſtoſt par z, que par t?
ſi l'on doit dire pluſtoſt *Voi, que
voſtra ſignoria*? Quelle eſpece de
ſophiſtiquerie eſt cete cy, que
l'eſpece eſt ores celle du Logicien, ores celle de Priam? & que
la ſubſtance ores die l'animal raiſonnable, ores die l'aſne? que Socrates ores ſoit vn homme, ores
ſoit vn cheual? que Brunel ſup-
poſe ores vne beſte, ores vn
homme? Et que le malheu-
reux ores trotte, & ores coure?

Il n'eſt pas à mon aduis tãt neceſſaire, que ſur certaines badineries
& bagatelles le Grammeriẽ, faſ-
ſe reigles & commentaires, anno-
tations, obſeruations, correctiós,
cenſures, meſlanges, collections,
additions, & autres compoſitions
& œuures, nonobſtant leſquelles
l'on ne voit autre choſe, que cecy.
Qu'eſt il beſoin au Grammerien
ſe vanter, & appeller ſa vraye pe-
danterie, vn art de bien parler, &
de bien eſcrire? veu que les nourrices qui ſont aux maiſons, enſei-
gnent auſſy bien les enfans, comme eux? Qui eſt ce qui a mis ele-
ction des ſuffiſantes nourrices,
pour les enfans, ſinon Platon &
Quintilian, perſonnages treſdo-
ctes & treſdignes de foy, tant en
cecy, qu'en autre choſe? Qui a
faict deuenir ſçauant ſi le fils d'A-

Platon.
Quinti-
lian.

ripithe Roy de Scithie, sinõ Istri-
ne mere d'iceluy? Qui a enseigné
l'eloquence aux Graches, sinon
Cornelia? sont il pas forcez de dire eux mesmes, *Ianua sum rudibus?*
ne pouuans par raison comparoir
& se monstrer du nombre des Cicerons, Salustes, Valeres, Tites
Liues, Suetones maistres & Seigneurs, & non serfs & Pedants,
du vray latin, comme ils sont.
Qu'est il besoin faire du braue, a-
uec quatre scabreuses concordan-
ces, auec vn theme embrouillé &
enueloppé, auec vn distique am-
phibologique, auec vn enigme re-
querant la solution des Sphinx: a-
uec vn prouerbe en diable, &
vouloir à cete occasion, estre ad-
mirez & recreuz, comme Dieux
de la langue & du sçauoir? Auons
nous pas autres peres des lettres

que Palemon ? autres maiſtres de la langue, que Laurens Valle? autres alphabets, pour parler, que le doctrinal ? Qu'eſt il beſoin donc d'vne ſi grande arrogance & preſomption? que ſert de reprendre les autres, & s'exalter ſoymeſme? Platon eſt il donc pas aſſeuré

Hommes doctes arguez & reprins par les Pedãs & Grammeriens.

de Trapezonce? Ciceron, de Valla? Saluſte, de Pollion? Liuius, de Troge? Seruius de Beroalde? Marc Varron, de cete beſte de Palemon ? Ariſtote ſera il appellé vne ſeche noire d'obſcurité ? Ouide, vn glorieux? Pline, vn menteur? Terence, vn larron ? Plaute vne antiquaille, par cete tourbe, tant iaſarde & meſdiſante? Quels ſeront les doctes & ſcauans en leur endroit ? Deſpautere ? Cantalice? Sipontin ? Priſcian ? Que ſert à vn Sophiſte d'exalter ſes

formalitez ? agrandir ſes am-
plifications ? ſe glorifier aux ſo-
phiſmes ? s'enorgueillir en deux
equivallens ? ſe vanter de trois
termes ? que ſert l'ambition,
en deux noms ? faire les conſuls
de la Logique ? les tribuns des
diſputes ? les iuges des reſponces ? les magiſtrats des ſentences ? que ſert d'occuper auec temerité, les chaines, comme ils
font ſouuent ? entrer auec preſomption, aux aſſemblees ? mettre dehors, auec audace, deux
argumens ? deſgainer, auec colere & deſpit, deux inſtances?
& conclurre en fin que le Sort eſt
vn aſne, & Bucephale vn cheual?
Que ſert de noter tous, & ſe
moquer de tous, comme ils font?
Que ſert de nommer Simplicius,
pour vn ſimple : Boetius, pour

vn bœuf: & ſe moquer du reſte,
en toute choſe ? comme s•ils e-
ſtoientl'ame d•Ariſtote, la fontaine & ſource de la vraie Logique,
& du tout les peres de la Dialecti-
que. Que ſont ils eſtimez auſſy,
quant à eux ? qu'elle reputation
ont ils à l•endroit du monde? Les
Pedans & les Sophiſtes dõc, paſſent ſelon leurs merites & deuoir
à l•endroit des hommes de iugement, pour des aſnes & bouffons,
priuez d'eſprit & d•honneſteté
enſemble.

DES PETITS CER-
ueaux glorieux & ſcauantereaux.

DISCOVRS XXVII.

LEs petis cerueaux glorieux
& ſcauantereaux ſont ceux
qui s•eſtiment d'eux meſmes, & ſe

plaisent fort en leur propre gloire, mais non pas tant que les glorieux & solennels : & pour cete
cause, nous faisons particuliere
difference entre tous les deux.
Qui s'estime estre vn beau per-
sonnage, & vne belle piece d'hõme, qui s'estime estre fort gentil,
& *Muy lindo*, comme dit l'Hespagnol, qui se repute heureux, en ses
manieres de cõuersations, emplo-
yant de Galatee, en toute sa personne, & faisant profession d'a-
uoir Guazzo en memoire, ou Mõ-
dogneto au cerueau: qui se repute
accort & aduisé quasi en toutes
ses affaires, qui s'estime vn *Coram*
vobis, & vn *Quanquam*, en grauité, reputant les autres, vne legereté, & vne chose de neant : qui se
rit tant qu'il peut, en chose de nul
prix & valeur : comme d'auoir

quelque argent à defpendre, vn
poulain à l'eftable , vn page qui
le fuiue , vne couple de chiens,
vn beau barbet , vn leurier tref-
pront, & triomphe de cecy, comme s'il poffedoit le threfor de
Croefus , ou du Roy Midas : Qui
fe repute fort gentil Poete , faifant retentir & les cauernes &
les antres , d'vn Echo eftroppié,
& l'air , d'vne lamentation , qui
tient pluftoft de l'Ancroye que
de l'Ariofte : qui fe vante de
bien entendre la langue vulgaire,
en nommant maintesfois Souuent, Guari, Vnquanco, Allhot-
ta, au lieu qu'il deuroit pluftoft
dite ballotta : qui fe vante de la
mufique, pour fcauoir accommoder fur les clefs de b fa b mi,
quatre des premieres notes , qui
font en l'Arcadelto : qui de la

Rhetorique, pour auoir donné
seulement vne œillade à Caualcante: qui de la Logique, pour
posseder deux termes, en la croix
de Pierre Hespagnol, & conclurre vn argument, en Baroco; à
l'improueu: qui de Philosophie,
pour tenir plus de la premiere
matiere, & y estre mieux entendu
qu'au reste: qui de la loy ciuile,
pour sçauoir distinguer le Para-
graphe du Digeste, & le chapitre
du Code: qui de medecine, pour
sçauoir ordonner vn sirop, qui
tiendra plus de Mathiole que de
Mesue: qui d'Arithmetique, pour
sçauoir sonner & partir vne cabanne d'vn paglier: qui de Geometrie, pour sçauoir distinguer
vn fossé d'vn antre: vn coustin,
d'vne riue: vn champ de fro-
ment, d'vn de febue: qui de

gouuernement, pour sçauoir faire, ou donner vn aduis de Chiur-
lin trompette, que l'on sent plustost au son, qu'aux paroles, qui
finalement se repute, pour vn sça-
uantereau, en toute chose, ayant
plus de prosperitez du môde, que
vertuz qui meritent : plus de fortune que d'entendement : plus de
grace & faueur des hommes, que
merites à l'endroit de Dieu. O
persuasiue, insipide & de mauuais
goust ! ô temeraire presomption !
ô asseurance trop intollerable!
Quand ie voy l'vn de ceux cy, il
m'est aduis que ie voy Bellero-
phon sur le cheual Pegazeen, courir parmy l'air. Le poëte Calli-
phanes ne faisoit pas si grande
monstre d'vn sien Distique: le ba-
teleur Callipides ne se plaisoit pas
tant en ses gestes & contenances

Bellero-
phon.
Exemple
du Poete
Callipha
nes.
De Calli-
pides &
Dares.

glorieufes: Dares en Virgile, n'a-
uoit pas fi grande confiance, en
fes forces, bien qu'il die:

Nec mora: continuo vaftis cum viri-
bus effert
Ora Dares, magnóque virum fe mur-
mure tollit.

O la grande prefomption & iactance, qui regne en ces cerueaux
tant glorieux & fcauantereaux, *Valere le*
laquelle eft reboufchée & raba- *grand.*
tue par ce beau dict de Valere le
grand , mis entre les propos des
hommes fages & prudents : *Expe-*
dita eft & compendiaria via ad glo-
riam, talis effe, qualis alteri videri ve-
lis: Le plus propre & court chemin à la gloire, eſt d'eftre tel que
tu veux eftre veu: ou fembler à vn
autre: ce qui eft auffy rembarré du
dict de madame Laure Terracinet *Laure*
O quanti ne fon hoggi in doglia, e'n *terracine.*

pena,

Per questa altera vana gloria nostra.

C'est à dire, O qu'il y en a auiourd'huy en douleur & en peine,
à cause de cete hautaine & vaine
gloire nostre. Ce neantmoins
ceux cy ont la seule apparence
dehors, comme les prospectiues
des paintres, comme l'ombre des
plantes, comme les scenes & theatres des Comediens, ils ont par
dehors, comme les voiles des apoticaires, l'escrit de sapience, en
grosses lettres, & sont vuides dedans. O aueugle presomption!
ô miserable arrogance! Mais passons, ie vous prie à ces glorieux &
solennels, fourniz de la plus fine
marchandise de presomption qui
se trouue.

DES CERVEAVX
glorieux & solemnels.

DISCOVRS XXVIII.

CErtainement tant de grils
ne vont sur terre, tant de ta-
hons parmy l'air, ny tant de papillons entour la chandelle, que l'on
voit de ces glorieux solennels, qui
cheminent auiourd'huy en tous
les lieux & pais du monde. Les
anciens n'auoyent pas grand nõbre de ces cerueaux glorieux &
solennels, au regard des moder-
nes, qui viuent à present. Et veri- *Hommes*
tablement fut glorieux & solẽnel *de cerue-*
le cerueau de Caius, lequel se mit *aux glo-*
rieux.
de soymesme, au nõbre des Dieux, *Caius.*
& se fit eriger & dresser quelques
statues, souz le nõ de Iupiter tres-
grãd. Celuy d'Annon Carthaginois, n'estoit pas moins glorieux

lequel enfeignoit aux oifeaux à
chanter : Annon eft Dieu. Auffy
fut folennel celuy de Varus, qui
s'eftima mieux chanter que les
mefmes Mufes. Et Themifon Ci-
prien, lequel fe plaifoit d'eftre appellé du nom d Hercules. Et Domitian lequel publia cet edict,
Edictum Domini Deique noftri. Et
fur tous, Manes heretique, lequel
ofa fe dire, nay de la Vierge, & le
mefchant Neftorius, lequel en v-
ne harangue au peuple de Conftã
tinople, promet, par foymefme,
de donner à tous, le Paradis. Ceux
cy eftoyent à la verité tres-folen-
nels, mais efpanduz en plufieurs
fiecles paffez, & l'vn affez diftant
de l'autre, à caufe de la varieté &
diuerfité des temps. Maintenant
le fac eft du tout plein, & la mefure eft à bon efcient, au comble de
ce

ces arrogans, & trop preſomptueux de leurs propres forces, leſquels ſe font croire de beaux cerueaux en toute choſe, admirans
eux meſmes , & meſpriſans tout
le monde, pour ne dire qu'ils s'en
moquent. Les perroquets ne ſont
pas tant glorieux de ſçauoir trois
ou quatre mots par cœur, mon-
ſtrez & enſeignez du maiſtre, auec
mille peines, que ceux cy de qua-
tre attaintes ſur l'vn & ſur l'autre. *Compa-*
Vn coq d'Inde eſtant en furie, ne   *raiſons.*
ſe fait ſi grand que ceux cy, quand
ils ſont en debat & contention
pour ſe monſtrer les plus beaux
cerueaux de noſtre ſiecle. Le Paon
n'eſlargit pas tant ſa queuë, que
ceux cy s'eſtendent d'eux meſmes
à ſe louer & vanter. Ceux cy ſont
de petis cerueaux qui vont à voile
tant qu'ils peuuēt, & ſont accueil-
P

liz & furprins du garbin de gloire
à droict & à trauers. O qu'il s'en
troule beaucoup de ceste race!

*Cerueaux
diuers,
glorieux
& folen-
nels.* L'vn fera vn Bauipus en vers , &
fera du Virgile : vn autre fera vn
Mofcus à fonner , & fera de l'Orphée: vn autre fera vn Zani, en fa
langue, & fera du Bocace : vn autre, Maiftre Gril en medecine , &
fera du Galen:vn fera vn Gratian
de Bologne , & fera du Bartole
aux loix, l'vn fera vn bouffon de
Carandella, & fe voudra monftrer
vn de ces fages de Grece. Ie voy
quafi tout le theatre plein de ces
irraifonnables. Icy font affis les
fols, qui font du Socrates, les in-
doctes & ignorans, qui fe font A-
riftote & Plaute: les laids & di-
formes, qui font du Ganimede &
du Narcife : les pauures & viles,
qui font des nobles:les ineptes &

mal propres aux gouuernement,
qui font du Licurge & du Solon : les priuez de grace & gen-
tileffe, qui font du Courtifan :
les fots & vains, qui s'eftiment
de gentil efprit : les Bergamafques qui font des grands tant
qu'ils peuuent. Dieu immortel
que ie voy vne grande multitude, que ie voy de fieges pleins,
que de teftes folennes, en ce
Theatre : on ne fçauroit diftin-
guer le peuple, on ne fçauroit pas
voir le vray nombre : on ne peut
trouuer la fin que l'on cherche.
C'eft icy le labirinthe de Thefée,
le Chaos & côfufiô d'Anaxagoras
la plus grâde mer qui fe trouue au
môde. Et pour cefte caufe, de peur
de nous abyfmer, auec eux, allons
trouuer les grâs cerueaux, ayans
fuffifamment parlé de toutes les

DES GRANDS CER-
ueaux experimentez, &
masles.

DISCOVRS XXIX.

AV premier fiege entre les grands cerueaux, font affis ceux, que nous appellons practiques, experimentez & mafles, lefquels monftrent exterieurement qu'ils poffedent l'humaine prudence & experience, en toutes leurs actions: comme fut celuy *Portius* de Portius Caton, entre les Ro- *Caton, So-* mains, & de Socrates, oracle d'A- *crates,* pollon entre les Grecs. Iethro, en *Iethro.* l'efcriture faincte, fut effeu par Moife. pour vn homme fort experimenté, au confeil des plus grâds.

L'efcriture parle auſſi du Prophe- *Exemple*
te Dauid, en ce ſens, quand il dit *de Dauid*
que, *In omnibus prudenter ſe agebat :*
Il ſe portoit ſagement en toutes
choſes. La practique & experiéce
de tels hommes (dit Seneque) có- *Seneque.*
ſiſte en trois choſes , à ſe ſouuenir
des choſes paſſées, à donner ordre
aux preſentes, & à ſe garder des fu
tures. Et pourtant, le Prophete, à
propos de cecy, a dict des módains
priuez de ceſte prouidence: *Vtinam*
ſaperent, & intelligerent, ac nouiſsima
prouiderent. Vtinam ſaperent: à ſçauoir *Dauid.*
les choſes paſſées: *intelligerent* , les
choſes preſentes, *nouiſsima prouide-*
rent: les choſes futures. Ces hommes experimentez ont en memoire les choſes paſſées, comme ces
Anciens, qui ſuaderent à Roboá,
de s'accommoder auec le peuple,
ſçachant la facilité de leurs rebel-

fions. Ils ordonnent fagement les chofes prefentes, comme Salomon ordonna le temple & fa maifon. Ils preuoyent finalement, auec grande prudence, les chofes futures, comme les fages du confeil de Priam, preueurent la ruine de Troye, & Caton celle de Rome. Entre les celebres preceptes de Pithagoras, on lit ceftuy cy à noftre propos: que l'homme doit auoir foucy de deux temps, du matin & du foir, voulant fignifier, qu'il prinft garde à fe fouuenir des chofes paffées, & qu'il deuinaft comme fage & experimenté, les chofes futures: comme faifoyent les Mages en Perfe, les Chaldeens, en Sirie, & les Ciliciens, entre les Arabes, & les anciens Hetrufques en l'Italie. Ces grands cer-

Pythago-ras.

ueaux n'ont befoin de gloire,
pource qu'ils font d'vn efprit fi
accort, qu'il acquierét la primau-
té par tout. Ils font pres des Rois,
les premiers du Parlement : és
Republiques , les premiers du
Senat:és Religions, les premiers
du gouuernement : és villes particulieres, les premiers du Confeil : & iufques aux bourgs &
villages, ils ont, entre les pai-
fans , la fuperintendence , pour
ordonner & difpofer toute chofe. Les voix fe donnent à leur
vouloir , les partis fe prennent
felon leur confeil , les elections
fe font, comme il leur plaift :
les depofitions à leur difcre -
tion, les executions , felon qu'ils
auront determiné & eftably :
& le tout finalement fe faict,

P iüj

selon leur volonté & desir. Or
paſſons aux grands cerueaux, ſtables, fermes, conſtants & forts.

DES GRANDS CER-
ueaux, ſtables, fermes, con-
ſtans & forts.

DISCOVRS XXX.

LEs grands cerueaux, fermes &
conſtans ſont ceux, leſquels,
principallement és choſes aduerſes, difficiles & dangereuſes,
monſtrent leur valeur, reſiſtant
par leur vertu, à la rigueur de la
fortune, & ſupportans par leur
force, l'aſpreté des choſes, qui ſe
viennent iournellement oppoſer
à eux. Anaxagoras ayant entendu
la mort trop ſoud⸗ e de ſon fils,
reſpondit hardiment au meſſager,

Exemple
d'Anaxa
goras.

Ie n'oy de toy, chofe nouuelle, car
ie fçauois bien, que i'auois engendré vne creature mortelle. On lit
du Roy Antigone, qu'il endura
tant conftamment la mort d'Al-
cion fon fils, qu'il dift, qu'il eftoit
mort plus tard qu'il n'auoit pen-
fé, qu'il deuft mourir. L'exemple
de Cornelie Romaine eft bié memorable, laquelle ayant perdu
douze enfans, l'vn apres l'autre,
ayant en fin entendu que Tibere
& Caius, qui luy eftoyent reftez,
auoyent efté pareillement occis,
& gyfoyët fans fepulture: & pour
cefte caufe, comme les autres ma-
trones & honeftes dames, l'euffét
appellée miferable & infortunée,
elle dift & profera trefconftam-
ment ces parolles: Ie ne confeffe-
ray iamais que ie fois infortunée,
ayant efté mere des deux Graches

Exemple
du Roy
Antigo ne

Exemple
de Corne-
lia Ro-
maine.

comme i'ay esté. L'on ne parle d'autre chose, que de la constan-ce de Socrates, qui endurcit, auec si grande patience, les iniures & les outrages de Xantippe sa femme, en sa maison, qu'il auoit accoustumé de dire, que de là, il apprenoit à souffrir dehors, l'insolence des autres femmes. On ne fait mention d'autre chose, que de la constance de Mutius Sceuola, lequel mit és flammes du feu, en la presence du Roy Porsenna, la main errante, & sās peur, estant seulement faché, & desplaisant, de n'auoir, au moyen d'icelle, occis le Roy ennemy. Ce que Martial, descriuant, au premier liure, a dict:

Dum peteret Regem, decepta satelli-
te, dextra:
Iniecit sacris se peritura focis.

Constan-ce de Socrates.

Constan-ce de Mu-tius Sce-uola.

Martial.

C'eſt à dire, la main dextre ayant
eſté deceuë , par le Satellite, & aſ-
ſiſtant de Porſenna , comme elle
vouloit tuer le Roy , s'eſt miſe &
lancée courageuſement dedans le
feu. Il n'eſt faict mention d'autre
choſe, que de la conſtance d'Ana- *Exemple*
xarque , lequel pillé & broyé de- *d'Ana-*
xarque.
dás vn mortier de marbre, par les
bourreaux d'Anacreon , s'eſtant
d'vn viſage treſpatient , retourné
aux Miniſtres cruels , leur diſt ces
memorables paroles. *Tundite pilam*
Anaxarchi : nam Anaxarchum non
tûditis. Broyez & pilez le mortier,
& demeure d'Anaxarque, car vo°
ne broyez pas Anaxarque. Il me *Exemple*
ſouuient auſſi auoir leu l'exem- *d'Ariſtip*
ple d'Ariſtippe , lequel ayant vn *pe.*
iour ouy quaſi iniures infinies,
proferées contre luy , ne diſt
en fin , autre choſe , ſinon ces

paroles, figne de trefgrande conftance. Tu as efté maiftre du dire, & moy de l'ouir. Pififtrate ayant efté aduerty par fa femme, qu'vn ieune homme amoureux de fa fille, la rencontrât en la rue, l'auoit baifée, & pour cefte caufe, l'enflâmoit à la vengeãce, dift en fe fouzriant, Que ferons nous, à ceux qui nous haiffent, fi nous voulons nuire, à ceux qui nous ayment? Celuy qui defire fçauoir la conftance d'Attilius Regulus Romain, & du Grec Ariftides, life les hiftoires, & il verra vne conftance trop incroyable. Qui eft celuy donc qui n'exaltera cefte magnanimité de cœur, & cefte merueilleufe côftance? qui eft ce qui ne la prifera? qui eft ce qui ne fera remply de merueille, oyant les louanges que tant d'auteurs dônét à cefte vertu

Conftance de Pififtrate.

& force de cœur, que nous appellons constance? Sainct Ambroise,
au premier liure, des offices, dit, en
la louange d'icelle. *Non mediocris
animi fortitudo est, quæ sola defendit
virtutum ornamenta omnium, & iusti-
tiam custodit, & quæ inexplicabili
prælio aduersus omnia vitia decertat,
inuicta ad labore, fortis ad pericula,
rigidior aduersus voluptates, auari-
tiam effugat, tanquam labem quan-
dam, quæ virtutem effœminat.*

S. Am-
broise, au
liure des
offices.

C'est à dire. La force du courage
nou petit & constant est celle
seule, qui maintient les ornemens
de toutes vertus, qui garde la iustice, & qui a guerre mortelle, à
l'encontre de tous les vices, qui est
inuincible aux labeurs, & indefa-
tigable, vaillante aux dangers, seuere contre les voluptez, elle re-
iette & fuit l'auarice, comme vne

certaine tache, laquelle effemine
la vertu. Ciceron, au fecond de la
Rhetorique la loue, difant. *Forti-*
tudo eft magnarum rerum appetitio, &
humilium contemptio, & cum ratione
vtilitatis, & laborū perpefsio. C'eft à
dire, la vertu & conftance, eft l'affection & defir de grandes chofes,
le mefpris des baffes, & au moyen
de l'vtilité, la souffrance des labeurs & trauaux. Macrobe, faifant cas d'icelle, dit, *Fortitudinis*
eft animum fupra periculi metum age-
re, nihilque nifi turpia metuere, vel
profpera, vel aduerfa tolerare. C'eft
le propre de la vertu & conftance,
de fe porter & faire hardiment,
fans crainte d'aucun danger, &
ne craindre aucune chofe, hors
mis les deshonneftes, & fupporter ou les chofes profperes, ou les

Ciceron.

aduerſes. Le Prophete Eſaie, la ſuadoit au peuple d'Iſrael, diſant, *Induere fortitudine tua, Syon.* Veſts toy de ta force & conſtan-ce, ô Sion : Salomon, és prouer- bes animoit l'homme à icelle, di-ſant : *Robuſti habebunt diuitias.* Les robuſtes & forts auront les ri-cheſſes. Et és liures des Maca-bées, eſt faict cas & exaltée la force & conſtance, de ce Sainct Preſtre Eleazar , lequel mourut conſtamment pour les loix pa-ternelles , *Exemplum virtutis & fortitudinis relinquens :* laiſſant vn exemple de vertu & de force. Ci- ceron, au ſecond des Tuſcula-nes , celebre & fait cas de la force & conſtance de C. Ma-rius, qui ſe laiſſa ſier & coup-per par le milieu, ſans vouloir eftre lié, & ne changeant point de couleur de vifage, en aucune part, pour la rigueur du fuplice. Corneille Tacite exalte merueilleufemét la côftáce l'admirable femme appellée Ligo, laquelle ayant pour la crainte des miniftres cruels, caché fon propre fils, ne peut par aucune maniere de tourmens, eftre forcée & contrainte à le manifefter: mais refpondit toufiours (monftrant fon vétre) qu'il eftoit caché en ceft endroit là. Que diray ie de la conftance des Sainₓts Martyrs, tant d'hommes que de femmes, lefquels non feulement ont vaincu & furmonté les Tyrás du móde, mais auffi les tourmens mefmes, les roues, genres de fupplices, les taureaux de bronze, les machines de cruauté diabolique, fe laffans pluftoft que leurs cœurs

Corneille Tacite narre de Ligo.

armez

armez de conſtance & de force?
Où ſont les Agathes, qui repro-
chent à Quintianus, la torture *S. Agathe*
des mammelles? Où ſont les Sim-
phoroſes, leſquelles taſchent d'a- *S. Simpho*
nimer au martire, leurs propres *roſe.*
enfans? Où ſont les Sophies, leſquelles toute gayes & ioyeuſes *S. Sophie.*
regardent leurs chers & bien ay-
mez gages, tandis que leurs corps
ſont tourmētez par les bourreaux,
les ames vnies, s'en volēt gayemēt
en la patrie celeſte ? Pourquoy
vay ie renouuellāt les croniques,
que Beda, Hieroſme, & Euſebe,
n'ont peu ſuffiſamment expoſer à
la poſterité, deſireuſe & contente
de memoire & ſouuenance tant
pie ? Ie laiſſeray d'en parler plus
auant, pource que la matiere ſur-
paſſe de beaucoup les forces & ef-
fets de mon propos & diſcours
Q

& conclurray que la conftance &
force merite & requiert le ftile
d'vn tres fage Orateur : comme
celle d'Attilius Regulus, de Marc
Tulles Ciceron : ou bien d'vn
tref. docte Poete, comme celle de
la fameufe dame, louée & recommandée par Bembe, en ces vers:

Bembe

Alta colonna & ferma alle tempefte
Del ciel turbato, a cui chiaro honor
   fanno
Leggiadre membra, auolte in nero
   panno,
Et penfier fanti, & ragionar celefte.

   C'eft à dire, Haute & ferme
colonne, contre les tempeftes du
ciel troublé, à qui font honneur
les mêbres gaillards, couuerts de
drap noir, & les fainctes penfées
& propos celefte. Mais parlons, ie
vous prie, des grands cerueaux libres, puis que nous auons fuffi-

samment parlé de ces vertueux, forts, stables & constans.

DES GRANDS CERueaux libres.

DISCOVRS XXXI.

LEs cerueaux libres sont ceux là proprement, lesquels ont en eux, vne certaine liberté de parler pour le vray, louée par le Poëte Lucrece en ce vers:

Sel° veridicus purgauit pectora dictis. Le Poëte Lucrece.

Le seul vray, par les dicts a purgé la poictrine. Et de iouir d'eux mesmes, côbien qu'ils soyent miserables, ne faisans pas grand cas des grandeurs d'autruy. Caton Romain, de ceruçau libre, estoit le premier au Senat, lequel taxoit & reprenoit tous les vices & imperfectiôs de la ville. Phociô, en Athenes, fait le mesme, & pour cete Plutarque.

Caton Romain.

Phocion Athenien en Plutarque.

Q ij

cauſe, lit on en Plutarque, que Demoſthenes, luy diſt vne fois, Les Atheniens, ô Phocion, te tueront, vn iour, s'ils le mettent en leur teſte, & deuiennent fols: ains diſt il, s'ils deuiennent ſages, ils te tûërôt ſeul. Heureuſe liberté! comme elle ne paſſe les limites du vray & de l'honneſte?

S. Paul. *Vbi ſpiritus Dei, ibi libertas*, dit l'Apoſtre S. Paul. Samuel, au moyen

Exemples de perſonnes libres. de cete liberté reprint Saul : par ceſte liberté, Helie reprint aigrement Achab : par icelle meſmes, Iean reprint Herodes, par icelle Paul dit auoir reprins Pierre, mais il eſt beſoin de la ſcauoir pratiquer en lieu & temps, & par vne maniere deuë & conuenable, ſi la perſonne en veut auoir hon-

Diogenes. neur. Le philoſophe Diogenes, eſtant en ſon tonneau, au droiɛt du

Soleil , il requit librement Alexandre de ne le priuer de ce qu'il
ne luy pouuoit pas donner , àfça-
uoir de la veuë des rayons du Soleil : & au moyen de fa liberté ,
de laquelle il vfa à iufte occafion , il fut grandement honoré par Alexandre. Sçauroit on , ie
vous prie, ouir parler d'vne liberté
plus grande, que celle, de laquelle
le Corfaire Diomedes vfa , lors *Diomedes*
qu'eftant prins par le fufdict Ale- *Corfaire.*
xãdre, & taxé de ce que fon armée
faifoit trop de mal fur le pais & riuages, refpondit librement : Efcu-
mant la mer, auec vn feul vaiffeau,
ie fuis appellé Corfaire & voleur,
mais quant à vous, qui efcumez
les mers auec mille vaiffeaux , &
dónez empefchement & deftour-
bier à tout le monde , vous eftes
appellé Seigneur & Empereur. Et

Q iij

neantmoins Alexandre l'embraſ-
ſa, honora & exalta. Au contraire
chacũ a en horreur & blaſme l'im
portune & meſdiſante liberté:
cóme celle d'Antiphõ le Sophiſte,
lequel enquis par Denis, en quel
pais ſe trouuoit le plus beau cuiure & le plus exquis, reſpõdit trop
libremẽt, à Athenes, où Armodi'
& Ariſtogitõ, meurtriers des tyrãs
auoyent de tresbelles ſtatues de
cuiure, ſignifiãt clairemẽt, ꝗ Denis fuſt digne de mourir, par la
main d'hómes de cete ſorte là : &
celle de Democares Atheniẽ, le-

quel en ſa legation & ambaſſade
pour la patrie, au Roy Philippe,
cóme le Roy luy euſt demãdé à ſõ
departement, s'il luy reſtoit quelque choſe à fairė, pour le bien &
vtilité de ſa patrie, qu'il le diſt, fit
reſpóce riẽ autre choſe, ſinon, que
tu t'en ailles pédre: en quoy il de-

môſtra vne effrenée liberté, meſdiſante & enragée, meſlée de ſotti
ſe & de folie tout enſéble: la vraye
liberté n'a pas le filet à la lãgue, &
neãtmoins elle chemine touſiôurs
accõpagnée de la ſageſſe, de l'equité, de l'hôneſteté, de la raiſon & de
l'amour. Quãd l'hôme libre voit
vne tyrãnie ouuerte & ſus pieds, il
la repréd diſcretemét: s'il cognoit
les abus, il ne les peut pas diſsimu
ler, s'il préd garde aux ſimonies, il
ne les peut taire: s'il voit les loix
diſsipées, il ne le peut pas endurer:
s'il aduiſe à la iuſtice oppreſſée, il
faut qu'il crie: s'il regarde que la
raiſon eſt miſe ſouz le pied, il faut
qu'il parle à l'encontre de cela: s'il
apperçoit l'ãbitiõ ſeule eſtre mai-
ſtreſſe, il faut q̃ du tout il rôpe le
frein & mords de la langue. Voulez vous qu'vn homme libre ait

Q iiij

patience, quand il voit vn Grammerien qui ne fait que iafer & ne
dit rien qui vaille, vn Hiftorien
menteur: vn Logicien, qui n'eft
autre chofe que queftió & debat:
vn Muficien, qui eft du tout lafcif,
vn Aftrologue tresfallacieux, vn
Mage tres mechant : vn Cabali-
fte plein de defloyauté, vn Phifi-
cien, qui ne fait que refuer : vn
Metaphificien, monftrueux : vn
Philofophe moral, facheux, vn
Politic, mefchant & inique : vn
Prince tyrã: vn Magiftrat oppreffeur, vn peuple qui n'eft autre
chofe que fedition: vn marchand,
qui eft vn pariure, vn procureur,
qui eft vn larron, vn pafteur, qui
eft vn loup: vn fubiect, qui eft vne
vipere, vn medecin, qui eft vn
meurtrier & affafsinateur, vn docteur des loix, qui eft vn Achito-

phel: vn Alquimiste , trompeur,
vn Astrologue fol : vn Aduocat
deffenseur des meschantes causes,
vn Notaire, qui falsifie les instrumens, papiers & escritures, vn Iuge venal pour argent & deniers,
estant assis sur haut & esleué siege? Il faut que l'homme libre, soit
entre les Heroz, vn Hercules, qui
poursuiue tous les monstres: entre
les Dieux, vn Pluton, qui se cour-
rouce & irrite à l'encontre de
toutes les ombres, entre les Philosophes , vn Democrite , lequel se
rie de la folie des hommes : & vn
Heraclite, lequel pleure tousiours
la misere & l'infelicité de ce môde. L'homme libre ne peut endurer les larcins manifestes qui se
font, les pilleries , les torts & outrages faicts aux innocens , les faueurs qui se font aux indignes, ils

ne peuuent supporter que les lettrez soient deprimez, & l'ignorã-
ce exaltée:que le vice soit en pou-
pe, & la vertu abaissée & soumi-
se,en la sentine,que le pauure soit
mis arriere , & le fauory auancé,
que la ieunesse soit assise en haut,
& la vieillesse mise au bas , & ce
qui est le pis , qu'vn ambitieux
soit tousiours auec la baguette en
la main, & l'homme suffisant, &
idoine , perpetuellement subiect.
L'homme libre, quand l'occasion
luy vient de le dire, dira franche-
ment que le monde est seulement
plein de sottise & d'iniquité, que
chacun entend & s'aplique à son
propre , & que l'on laisse le commun & public, que l'ambitiõ domine tout, que la foy n'a point de
lieu, que la charité est mise arriere,l'ordre bany, la religion foulée

aux pieds , & qu'autre chose ne
regne qu'arrogance & tyrannie.
L'homme libre,pour argent ne se
peut induire à se taire,il n'est meu
de prieres, il n'est plié de promesses,il ne se peut destourner , pour
les menaces,il ne se retire pour les
paroles,& n'est espouuété du fait.
L'homme libre monstre en tout
endroit,sa liberté,car par la lãgue
il parle librement:par les yeux, il
foudroye:par le geste & contenã-
ce il s'irrite, par la pensée, il imagine, par la volonté, il delibere,
par l'operatiõ il met fin à ce qu'il
a determiné & proiecté. O chere
& aymée liberté ! si tu es accõpa-
gneé de la prudéce de l'ítellect,du
discours de la raison, de la sagesse
de l'entendement. Tu es celle qui
occis les monstres, qui espouuãtes
les tyrás,qui reiectes les meschás,

qui abaiſſes les orgueilleux, qui
fais trembler la treſ-arrogante
audace des iniques. Les bons ont
ſeulement eſperance en toy, les
deſolez ſe confient en toy ſeule,
les miſerables ſe tournent à toy,
& les pauures y ont leurs recours:
tu es ſeule le refuge de tous les
deſtituez & deſpourueuz. Et de
qui es tu meſpriſée & abaiſſée, ſinon des viles? desfauoriſée, ou diſ-
graciée, ſinon des Tyrans ? chaſ-
ſée ſinon des ignorans? foulée aux
pieds, ſinon des ſots ? arrachée &
deſracinée, ſinon de la trouppe
des villains & ruſtiques? Glorifies
toy neantmoins de cecy, que tu
t'eſiouïs en toymeſme : tu te con-
ſoles en la magnanimité, tu te de-
lectes en ta grãdeur, tu te recrées,
en ta valeur, & ce pendant qu'vn
autre t'eſtime pauure, & miſera-

ble, tu iouis gaiement de ta natu-
re:car si tu as du bien , tu en iouis
ioyeusement,& si tu as du mal ,tu
le mesprise d'vn grand courage.
En cecy , la nature de l'homme
libre est miraculeuse, qu'il ne s'o-
blige aux grands, ne faict seruice
aux superieurs , ne fait la courtà
ceux qui sont esleuez en dignitez,
ne faict cas des offices,ne deman-
de les honneurs , & iouit de soy
seul , estimant les autres, pource
qu'ils sont, & se laissant estimer
soymesme, pour celuy que les autres veulent. Si l'ignorant appelle l'homme libre, vn Philosophe,
il le traite comme vne beste : s'il
dit qu'il tient de l'humeur ,il ne
daigne pas seulement luy respondre: s'il l'appelle vn causeur, il se
rit de son parler: s'il le dit estre vn
esprit fascheux , il le rend muet

tout d'vn coup, auec vn regard de
trauers , accompagné de cinq ou
fix fynonimes à propos. Qui eft
celuy qui a des propos & bro-
quards plus fubtils & penetrans
que l'homme libre ? dicts de plus
grande efficace ? paroles plus vr-
gentes? fentences plus confonan-
tes & conuenables ? raifons qui
concluent mieux ? refponces plus
viues & argues , en quelque occafion que ce puiffe eftre ? Si l'homme libre veut, par vn feul figne, il
te fait arrefter & demourer : car
quãd tu vois qu'il te veut toucher
au vif, & dire que tu es vn pilier
& fouftien d'ignorance, vne fournaife d'ambition , vne montagne
d'arrogance, vne vallee de mifere,
vn hofpital de folie , vne loge de
vilenie, vne fentine de deshonne-
fteté, vn fiege de tyrannie, il te fait

incontinent refroidir & retirer
la queue entre les iambes, comme
l'on dir, en guise d'vn chien fecoué
& tiraffé de morfures & d'abbois.
En fomme, ie conclu, que cete liberté, pourueu qu'elle foit prudé-
te, eft profitable, vtile & louable,
en toute part. Pour cete caufe, vn
fage de Grece, en la louät, a dict,
Præ cunctis animi libertas eft vene-
randa. Sur toutes chofes il faut
honorer & venerer la liberté de
l'efprit. Et le fage Efope a dict,
Hoc cælefte bonum præterit orbis opes.
Ce bien celefte paffe les biens &
richeffes du monde. Parlös maintenant aufsi des grands cerueaux
& entendemens refoluz & hardis.

Dict d'vn
fage.

Efope.

D I S C O V R S XXXII.

LEs cerueaux resoluz sont ceux, lesquels hardiment & genereusement se mettent aux ardues & difficiles entreprinses , auec ferme & certaine esperance d'en sortir auec gloire & honneur. Cesar se resolut à Rubicon, de passer la riuiere , & se *Exemple de Cesar.* faire Rome ennemie , disant ces paroles escrites en Plutarque. Le dé est ietté , pource qu'il estoit *Exemple d'Annibal.* d'vn cerueau de cete sorte. Annibal print resolution , auec peu de trouppes, d'Afrique, de descendre en Italie, & troubler les prouinces & villes d'icelle, pource qu'il estoit

eſtoit en toute entreprinſe d'vn cerueau hardy & reſolu. Alexan-

Alexãdre

dre ſe reſolut de conqueſter le monde, & de voir iuſques dedans l'Ocean, pource qu'en iceluy regnoit vn cœur & vne hardieſſe trop ſinguliere. Le Roy Pyrrhe ſe

Pyrrhe

reſolut de faire la guerre aux Romains, & ainſi le fit il : pource qu'il y auoit en ce Roy vn grand eſprit, vne valeur immenſe & audace incredible, en toute ſorte d'entreprinſe. Au moyen de cete reſolutiõ de cerueau, Apollonius

Appollo-nius Thia-neus.

Thianeus (comme ſainct Hieroſme atteſte) entra au pais des Perſes, paſſa le mont Caucaſe, courut le pais & regions des Albains, des Scithes, & Maſſagetes, trauerſa les Indes, & ayant paſſé la riuiere Phiſon, il arriua iuſques aux Bracmanes, pour aprédre & auoir

R

la science des choses naturelles.

Anaxa- Par cete resolution, Anaxagoras
goras. (comme Laertius certifie) donna
tout son patrimoine à ses parens
& amis, & ne fit compte de ses
propres biens & moyens, pour
mieux s'addonner aux estudes de
la Philosophie. Il est besoin en
toutes choses de resolution : mais
beaucoup plus és grandes & difficiles à executer : *Audaces fortuna*
iuuat: dit le Poete : La fortune ai-
de aux courageux & hardiz. The-
Thesée & sée & Pirithous sont louez par
Pirithous les Poetes, comme de ceruean re-
solu, pour auoir esté courageuse-
ment en enfer, en tirer Proserpi-
Iason & ne: Iason & Tiphis, pour s'estre
Tiphiles les premiers hazardez & exposez
aux dägereuses mers, à peine na-
uigables, à fin d'obtenir la toison
d'or, estât en l'Isle de Colchos.
Vous voyez donc la louäge à iuste

cause attribuée aux grãs cerueaux
& entendemés resoluz. Ie ne suis
pas esmerueillé, si Pythagoras di- *Pythago-*
soit que l'on deuoit retrancher la *ras.*
langueur, le trainer & la paresse
des cœurs humains, voyãt cõbien
est profitable la resolutiõ d'iceux,
en toutes manieres d'affaires &
entreprinses. Pour cete cause So- *Socrates*
crates, au bãquet, en Platõ, ordõ- *en Platõ.*
na qu'il falloit perpetuellement
banir la paresse & negligence, cõme vne mortelle peste de l'entendement humain. Ce qu'Ouide *Ouide.*
blasme, de maniere qu'il a dict a,
pertement luy mesme:

Dedecet ingenuos tædia ferre sui.

C'est vne chose messéãte aux no-
bles cœurs de porter énuy de soy. *Le Poete*
Et le Poete Lucaĩ detestãt vne tel *Lucain*
le chose, cõme les autres, a cõclu q̃

Vauam dant semper otia mentem.

R ij

L'oisiueté & paresse rendent tousiours l'esprit & l'entendemét vain. Parquoy il est de besoin lais-ser là le propos assez suffisant de ceux cy, & aller trouuer les grāds cerueaux de resentimét ou resen-tans, & dire pareillement d'eux tout ce qu'il faut.

DES GRANDS
cerueaux resentans, ou de resentiment.

DISCOVRS XXXIII.

Es grands cerueaux de resentiment sont dè telle nature, que là où aduient le mespris & le deshonneur de la personne, ils taschent d'vn cœur genereux & noble d'eux en resen-tir par les moyens les plus honne-stes, qu'ils trouuent propres & cō-uenables à leur degré & códitió.

Homere. Pour cete cause Homere a dict au

secód liure de l'Iliade, qu'au cœur des Rois logeoit vne gráde colere & ire: à raiſon dequoy il n'eſt pas conuenable , qu'ils permettent & endurent que leur grandeur & maieſté vange ſi legerement l'offenſe & iniure. Ie ne diray pas que ſe reſentir & ſe váger ſimple-ment, ſoit choſe hónorable à l'hóme, pource que cecy eſt totalemét l'office de Dieu, qui s'eſt atribué & approprié cet honneur à luy meſmes, diſant, *Mihi vindiEtam & ego retribuam.* A moy la vengeance & ie retribueray. Et ie ſcay bien que le docte Huges de S. Victor, dit que, *Nobile genus vindiEta eſt ignoſcere.* La noble maniere de vengeance eſt pardonner , mais ie dy bien, qu'eſtimer ſon honneur, & ſe reſentir honneſtemēt à l'encontre de ceux qui te meſpriſent

Huges de S. Victor.

R iij

fans caufe & raifon, & te priuent
de la renommée & de l'honneur,
eft vne chofe louable, honorable
& vertueufe. Parquoy il eft efcrit
aux fainctes lettres: *Maledictus ho-*
mo qui negligit famam fuam. L'homme eft maudict, qui ne fait pas cô-
pte de fa renommée. Homere, au
premier de l'Iliade exalte & loue
la generofité d'Achilles, lequel fe
courroucea contre Agamennon,
luy ayât iceluy faict iniure & outrage, de luy ofter le loyer & prix
qu'il auoit merité pour fa vertu.
l'Ariofte auffi introduit Roger
outragé & offenfé par Rodomôt,
lequel pour la deffenfe de fon hôneur, fe leue fur fes pieds, & luy
donne vn defmentir, en la ftance
qui commance,
Ruggier à quel parlar dritto leuoffe,
Le Poete Grec reprend bien le

Homere.

refentiment d'Vliffe, lequel non
feulement creua l'œil, en vengeãce de fes compagnons, au Ciclope
Polipheme : mais pour vn plus
grand tourment d'iceluy, & pour
mieux defcharger fon courroux,
& vãger le defpit receu, il voulut
qu'il fçeuft fon nom, lequel luy e-
ftoit au parauant incogneu & caché, difant: Si quelque mortel ou
Ciclope te demandoit onques, par
q̃ tu as efté tãt afpremẽt & hõteufe
mẽt puny, dy lui que ç'a efté Vliffe
deftructeur de Troye : comme s'il
ne fe fuft tenu vangé, fi le Ciclope
n'euft fçeu pour quelle occafiõ, il
auoit efté tãt feueremẽt chaftié, à
cete caufe il dict, q̃ l'ire eftoit plus
douce que le miel, pource q̃ l'hõme en fe végeãt viẽt à defcharger
l'amertume qu'il a au cœur, & à
l'oppofité, il goufte vne grãde dou

Vliffe fe
refentãt.

R iiij

ceur, de voir l'iré defir & appetit
fatisfaict. C'eft donc vne chofe
honnorable de fe refentir, mais
d'vne maniere honnefte, iufte &
conuenable. Et pour cete caufe
Guidiccion a inuité l'Italie à fe
repentir, au fonnet commanceãt,

Guidicciõ *Dal pigro & graue fonno, &c.*

Ainfi eft reprouué le refentiment grãd duquel l'on vfe & que
l'on pratique du tout, en toute
faulte & offenfe. Pour cete raifon,
Seneque a bien dict, que *Maxima*

Seneque. *culpa eft, totam culpam perfequi.*

C'eft vne trefgrande faute, de
pourfuiure toute la faute & coul-
pe. Or tournons noftre propos
aux grands cerueaux & entendemens vniuerfels, induftrieux &
ingenieux.

DES CERVEAVX
& entendemens vniuersels, indu-strieux & ingenieux.

DISCOVRS XXXIIII.

L'Vniuersel de ceux cy peut e-stre mis & estably en deux choses principalles, premiere-ment en la pratique & experience de plusieurs arts & exercices, secō-dement en la cognoissance de plu-sieurs sciences. Quintiliã au dou-ziesme liure de ses institutions, loue Helius Hippias Sophiste, le-quel outre les estudes des lettres, esquelles il ne fut de son temps, à nul autre second, se presenta aux ieux Olympiques, auec vne ccin-ture, vne robe, vne paire de chauf-ses, vn aneau, & vne pierre pre-cieuse, toutes venues & sorties de sa main. On lit de l'épereur Adriã

Quintiliã loue Helius Hip-pias So-phiste.

L'empe-reur A-drian.

qu'il fut tref-excellent & entendu
en l'Arithmetique & Geometrie.
Il fut braue peintre , tref-noble
Muſicien, & ſurmonta en la ſciéce
d'Aſtrologie , tous ceux de ſon
temps. Marcellin en ſon ſeizieſme

Exemple de Iules Ceſar en Marcelin

liure eſcrit de Iules Ceſar deuant
luy, qu'il fut vaillant ſoldat , tref-
bõ Capitaine, excellent Orateur,
ſage Empereur , parfaict & accõ-
ply Hiſtorien, & autant amy des
Muſes , qu'il eſt poſsible de dire.
On trouue eſcrit d'Aurelie Alexã-

Exemple d'Aurelie Alexãdre

dre, apres luy, qu'il eſtoit tref-bon
Augure, tref-noble & bon Muſi-
cié, & teſ parfaict cõpoſeur de harãgues. On ſçait de Socrates, Platõ, Ariſtote, S. Auguſtin, Albert le
Grãd, Raimõd Lulius, Ieã Picus,
qu'il n'y auoit quaſi art , ny diſcipline ou ſciéce, qui ne fuſt par eux
entendue & aprinſe. Certainemét

c'eſt vne treſ-belle choſe de voir
tels cerueaux & les entendre ex-
cellémét diſcourir, cóme ils font,
en toute profeſsion & ſciéce. Ils
ſçauét les hiſtoires par cœur, celles de l'Eſcriture, celles de Bero-
ſe, d'Euſebe, d'Egeſippe:les Ethio
piques, par le moyé d'Heliodore:
les Troyénes, par Dares Phrygié,
les Atheniénes, par Heliodore:les
Thebaines, par le moyé de Timée
Sicilien : les Corinthiennes, par
Ephore Cumeé : celles de Perſe,
auec Denis Mileſié, les Romaines,
par le moyé de Tite Liue, Florus,
Polibius, Diõ, Caſſius, Appiã, Plu
tarq:les Gottiques, auec Sabellic,
Corius, Blõdus, celles de Lõbar-
die, auec Iſidore Hiſpalois:les mo
dernes, par Guazzo, Ioue, Guic-
ciardin & vne autre gráde troupe
de braues Hiſtoriens. Ils ſçauent

*Les hiſtoi-
res de plu
ſieurs.*

La Poeſie la Poeſie, la Grecque, la Latine, la vulgaire : Entre les Grecs, les Hymnes d'Orphée, les Odes de Pindare, les Tragedies d'Euripide, les Comedies de Menandre, les Bucoliques de Theocrite, les Lyriques de Steſicore, les Iambiques d'Archilocus, les Elegies de Melanthe, les Cantiques de Muſée, & les Heroiques d'Homere. Entre les Latins, les Fables d'Andronicus, les Epigrammes de Catulle, les Epiſtres d'Ouide, les Sermons d'Horace, les Satires de Iuuenal, les combats de Lucain, les laſciuetez & folaſtries de Martial, & l'Eneide de Virgile, Poete principal. Entre les vulgaires, les ſonnets de Petrarque, de Bembe, de Venier, de Guidicció, de Varchi, de Benaglio, de Capello, de Molza, de Binaſchi, de Bonfadio, de

Dolce, de Domemchi, d'Annibal
Caro, de Tasso, de Goselin : les
Madrigals de Parabosco, & de
Cieco d'Adria, les vers de Sanna-
zar : du Seigneur Fabio Galeota.
Les poemes parfaicts de l'Ariofte,
& de l'Aguillara, auec tãt d'autres
que la plume & le parler ne peuuent suffisammēt exprimer. Si tu
parles de Rethorique auec eux, tu *Rhetori-*
entés autãt de Cicerons, en dou- *que.*
ceur, autãt de Catons, en grauité,
antãt de Demofthenes, en ferueur
autãt de Craffus, en gētileffe & facetie, autãt d'Ifocrates en la per-
fectiõ des periodes, autãt de Pericles, qui tõnēt, qui éclairēt, & qui
foudroyēt & lãcēt de leur eftomac
les dards en feu, de paroles, & les
fagettes tref-ardãtes de fentences
& de cõceptiõs : les reigles d'Ariftote, les preceptes de Quintiliã,

les couleurs de Cicerõ, les inſtitu-
tions d'Hermagoras, l'œuure de
Caualcante, les diſcours de Tra-
clée, les tables de Toſcanella, ſont
les maiſtres & les liures, qui leur
dõnét hõneur en tous leurs deuis
& propos. S'il eſt queſtiõ de Logi-

Logique. que auec eux: ils ſçauent les textes
des Grecs, les queſtiõs des Latins,
les digre. ſiõs des Arabes, la facilité de Boetius, l'obſcurité d'Ammonius, la doctrine de Simplicius
la briefueté de Porphire, la ſubti-
lité de Scotus, & la voye excelléte
& vnie des Thomiſtes. Si l'õ parle
de quelques particulieres Mathe-
mathiques, & l'on en cõfere auec

Arith. me- eux, ils te ſçaurõt dire, en l'Arith-
tique. methique quel eſt le nombre per,
quel nõ per, quel eſt le ſuperflu,
quel le diminué, quel le parfaict,
quel l'imparfaict : quel le cõpoſé,
quel le nõ cõpoſé : quel nõbre eſt

harmonique,quel Geometrique,
& tout ce qu'é aurôt entēdu Eu-
pōpe, pithagoras, Boetius & Eucli
de pareillemēt. S'il faut parler auec
eux de la Geometrie, appellée par *Geometrie*
Philon Hebrieu, mere de toutes *Philon*
les sciences & disciplines, ils te *Hebrieu.*
sçaurôt deuiser des poincts, & ra-
cóter que Dicearque mesurāt les
monts, trouua le mont peliõ estre
sur tous, tres-haut : q̃ Archites de
Taréte, forma vne colõbe de bois
qui voloit, & Archimedes vn ciel
de brôze, auec tous les mouuemēs
des planetes & les reuolutiõs des
spheres celestes. S'il est questiõ de
l'Astrologie, tu entendras vn dif- *Astrologie*
cours de planettes, de Spheres, de
globes, de signes celestes, de cercles, d'Estoilles, d'eccentrices: de
concentrices, d'epicicles, de mou-
uemens, & d'eclypses, auec les
allegations d'Hipparque, de

Manetus, de Conon, d'Eudoxe, d'Apollonius, de Meson, de Ptolomée, de Iulius Firmicus, d'Albategno, d'Auenazra, d'Abrá zacuto, du Roy d'Alphôse, de Paul Florétin, & d'Augustin Riccius, de maniere qu'il semblera que ceux cy soyét les chefs & maistres parfaits de cete sciéce. Si vous deuisez auec eux de Philosophie, ils discourét auec excelléce, de la matiere, de la forme, de la priuatió, du lieu, du téps, du vuide, de la nature, du mouuemét, de l'infiny, du destin, de l'accidét, de la generatió, de la corruptió, du tout, des parties, de l'ame, du sens, de la fantasie, de l'imaginatió, de l'intellect, de la memoire, de la volóté, auec Aristote en main, Auerroes, Themistius, Simplicius, S. Thomas, Scotus, Egidi°, Paul° Venetus, Burleus, & vne

Philosophie.

ne ſi grãde troupe de Philoſophes
qu'ils font esbahir tout le mõde.
Ils ſont fort experimentez és cho
ſes naturelles, bien endoctrinez és
morales, ſages & treſprudents és
diuines. Si tu viens à parler auec *Medecine.*
eux de la medecine, tu oiras diſcourir de ficures, de douleurs, de
caterres, d'apoſtumes, de fluxiõs,
d'atractions, de dyſenteries, d'humeurs mauuaiſes & cacochimes de
pluſieurs ſortes, à raiſon deſquelles choſes, ils ſçauét ordõner em-
plaſtres, lenitifs, phlebotomies,
ou ſeignées, ventouſes, inciſions,
breuuages, cures, cauteres, cliſte-
res, dietes, & medecines preſque
infinies, reeitans à propos les cures d'Hippocrates, d'Hermoge-
nes, de Menecrates, d'Eraſiſtrate,
de Galen, d'Auicéne, de Raſis, de
Meſue, d'Iſaac, d'Albucaſis, d'Ha-
S

liabas, d'Auerroes, de Serapion, &
d'autres innombrables: en quoy ils
font esmerueillables , pour leur
Theorique & pratique, vsans mer
ueilleusement de la Medecine
Pharmaceutique, de l'Empirique,
de la Iatraleptique, & de la Clini
que. S'il vient à propos de toucher
des loix ciuiles, ils te sçauront alleguer   mettre en auant les Co-
des, proposer les Digestes, trouuer
les Infortials, former les proces,
faire les instrumens donner les
conseils, ordonner les procurati-
ons, declarer les accusations, pro-
duire les tesmoins, citer & adiour-
ner les accusez   fendre les parties, repliquer à l'encôtre, opposer
aux sentences, appeller aux raisó-
nables sieges, & chercher la raisó
& le droiĉt où il demeure & habi
te tresbié. Ils ont la pratique & ex

Loy Ci-
uile.

perience des textes, des tiltres, des
paragraphes, des côuéts, des inter-
pretatiós, des declaratiôs de Barto
le, de Balde, d'Accurfe, d'Aretin,
de Portius, de Decius, d'Imola, de
Boſſus, de Maranta, de Socinus,
d'Alciat, de Crotº, de Butrigarius
d'Aufrenius, & d'vne grâde, troupe & côpagnie de treſ-excellens
Docteurs. Es loix Canoniques, ils *Loy Cano*
ſót inſtruits des Decrets, des De- *nique.*
cretales, du ſeſte, des Clemêtines,
des extrauagâtes, des Côciles, des
Bulles, des Sinodes : ayant eſtudié
l'Abbé, l'Archidiacre, le Panormi
tain, Felinus, Albericus de Roſa-
te, Angelus de Peruſe, l'Hoſtien-
ſe, Hugues, Calderinus, Oldra-
dus, Paul de Caſtro, & pluſieurs
autres Canoniſtes. Es ſommes, ils *Sommes.*
entendêt les Gloſes, les tiltres, les
traitez, les doubtes, les reſolutiós

S ij

de vœus de mariages, de Cenſures, de peines, de contracts d'vſu-
res, de Reſtitutions, & de mille
autres choſes, qui appartiennent
aux Sommiſtes, leſquelles leur sõt
excellemment declarées par A-
ſtenſe, par Sainct Antonin, par
Rainerius, par Raimondus, par
Caietan, par l'Angelique, par Ta-
biena, par Silueſtrine, de l'Armil-
la, de Nauarra, & de pluſieurs autres Sommiſtes, treſ-aprouuez &
excellens, és cas de conſcience. Si
Theologie. tu tiens auec eux propos de Theo
logie, tu ois cõme ils parlent profondement de l'eſtre de Dieu, de
l'vnité, de l'eſſence, des perſonnes, de la puiſſance, de la preſciẽ-
ce, de la predeſtination, de la volonté, de la creation, du liberal ar-
bitre, de la grace, de la foy, de la
charité, des Anges, de l'Homme,

des dons, des Sacremens, & de to'
les autres enfeignemens Theolo·
giques, de maniere qu'ils femblét
fçauoir autant que S. Auguftin, S.
Ambroife, S. Hierofme, Gregoire,
Bafile, Hilaire, Damafcene, Irenée,
Pierre Lôbard, S. Thomas, Scotus,
Alexandre d'Ales, Pierre de Tara·
taife, Richard de Mediauilla, Hugues de S. Victor, & fon difciple
Richard, Theologiés tresfameux,
& trefornez en toute chofe, & de
gloire & de fplendeur. Si vous par
lez à eux, de la Mufique, ils fçauent *Mufique.*
incontinent faire diftinction des
châts, des fons, de leurs inftrumés
trouuant Lyres, Luts, Efpinettes,
Violes, Harpes, Manicordiós, Regales, Cornets, Fleutes, Tabou-
rins, Orgues, Cornemufes, Pfalte-
rions, Hautbois & plufieurs autres: en racontant, l'excellence des

anciens, d'Apollon, en la harpe,
d'Orphée, au ieu de la Lyre, de Te
lene, à la Flute, d'Hismenias, au
Cornet, de Pan, au Chalumeau &
siflet, & des sonneurs modernes,
de Striggio, & de Bindella au
Luth, d'Horace, à la viole, d'An-
dré Gabrieli, & du tres-gentil esprit de Claude de Coreggio, aux
orgues, outre la science du son, en
plusieurs autres instrumens musi-
caux. I'accompagneray ceux cy du
gracieux Vincent Bell'hauere, &
de Cromatic Colombe. Il n'est
pas besoin de nommer les Chan-
tres anciens, Timothee, Simon
Magnesius, Senophile, Terpãdre,
Lesbius, Chrisigone, Nicomacq,
ny les modernes, Adrian, Cypriã,
Iusquin, Iacquet, Giaques Berché
Orlando Lassus, Ioseph Zerlin,
Costantius Porta, & infiniz autres
tresnobles Musiciens, qui ornent

les Courts des Seigneurs, & des
Princes, par la douceur, & harmo-
mie de leur chant. Si tu entres en *Painture.*
propos, auec eux de la painture, ils
monstrent tresbien qu'ils entendent les lignes d'Apelles, la sym-
metrie de Parrhasius, la dispositiõ
d'Amphion, les mesures d'Ascle-
piodore, la proprieté & netteté
d'Athenius, l'art de Michel An-
giolo, l'esprit de Titiã, le iugemẽt
de Raphael d'Vrbin, l'industrie
de Belinus, l'agreable colorer de
Luc de Rauéne, l'artificielle dili-
gẽce de Tintoretus, de Paul Vero
nois, de Mutian, de Federic Zucca
ro, d'Alexandre Spilimberg & du
tresmoderne Palma. Si tu cõferes
auec eux de l'Architecture & scul *l'Archite*
pture, ils sçauẽt ordõner les tẽplés *cture &*
sculpture.
les labirinthes, les piramides, les o
belisques, les theatres, les mau-

foles, les palais, les baings, les ſtatues monſtrueuſes, en recitant Di-
nocrates, Steſicrates, Theodore,
Philon Athenien , Meleagines ,
Sugila, Hermodore, Vitruue, Leõ,
Baptiſte , & Lucas Durerus treſ-
excellens architectes : & ainſi A-
lexandre Victorius à Veniſe &
Iean de Bologne à Florence, treſ-
ſçauans & ſinguliers ſculpteurs. Sí
Cabale. tu parles de Cabale, ils vont diſtin
guãt celle de Breſith, de Mercana,
celle de Sephiord, àſçauoir prati-
cienne, ils te parleront de celle de
Semod, àſçauoir ſpeculatiue, de la
maniere de la ſuppoſition , de la
maniere, dicte, Notariaque , & du
moyen que les Cabaliſtes appellent Ziruf: & alleguant le Rabbin
Hamai, le Rabin Salomon, Moyſe Ægyptien, Tarphon , le Geron-
dois, le Picus, le Salernitain, Iules

Camille, & plusieurs autres. S'il est question de l'art de Raimondus, ils sçauent discourir des alphabets, des figures, des definitions, des reigles, des tables, des mixtions, des subiects, des applications, des questions, du moyen d'aprendre, des habitudes, trouuant les premiers principes, Bôté, Grãdeur, Durée, Puissance, Sapiēce, Volonté, Vertu, Verité, & Gloire, se monstrans entendus en l'art brief, de la grande, de la demonstratiue, de la mistique, & de toutes les autres œuures & traitez de cest auteur. En somme tu peux noter des cerueaux tref-vniuersels en tout art & science. Mais si tu descens plus bas à deuiser auec eux de la Milice, ils te rendent esmerueillé, quand ils viennent à discourir des scadrons, des legiós,

Art de Raimondus.

La Milice

des compagnies , des armées , des
defenfes, des manieres d'offenfer,
des efcarmouches, des embufcades
des butins, des affauts, des côbats
des iournées des batailles, & des
Victoires, nommant l'infanterie,
les harquebufiers, les Archers , les
cheuaux legers, les hommes d'armes, l'auantgarde, les batailles du
milieu, l'arriere garde, les muniti-
ons, auec vne fi grande difcipline
& fcience de camps, de murailles,
de fortereffes, de Planures, de Mô-
tagnes, de Mers, d'armées par terre, d'armées maritimes , mifes en
ordre & l'equipage, de fuftes , ef-
quits, de Galeres, de Nauires, hurques & autres vaiffeaux , auec armes, victuailles, foldats, artilleries
feuz artificiels, & beaucoup d'autres particularitez , de maniere
qu'ils femblent efleuez & nourtiz

és guerres, tant feulement & au
milieu des batailles. Or ils font en
cet endroit mention des Camil-
les , des Scipions, des Silles, des
Mariens, des Flaminiens, des Tor-
quats, des Cefars , dés Pompées,
d'Alexãdre, de Themiftocles, d'E-
paminondas, de Phocion, d'Age-
fiflée, de Iofue, de Saul, de Dauid,
de Ioab, d'Abner, de Iudas Maca-
bée., & d'infiniz autres Capitaines anciens, & vaillans Chefs, faifant en outre mention de tãt & fi
grand nombre de noftre âge, du
Roy François, du Roy Henry, de
Charles Quint, du Duc Alphõ-
fe d'Eft , d'Anton de Leua , de
don Ferrant Gonzague, de François Maria Duc d'Vrbin , d'An-
dré Dorie, de Barbe rouffe, d'An-
dre Gritti , du Marquis de
Vaft, de L'autrec de Gafton

Foix, Pierre Strozzi, Medichrino,
du Duc de Guise, du Duc d'Albe,
de Prospere, de Marc Antoine
Colonne, Virginius Vrsin, & du
Prince de Parme, auec vne autre
trouppe innombrable, auec les
defaictes, routes, prinses, sacs,
pertes & les conquestes, auec leurs
gloires & triomphes, qui volent,
par les ailes de la Renommée, par
tout l'Vniuers. S'il faut discourir
Nauigage auec eux du nauigage & de la Marine, ils te rendent fort attentif,
parlans de la pratique & cognoif
sance des Mers, des Goulfes, plages, des costes, des Riuieres, des
Isles, des Vents, du Leuant, Po-
nent, Midy, Septentrió, du Grec,
Meridional, Garbin, venant d'A-
frique & orageux, & du vent qui
souffle du costé du Soleil couchāt,
dict Corus: des bourraces, des té-

peftes, de la maniere de fe conduire, d'aller en auant, de tourner arriere, de donner fonds, de leuer les anchres, de guinder, de caler voiles, de demeurer au timon, d'aller à feneftre, d'aller à droicte, au moyen des cordages, qui tiennêt de part & d'autre à l'antenne, de voir la carte de nauiger, de l'vfage de la Bouffole, de la pratique du Nord & du Crufier & finalement de chacune particuliere occurrence en tel mêtier. S'il eft queftion de l'Agriculture, ils te font esbahir, auec Palladius en main, auec Marc Varron, & Virgile auteurs principaux, & auec vn de noftre âge, Gallus, faifans mention, des Mariens, des Fabiens, des Lentules, & Pifons, lefquels s'y font appliquez, & faifans diftinction des champs, des vignes, des forefts,

Agriculture.

dés foſſes, des iardins, des limites,
des conduits d'eau, des dommages
des amelioremens, des cueillettes,
auec vne telle pratique & cognoiſ
ſance de telles choſes, qu'ils ſemblent les premiers laboureurs du
monde. Si l'on entre en deuis des
paſturages, ils ramentoiuent incó-
tinent & alleguent les Iuniens, les
Bubulques, les Statiliens, les Tau
res, les Pomponiens, les Vitules,
les Viteliens, les Portiens, leſquels
s'y ſont employez : nommans outre ceux cy, les premiers Paſteurs
& bergers de la campagne, Abel,
Iahel, Abrahã, Iacob, Iſaac, Saul,
Dauid, Mercure, Admetus, Paris,
Anchiſes, Endimion, Pan & Prothée, auec les trouppeaux de be-
tail, les cabannes, loges, ten-
tes, le chant, le ſon, ies paſſetemps, les dänſes paſtoralles,

Paſture.

& bals accompagnez des Satyres,
des Fautes, des Nymphes, auec vn
si grand plaisir & delectation, que
par leurs parolles tu viens à comprendre & conceuoir en ton esprit, vne nouuelle Arcadie. Si tu
parles de la chasse, ils viennent à
rememorer & mettre en auant, *Chasse.*
les premiers chasseurs de la terre, Cain, Lameth, Nembroth,
Ismael, Esau, Meleagre, A-
cteon, Acontée, Cephale, Hip-
polite, auec les premieres chasse-
resses du monde, Procris, Athalante, Callisto, Britone, Are-
thuse, Diane, sans oublier les
chasses les plus renommées, des
lieures, des Cerfs, des cheureux,
des sangliers, des loups, des pan-
theres, des Ours, des Lions : & la
trace, les vestiges, tesnieres,
pas, cauernes, & retraites plus

secrettes & cachées de ces beftes
là. Si tu entres en propos de la

Pefche. Pefche, ils trouuent , en vn inftant, les naffes , les appafts, les hameçons, lignes, les refts, & autres inftrumés propres à la pefche, fe monftrans experimétez & entenduz, aux riuieres, aux foffez, aux lacs, aux eftangs & aux mers, & alleguans qu'Octauian Augufte pefchoit à la ligne & hameçó feul, & Neron auec le reth d'or, en la compagnie de fes plus familiers & fauorits. Si tu veux difcou-

La marchandife. rir de la Marchandife , tu orras incontinent faire mention des prncipalles foires, d'Anuers de Lion , de Bolzan , de Befançon, de Creme, de Lanciã, de Nocere, de Recanati, de Fuligno, auec les traficques, comptes, pactions, cóuentions, ventes, achapts, eftima-

tions,

creance, lettres de change, per-
mutations, & tant de fortes de ne-
goces de marchandifes, qu'ils rendent efmerueillez ceux qui leur
preftent l'aureille. S'il eft befoin
de parler de la Cuifine mefme, ils *Cuifine.*
parlent excellemment des pafts,a-
uant pafts,apre-pafts, nommãt les
maiftres d'hoftel, la varieté des
Cuifiniers defcrite par Athenée,
aux foupers de fes fages, des Am-
nes,des Cherafes, Artifilées, des
Deliens,des Sefames:auec les viã-
des plus prifées & exquifes, les
paons de Samos,le canard de Fri-
fe, le cheureau d'Ambracie, les
huiftres de Tarante, la Murene
Tarteffienne, les noix de Thafie,
les dattes d'Egipte, les pigeons de
Peonie, les poules d'Afrique, les
lieures des Ifles Baleares,les poif-
fons de Benac, les perdrix de Pa-
T

phlagenie, les griues de Picenes, les oliues de champagne, les figues deTheffalie, les chaftaignes d'Aqtaine, les cardons d'Hefpagne, les capres d'Alexandrie, auec les fept anciés maiftres de cuifine, defcrits par Euphron, Agis, Nerée, Chio, *Euphron.* Chariades, Lamprilus, Aphthonetus, Entinus : auec les bons cõpagnons qui ont efté, Filoxene, Luculle, Ariftippe, Artemon, Denis, Epicure, Sardanapale, Helio-*Exemple des friãds* gabale, Milon de Crotone, qui *& gour-* mangea en vn foir trente pains, & *mands.* Phagon, lequel mangea à la table de l'Empereur Aurelian vn fanglier tout entier, cent pains, vn mouton, & vn pourceau : & beut en apres, en vne petite cuue, plus que n'euft englouty & auallé vne balaine. Or ceux font de ces grãds cerueaux & entēdemés qui

parlent de toute chofe, & à l'improuueu, auec les hiftoires, les
Poetes, les Philofophes, & la co-
gnoiffance des arts & des fciences, ils font efmerueiller le vulgaire, & eftonnent aufsi les fçauäs &
entenduz. Ceux cy fe monftrent
d'vne apparence tant grande, que
l'on diroit qu'ils ont veu, & enuironné tout le monde. Si tu
parles de la terre, ils difcourent *Terre.*
incontinent des trois parties d'i-
celle, trouuans l'Afie, l'Afrique &
l'Europe : les Zones ou cercles,
les Poles, les climats, les paralle-
les, les afsietes, les regions, les
prouinces, les villes, les cha-
fteaux, les terres, les villages,
les palais, les maifons, les places,
les rues, les temples, les valées,
les planures, les montagnes, les
grottes, les cauernes, les fôtaines,

les riuieres, les lacs, les eſtangs, les
paluds, les mareſts, les canaux &
conduits d'eau, les animaux, les
ſerpens, les beſtes ſauuages, les
plantes, les herbes, les iardins, les
campagnes, les fleurs & les fruiƈts
d'icelles. Si tu parles de l'eau, ils

l'eau. diſcourent incontinent de toutes
les mers, de l'Adriatique, de la
Tirrene, de l'Oceá, de la mer rou·
ge, de la mer morte, de la mer Ae·
gée, de la mer de Nicarie, de la
mer de la Chine, de la mer des Za
buques, de l'Archipelage, ou grãde mer, de l'Euxine, & de tãt d'autres, que c'eſt choſe merueilleuſe:

Isles mari- & trouuent incõtinent toutes les
times. Iſles maritimes, celles de Bretai-
gne, à ſçauoir l'Angleterre, l'Eſ-
coſſe, Irlande, les iſles Ebudes, les
Orcades, & Tile, qui s'appelle autrement l'Iſle perdue, apres la Se-

landie, la Nouergie, la Suetie, les
Baleariques, les Fortunées, les Sti
cades, les Greques, L'Isle Curzole,
Crete, Corcire, Dele, Gnide, les
Italiq̃s, Sicile, Sardaigne, Procide,
Procite, Isquie, Palmarte, les infor
tunees, Diomedeiennes, subiettes
à tãt de modernes butins & voleries : & en cet endroit ils discourent & parlent des plages &
quartiers de la mer, des ports, des
riuieres, des destroiĉts, des goul-
phes, des escueils, des poissons, des
nauires, des galeres, des marsilia-
nes, de brigãtins, d'esquifs, fustes,
barques, hurques & autres infiniz *l'air.*
vaisseaux. S'il faut parler de l'air,
ils discourent d'vne multitude infinie d'oiseaux, aigles, faucons,
Espreuiers, rossignols, vautours,
corneilles, cignes, corbeaux, co-
lombes, merles, & pelicans: nom-

T iij

mant les vents , les tonnerres, les
éclairs , les foudres , les efclats,
les nues , les pluyes , les tempeftes , les neiges , les rofees , les
bruines , les nuages , les cometes,
les lances ardantes , les eftoilles
tombantes , les dragons iettans
feu , les ferpens d'or , & mille
autres Miraculeufes impreſsions.
Si tu parles du feu , ils fcauent

Le feu. dire , qu'il eft mobile de foy, qu'il
a la vertu de changer , la vigueur
d'innouer , qu'il eft gardian de la
nature , qu'il eft de foymefme
communicable , qu'il a la proprieté de purger , & nettoyer, &
qu'il eft pourueu d'vne force &
valeur quaſi infinie & fans mefu-

Ciel. re. Si tu viens à parler du Ciel,
ils trouuent incontinent la Lu-
ne, & l'appellent l'honneur de

Lune. la nuict , mere de la rofee , mini-

ftre & feruante de l'humeur, mai-
ftreffe & dominante fur la mer,
mefure du temps , emulatrice du
Soleil , & changeant l'air. De-
là ils vont à Mercure , & l'ap- *Mercure.*
pellent planete temperée , no-
cturne, ores mafculin , ores feminin : ores bon , ores mauuais, ores
ftationnaire , ores retrogradant,
ores vifible , ores caché. Apres, *Venus.*
ils vont à Venus , à laquelle , ils
donnent vertu & puiffance fur
les chants , fur les allegreffes,
fur les amours , fur les delices,
& fur les plaifirs. Delà , ils vont
au Soleil , & difent la digni- *Soleil.*
té , la puiffance , & la multitude de fes effects , la lumiere,
clarté , la mefme forme du mouuement d'iceluy , en l'appellant
l'œil du monde, la gaieté du iour,

T iiij

la vertu des choses naissantes, le
principe de la lumiere, le Roy de
la nature, la splendeur de l'Olimpe , le gouuerneur du monde, la
perfection des estoilles, le mode-
rateur & guide du firmament, &
seigneur general de toutes les planetes. Ils trouuét Mars & discou-

Mars. rent de l'ire, de la promptitude,
de la fureur, de la faulseté, des ruses & tromperies que Ptolomée

Ptolomée luy attribue, renouuellant en noz
esprits & memoires, la hardiesse,
l'appetit genereux, le desir de vengeance, les esprits de guerre, qu'il
excite naturellement & allume en

Iupiter. noz cœurs. Parlans de Iupiter, ils
racontent les felicitez ; les alle-
gresses, & les plaisirs & gaietez
que la gracieuse planette apporte
à tous, selon l'aduis de Martian &

Martian. comme il reprime la malice de

Saturne, auquel il eſt conioinct, *Saturne*
par ſa nature plaiſante & beni-
gne. Quãd ils parlent du meſchãt
Saturne, ils racontent les enuies,
les detractions, les meſdiſances,
pareſſe,& meſchancetés qui naiſ-
ſent de luy:& eſtonnent le monde, par les nouueaux & non ouiz
méfaicts, qui tirent leur origine
de la treſ-mauuaiſe & malicieuſe
diſpoſition d'vne tant meſchante
& pernicieuſe planete.S'ils parlét *Firmamét*
du firmament, tu entens inconti-
nent nommer la voye lactée, le
Zodiac,les ſignes celeſtes,le Mou *Signes ce-*
ton, le Taureau, les Gemeaux, *leſtes.*
l'Eſcreuice, le Lion,la Vierge, la
Balance, le Scorpion, le Sagitai-
re,le Capricorne, le Verſe-eau, &
les poiſſons. Les eſtoilles fixes, à *Eſtoilles*
ſçauoir les Septétrionalles,l'Our- *fixes.*
ſe grande, l'Ourſe moindre, le

Dragon , Cephée , Caſſiopée,
la couronne d'Ariadne , Hercules , le Vautour tombant , les
Pleiades , le char , Perſée ſur
l'Hippogrife , le ſerpent , l'aigle,
le daulphin , les deux chevaux,
l'eubolie , le Triangle , & les
Meridionaux , à ſcauoir l'Orion,
la Baleine , le lieure , le grand
chien , la canicule , ou chien
moindre , la nauire Argos , l'au-
tel , la couppe vuide , le Corbeau , le Centaure , l'Encen-
ſoir , l'Hidre , le poiſſon Auſtral,
la couronne ou guirlande auſtra-
le , & autres infinies qui ne ſe
peuuent nommer : finalement,
ils viennent à parler & diſcourir
des Hierarchies celeſtes , & de
Dieu meſmes , auec vne ſi grande
profondité de doctrine , qu'ils
ſemblent, en vne fraiſle deſpouil-

le corporelle , efprits tref-fubli-
mes, & diuins. O cerueaux &
entendemens vraiment dignes,
de ce nom honorable , & fur
tout autre magnifique & excellét.
Ie vous laiffe donc , pource que
voftré merite eft plus grand que
ma louange : voftre gloire plus
puiffante que ma langue , voftre
valeur de plus grande efficace que
ma plume. Paffons donc aux gráds
cerueaux & entendemens , que
nous appellons en general , fages
& graues.

DES GRANDS CER-

ueaux & entendemens fages &

graues.

DISCOVRS XXXVI.

Es cerueaux & entendemens
fages & graues font proprc-
ment ceux , lefquels par la
lumiere de leur fageffe , ou

soit humaine, ou soit diuine, ont
acquis à l'endroit du monde, credit, reputation & reuerence tout
enfemble : fe monftrans plus que
les hommes vulgaires, & fe def-
conurás à l'endroict des peuples,
pour perfonnes miraculeufes &
quafi diuines. Et tels perfonnages
eftoyent appellez des Perfes, Mages, des Latins, *Sapientes*, des
Grecs, Philofophes, des Indiens,
Gymnofophiftes, des Egyptiens,
Preftres, des Cabaliftes, Prophe-
tes, des Babiloniens, Affiriens &
Caldeens, Druides, Bardes, &
Semnotées. C'eft pourquoy anciennement les Perfes ont tant
honoré leur Zoroaftre, les Gimno
fophiftes, Tefpion, les Egyptiens
Hermes, les Babyloniens, Buda, les
Hiperboleens Abbares, & les
Thraces, Zamolfis. Qui eft celuy

Plufieurs
foiez pour
fages.

qui ne fcait combien les Atheniens estimoyent le simulacre, ou
l'image de Pallas armée, laquelle
ils disoient née du chef de Iupiter, feulement pource qu'ils la tenoyent pour la Deeffe de Sapience ? Qui ne fçait la grande estime
que les Arcadiens faisoiét de leur
Dieu Demogorgon, pour ce qu'ils
le tenoiét au rang d'vn Dieu tref-
fage? Qui eft-ce qui ignore l'honneur & reuerence que les Del-
phiens portoyent à l'Oracle d'A-
pollon, feulement pour l'opinion
qu'ils auoyent que la diuine fageffe reluifoit en luy? Qu'elle e-
ftoit l'occasion, pour laquelle les
Aegyptiens adoroyent Apis, finô
cete cy? Pourquoy Annicetus Ci-
reneé, desboursa vne gráde fomme de deniers, pour racheter Platon, faiĉt sfclaue, finô pour ce feul

Sages, Platon Phronton. regard de la sapience d'iceluy? Pourquoy Marc Antoine Romain dreſſa il vne ſtatue, au Philoſophe Phronton, ſinon à cauſe de ſa ſageſſe? Pourquoy les Atheniens dreſſerent & eſleuerent *Demetrie Phalerée.* trois cens ſoixante ſtatues à Demetrius Phalereen, ſinon pour ce regard meſme? Pourquoy Alcibiades faiſoit il tous les iours, de treſ beaux preſens à Socrates, ſi-*Socrates.* non pour cete cauſe ſuſdicte? La Sapience fut celle, qui incita Monime Corinthien de ſe retirer *Diogenes.* de ſon maiſtre, & faire du fol & infenſé, pour s'accoſter de Diogenes. La ſapience eſt celle qui pouſſa Pythagoras à aller trouuer *Mages de Perſe.* les Mages de Perſe, pour apprendre d'iceux, la vraye Magie. La ſapience eſt celle qui perſuada Eu-*Euclide* clides de laiſſer Megare, & aller

en habit dissimulé, à Athenes, vil
le ennemie, pour ouir seulement,
la sagesse de Socrates. La sapience
est celle, qui des derniers cófins de
la terre , attira la grande Roine
Orientale , pour ouir le tressage *Solomon*
Salomõ. Les Cretois ont loué leur
Minos, à cause de cete sapiéce seu- *Minos.*
lement. Les Lacedemoniens ont
faict grand cas de Licurge , seule- *Licurge.*
ment à l'occasió d'icelle. Les Athe
niés reueroyent Solon, seulement *Solon.*
pour icelle. Les Romaïs adoroyét
Numa Pompilius, pour cete seule *Numa Põ- pilius.*
cause. Linus & Musée ont esté e- *Linus &*
xaltez & celebrez de' la Grece, *Musée.*
pour hommes tres sages: Orphée, *Orphée.*
en Thrace, reueré pour tel: Bele *Bele.*
honoré entre les Chaldeens, pour *Romule.*
vn homme prouueu de sages-
se : & Romule adoré par les
Romains , à cete seule occasion

de fageffe. O qu'il fe trouue d'excellens & dignes aureurs, lefquels
ont efpandu & diuulgué les belles & honorables louanges, de cete fapience, qui regne & loge aux
grands cerueaux & entendemens
humains. Vn Ariftote, en fa Phifi-
que, qui l'appelle la derniere perfection de l'homme, vn Orphée,
l'a appellé le feu Ethereen du móde: vn Homere l'a appellée Pallas
diuine : vn Virgile l'a entendue
par la Sibille, qui feruit de guide
& deffenfe à Aenee pour auoir le
rameau d'or: vn Dante l'a fignifiée
par Beatrix qui le gnida de fphere en fphere, iufques au dernier
ciel. Auec combien de hauts fecrets, eft figurée la premiere fapience, en l'efcriture fainéte?
Elle eft premierement fignifiée
au liure de la vie, où Sainct
Augu-

S. Auguſtin dit, ſur ce vers du Pſeaume : *Deleantur de libro viuentium.*
Soient effacez du liure des viuans,
que, *Liber vita eſt notitia Dei.* Le liure de vie, eſt la cognoiſſance de
Dieu : choſe conforme à ce paſſa-
ge de S. Paul, *Prudentia Spiritus eſt* *S. Paul.*
vita & pax. La prudence de l'eſprit
eſt la vie & la paix. Ceſte cy eſt de-
notée, au fleuue d'eau viue, duquel
Ieſus-Chriſt parle en S. Iean, diſant. *Qui crediderit in me, flumina de*
ventre eius fluent aquæ viuæ. Les *Euangile.*
riuieres d'eau viue couleront du
vêtre de celuy qui croira en moy.
Ceſte cy eſt entendue, au celier du
Cantique, aux mamelles odorife-
rantes, & de ſouefue odeur de l'Eſ *Cãtiques.*
pouſe : au mortier des treſdouces
drogues d'icelle meſme. Ceſte cy *Ezechiel.*
eſt la roue d'Ezechiel : La vraye *Cabali-*
Cochmach des Cabaliſtes : la *ſtes.*

V

precieuse fontaine des delices.
Qui n'aimera la sapience ? qui
ne la louera ? qui n'embrassera
vne tant chere & agreable mere : ouy ce qu'elle dit d'elle mesmes aux Prouerbes : *Beatus vir,*

Prouerbe de Salomö

*qui audit me , & qui vigilat ad
fores meas, quotidie : qui me inuenerit , inueniet vitam , & hauriet
salutem à Domino .* Heureux celuy qui m'oit , & qui veille
tous les iours à mon huis: celuy
qui me trouuera , trouuera la
vie, & puisera le salut de Dieu.
Entens , comme elle nous appelle clairement, en disant, *Audi fili mi, & esto sapiens , & dirige
in via animum tuum : audi patrem
tuum, qui genuit te, & ne contemnas,
cum senuerit mater tua..* Entens
mon fils, & sois sage , dresse ton

esprit en la voye, preste l'aureille à ton pere, qui t'a engendré,
& ne contemnes ta mere, quand
elle sera enuieillie.   On ne sçau *David*
Prophete.

roit dire ou narrer combien ceste sapience est honorée, pri-
sée & digne.   Le Prophete
Sainct luy a donné pour ceste
cause le nom de Roine tresluí-
sante, disant en vn Pseaume.
Astitit Regina à dextris tuis in ve-
stitu deaurato , circumdata varie-
tate. La Roine a assisté à ta dextre , en habit doré , enuiron-
née de diuersité.   Elle est la
Royne , qui gouuerne tout le
Royaume de l'ame , l'intellect,
le iugement , les pensées , &
la memoire. Elle gouuerne l'intel
lect , pource qu'elle ne veut,qu'il
s'amuse à entendre les choses peu
V iij

vtiles, ou celles qui sont trop difficiles, suiuant ce conseil. *Altiora
te ne quæsieris.* Ne cherches les cho-

Salomon. ses plus hautes que toy. *Et suiuãt*
ceste sentence. *In superuacuis rebus,
noli scrutari multipliciter.* Es choses
superflues & vaines, ne recherches
ou fondes, en diuerses manieres.
Elle gouuerne le iugement, pource qu'elle ne permet que la raison
iuge ce qui n'est licite. Et pour
ceste cause, il est escrit en l'Euan-

Euangile. gile. *Nolite iudicare.* Ne iugez. Elle gouuerne aussi les pensées, vou-
lant que non seulement les dom-
mageables mais aussi les ocieuses
soient eslongnées de la partie rai-

Esaie. sonnable, suiuant ce que dit Esa.
*Auferte malum cogitationum vestra-
rum.* Ostez le mal de voz pensées.
Elle gouuerne finalement la memoire, ne permettant qu'en ses

threfors & cabinets fe gardent &
conferuent autres que les chofes
fainctes, religieufes, profitables, &
honneftes. Le Poete Iuuenal l'a de
painte vne chofe diuine , en ces
vers,

> Nullũ numen abeſt , ſi ſit prudentia: *Iuuenal.*
>   ſed te
> Nos facimus, fortuna, Deam , Calóque locamus.

C'eſt à dire, Toute deité fe trouue
là où la prudence, mais, ô fortune, nous te faifons Deeſſe , & le
logeons au ciel. Ouide, en fes Me *Ouide.*
tamorphofes, a defcrit le tribunal
Achée auoir honoré Vliſſe des
armes d'Achilles , pluſtoſt qu'A-
iax, à caufe de la prudence & finguliere fageſſe d'iceluy. Neſtor
eſt loué & celebré par Homere,
pour l'vn des tref-principaux Heroz du camp Grec, feulement à

V iij

cause de la tresgrande sapience, qui logeoit au cœur du signalé Chef. Les Poëtes anciens ont fainct, que Promethée ha par sa verge, rauy le feu du ciel, seulement pource qu'il estoit homme tres-prudent, & remply de toute grauité & sagesse, par laquelle il s'acquit le renom d'estre monté à l'element du feu, & l'auoir de là enleué & emporté, auec la verge.

Fiction poetique de Promethée.

Ils ont fainct eux mesmes aussi, que le vieil Atlas a soustenu & supporté l Olimpe de ses espaulles, pource qu'il estoit homme doué de tres grande sagesse, par laquelle l'on soustient facilemét, toute pesante charge & gouuernement.

Fiction d'Athlas.

C'est pourquoy le tres-noble Chevalier Pomponius Spreti, gentil-homme de Rauenne, loüãt le tres-illustre Cardinal d'Vrbin,

Pomponius Spreti.

& le tref-reueréd general des Car
mes Iean Baptifte Roffi Rauen-
nois, dé finguliere fageffe les a a-
uec iugement parangonnez, à Atlas, en fes vers. Refte donc que les
grands Cerueaux fages & graues
paffent à l'endroit du móde, auec
route forte de gloire, honneur &
reputation. Or tranfportons nous
de ce pas, aux derniers Cerueaux
& grands entendemens, qui font
communement appellez de tous,
Cabaliftiques.

DES CERVEAVX ET
grands entendemens Caba-
liftiques.

DISCOVRS XXXVII.

Es gräds Cerueaux Caba-
liftiques font ceux là propremét, qui font profefsió
d'vne certaine fcience eminente,
cognenë à peu, & laquelle non

V iiij

seulement demeure incogneuë à
l'endroit du vulgaire, mais aussi
se trouue manifeste en peu de sa-
ges:rendât esmerueillez les idiots,
par les nouueautez, non iamais en
tendues, & plaisir aux suffisans,
par les voiles des mysteres & secrets, qu'ils leur declarent aucunefois, lesquels ils appellent Cabale en Hebrieu, qui ne signifie
autre chose que reuelation à l'endroit de nous : & communement
ils se prennét, pour les grands cer
ueaux lesquels retiennent vne cer
taine proprieté de pronócer quasi
tousiours choses hautes & obscures & voilees, en la maniere que
l'on tient les secrets & mysteres
de tref grande importance. Ceux
Mercure
Trisme-
iste.
cy enseignent d'estre secrets, par
l'authorité de Mercure Trismegi-
ste,lequel souloit dire estre à fai-

ıe à vn entendement irreligieux,
de publier legeremét, & pour peu
de cas, les deuis pleins de maiefté
& de deité:& mefmes par l'autho
rité de Denis Areopagite, lequel *Denis A-*
enfeignant Timothée, dift : *O Ti- reopagite.*
mothee diuinus, in diuina doctrina fa-
ctus, fecreto animi, quæ fancta funt, cir-
cumtegens ex immunda multitudine,
tanquam vniformia hæc cuftodi. O
Timothée deuenu diuin en la doctrine diuine , garde au fecret de
l'efprit , comme vniformes, ces
chofes, qui font fainctes, les tenans
à couuert à l'entour de l'immon-
de multitude : Par celle dē Gre- *Gregoire*
goire Nazianne , qui dit que nous *Nazian-*
deuons philofopher & parler de *zene.*
Dieu, quand il eft befoin, en la ma
niere qu'il faut, tant qu'il faut, & à
qui il faut, mettant en efcrit ce que
Dieu permet, eftre reuelé, & refer-

uant entre les sages, ce qui se do.t communiquer seulement de paro le. Il me souuient que Lisides Py-thagorique escriuant à Hiparque, enseigne que c'est vne chose pie de tenir cachez les mysteres de la vraye Philosophie, qui tiennent du diuin, & non les rendre com-muns à ceux, qui n'on l'esprit pu-rifié, pource qu'vn œil chassieux & immonde (comme dit Hiero-cles) ne peut voir les choses trop luisantes & claires. Dauantage l'Apostre S. Paul crioit aux He-brieux, n'estans encore les Sacre-més de Iesus Christ cogneuz: No⁹ auons vne parole grande, & qui ne se peut interpreter, pour dire, pource que vous estes faicts imbeciles à ouir : & au lieu que vo us d uriez estre mai-stres, vous auez besoin d'estre ensei-gnez quels sont les elemens de l'exorde

Lisides Pythago-rique.

Hierocles.

Paul A-postre.

Euangile.

des paroles de Dieu. Noſtre Seigneur, à propos de tout cecy, dit auſſi, que les choſes ſainctes, ne ſe doiuent pas dóner aux chiens. I'ay ſouuenãce d'auoir leu, en cófirmation de cela meſme, ɋ Plotin & Origene (cóme Porphyre eſcrit au liure de la nourriture & doctrine de Plotin) iurerẽt à leur maiſtre Ammoniº, & dónerẽt la foy, qu'ils tiẽdroiẽt ſecrette l'importãte doctrine, qu'ils auoient aprinſe de luy. Themiſtiº racóte pareillemẽt, qu'Ariſtote a mits hors ſes liures de la philoſophie naturelle, pẽſãt que perſó ne ne les peut entẽdre, ſans l'interpretatió de luymeſme. On lit finalement qu'Ezechiel & Ieã l'Euãgeliſte, cachei ẽt ſouz mille clefs du ſecret, les myſteres & viſiõs qu'ils eurẽt en diuers tẽps, d'noſtre Seigneur. Quãd dóc vn grãd ceruean

Porphire eſcrit de Plotin & Origene.

Themiſtius.

Exemple d'Ezechiel & de Ieã l'Euangeliſte.

& entendement Cabaliste te veut
dire quelque chose, ne penses pas
qu'il te vueille dire chose friuole,
chose vulgaire, & chose commu-
ne:mais vn myſtere, & pour ceſte
cauſe,il veut que tu le tiénes pour
tel,& que tu ne penſes de luy, ſinó
choſes grandes, & hors l'opinion
du vulgaire.Il te deſplie & móſtre
en vn inſtant, ſouz noms voilez,
la Cabale de Breſith,laquelle s'appelle auſſi Coſmologie, & ne declare autre choſe que les forces
des choſes crées & naturelles &
celeſtes,& expoſe par raiſons Phi-
loſophiques,les myſteres de la loy
& de la bible,laquelle n'eſt aucunement differente de la magie naturelle , en laquelle Salomon ſe
monſtra tant excellent, qu'il diſ-
puta du cedre,du Liban,iuſques à
l'Hiſope : & des beſtes auſſi, dés

oifeaux, des plus petis animaux,
monftrant les forces de la naturelle fapience inferée en luy. Ainfi il
t'expofe celle de Mercane , qui
n'eft autre chofe, qu'vne Theologie fymbolique, des plus hautes &
fublimes contemplations, que l'ô
puiffe auoir, touchant les diuines
& angeliques vertuz, & touchant
les facrèz noms & fignes, trouuât
de tresprofonds myfteres, és lettres, és nombres, és figures, és chofes, és lignes, aux poincts, aux ac-
cents, principallement en la lâgue
Hebraique, laquelle, comme dit S.   *S. Hierof-*
Hierofme, eft en ces chofes, toute   *me.*
pleine de myfteres: & en cela t'eft
depaint vn cerueau vraiment Ca-
balifte. Il te diuife incontinent,   *Ieã Picus.*
fuiuant Picus, la Cabale fymboli-
que en la practicienne & actuelle,
appellée Sephirod, & en la fpecu-

latine, appellée Semod, ou bië par vne autre diuision (suiuāt Ioseph Salernitain) en celle qui considere le nombre, en celle qui considere le poids, & en celle qui considere la figure. Ou bien és cinq parties establies par Rabbin Hamai, Droicture, Combination, Oraison, sentence & supputation. Il te reuele par cest art, les Hierogly phiques secrets des Ægyptiẽs, qui sont de marques & de figures d'animaux, trouuez (comme dit Cornelius Tacitus,) afin que les choses sainctes & venerables ne soiét profanées par l'intelligence vulgaire, & que la voye Deifique & Anagogique, laquelle Iamblic affirme & certifie, aux mysteres, auoir esté trouuée par Mercure, auec ceux cy, aux instructions diuines, ne demeure ouuerte &

Ioseph Sa lernitain.

Hamai Rabbin.

Cornelius Tacitus.

Iamblic.

manifeſte à tous. Parquoy , par
la painture de l'oeil, il t'explique
ra la diuinité , pource que l'oeil, *Cyrillus.*
comme Cyrillus nous enſeigne,
au neufieſme liure de l'Apologie
contre Iuliã l'Apoſtat, eſt le ſym-
bole de la nature diuine:par la paí
ture de la verge, la ſapiéce:& pour
cete cauſe la verge a eſté attribuée
par Homere à Pallas:par la paintu *Homere.*
re du ſerpét, l'eſprit humain, ſym-
boliſãt auec la prudéce du ſerpét:
& pour cete cauſe noſtre Seigneur
a dict, *Eſtote prudentes ſicut ſerpētes.*
Soyez prudés, còme ſerpēs. Par ce
moyé, il te reuele tout ce que ſur
les Hiéroglyphiques ont anciéne-
mét eſcrit Cheremó, Hor⁹ Apollõ
Heraiſc⁹, & nouuellémét Pierius.
Par cet art, il te reuele les nós de
l'Orphiq̃ Theologie, treſſecrete en
elle meſme: ſous le nom de Pan,

ceſt vniuers: ſouz le nõ du Soleil,
l'entendement humain: ſous le nõ
de la nuiɛt, Dieu le Pere, ſouz le
nom du Ciel, le fils engendré: ſouz
le nom d'Aether amoureux, ou de
l'air, oude l'elemēt du feu, le Saïɛt
Eſprit. Par ce moyen , il te reuele
les ſentences , les nombres, & les
ſymboles Pythagoriques: les ſentences, comme çecy , que c'eſt vne
choſe bien aiſée à l'enfant bien
nay, de deuenir bõ. Les nombres:
par l'vnité deſployant l'vnique eſ
ſence diuine: par le dix, la perfeɛti-
on de l'vniuers: par l'infiny, le meſ
me Dieu. Les ſymboles: comme,
laiſſe les voyes populaires & chemine par les ſentiers non frequé-
tez: entendât la voye des ſens, qui
ſe doit fuir, & celle de l'entendement, que l'on doit ſuiure. N'ou-
trepaſſe la balance , nous enſeignant

gnant la iuſtice. Né couppes en la voye, nous enſeignant de chemi-ner haſtiuemét, au chemin de l'aſcenſion de l'eſprit , & de la con-templation, ſans s'amuſer & tar-der ocieuſement. Par ceſte Cabale donc les grands cerueaux Cabali-ſtiques ſe deſcouurét eux meſmes pour magnifiques, & hauts, & ſou-ſleuent les autres à la cóſideration des myſteres ſacrez, qui appartié-nent à la vraye contemplation de l'entendement humain: & pour ceſte cauſe, ils ſont dignes de grâ-de louange, & gloire , à l'endroit d'vn chacun.

DE CEVX QVI SONT
du tout ſans ceruelle, lour-
dauts & inciuils.

Discovrs xxxvii.

X.

Vis que nous auons af-
fez long temps parlé de
toutes les especes de
grands cerueaux, il faut
qu'en fin , nous difcourions vn
peu touchât toutes les efpeces de
ceux qui font du tout fans ceruel
le, appellez Ceruellazi , lefquels
tiennent le dernier lieu, en noftre
Theatre. Et premierement s'of-
frent à noftre veuë , ceux de cefte
maniere, lourdauts & inciuils, qui
font ceux là, lefquels ne retiennét
en eux, la conuenable grace , &
deües manieres à parler & conuer
fer, comme ils deuroient les de-
monftrer: mais pluftoft ils fe defcouurent tant inciuils, & tant mal
nés & nourris, que le monde les
eftime , & leur donne à iufte caufe, le nom d'entierement eceruellez ou fans ceruelle
lourds & inciuils , & d'efprits

proprement viles & ruftiques.
Leur mauuaife grace, nourriture,
voire mefmes, leur vilenie & ru-
fticité fe manifefte à toutes heures, car en parolles, ils ne font autre chofe, que vice, en œuure, &
faict, rien autre chofe, que deshó-
nefteté. Le Courtifan appelleroit
ceux cy, infupportables, pource
que les perfonnes d'honneur, ne
les peuuent fupporter en la maniere qu'ils fe demonftrent. Ils
font fales & ords au deuifer, tref-
vains, à rire : inciuils au regard,
fafcheux à pratiquer, & mettre
quelque chofe en effect, & tant
emuieux & à contrecoeur, en leur Bocace.
conuerfation, que rien plus. Boca
ce parlant d'vn de ceux cy a dict,
Le mal morigené Iuge Marchian:
c'eft à dire priué de grace, &
de contenances. Et le diuin

Ariofte a attribué vn cœur ainfi lourd & ruftique à Rodomont, quand il l'a faiɛt comparoir de-uãt Charles & fes guerriers, pour desfier Roger à la bataille, là où il dit.

Ariofte.

Senza fmõtar, fenza chinar la tefta,
E fenza fegno alcun di reuerenza:
Moftra Carlo fprezzar con la fua
gefta.

C'eft à dire, fans mettre pied à ter re, fans baiffer le chef, & fans au-cun figne de reuerence , il mon-ftre, par fa contenance, & gefte, qu'il a Charles en mefpris &c.

Cefte mauuaife grace eft à iufte caufe,blafmée & reprinfe de tous: & pour cefte occafion Petrarque voulant retrancher de Madame Laure,de grace tref gentile, cefte vicieufe aɛtion, luy attribua des façons & manieres toutes ciuiles,

& principallement au deuiser, di-
ant en vne chanson.

Il pensar, e'l tacer: il riso, e'l gioco:
L'habito honesto, e'l ragionar cortese:
Le parole, chi' intese
Hauria fatto gentil d'alma Villana. Petrar-
que.

C'est à dire, le penser & le traire:
le ris & le ieu, l'accoustrement hó
neste, & le parler courtois, les
paroles entendues, eussent faict de
rustique & abestie, l'ame gentile.
Et en ceste maniere Iacques Bon-
fadie, celebra en vn sié Madrigal,
sa dame, pour ciuile & courtoise,
disant,

Senno, gratia, valor, & cortesia,
Vaghi &c.

Or laissant à part ces esprits sans
ceruelle, inciuils, allons trouuer
ces ignorans, & demonstrós au mó
de leurs demerites, comme nous

X iij

auons faict de plusieurs qui ont
precedé.

DES IGNORANS SANS
ceruelle.

DISCOVRS XXXVIII.

'Appelle du terme & vo-
cable d'ignorans, non seu
lement ceux lesquels ont
faute de lettres, & qui sont priuez
des sciences & disciplines : mais
beaucoup plus ceux, qui n'ont volonté ny desir d'aprendre aucune
chose bonne. Les sages reprennent
l'Empereur Valentinian, de ce
qu'il estoit embrasé d'vne haine
immortelle à l'encontre des hommes lettrez: & pareillement l'Empereur Licinius, qui fut tant enne
my des lettres, qu'il les appelloit
vne poison, & vne peste publique,
combien que Baptiste Egnatius
rende vne bonne raison de sa

l'Empe-
reur Va-
lentinian
haissoit
les lettrez.
Licinius
Empereur

haine, difant, qu'il en eftoit tant
priué & exempt, qu'il ne pouuoit foufcrire fes edits & ordonnances. Les Atheniens fe demon-
ftrerent ignorans à l'heure, qu'ils
pourchafferent la mort tant iniufte de Socrates pere de la Philofophie. Les Romains, au cas pa-
reil, quand ils enuoyerent en exil
tous les Philofophes, & les chaf-
ferent de Rome : & encores plus
les Meffaniens & Lacedemoniés,
lefquels ne les admicent ou rece-
urent onques. Domitian auffi eft
reprins pour tel, lequel les banit
d'Italie : & beaucoup plus le Roy
Antiochus, lequel fit vne expreffe
deffenfe & inhibition d'apprendre la Philofophie. O miferables! ô infenfes! qu'elle chofe doit
on aprendre? l'ignorance? quel bié
peut demourer en la compagnie

Les Atheniens comme ignorans.

Romains ignorans.

Meffaniens & Lacedemoniens ignorans.

Domitia ignorant.

Antiochus Roy ignorant.

X iiij

d'icelle? Aristote a il pas escrit au troisiesme de l'Ethique ou Morales, que, *Omnis ignorans malus.* Tout homme ignorant est mauuais? Platon escrit il pas au neufiesme de sa Republique, que l'ignorance est vne vacuité & priuation de toutes les bonnes habitudes & vertuz? quelle est la vraye enfance entédue par Zoroastre, sinon l'ignorance? qu'elle est la cause de tous les maux, la ruine de tous les biés, sinon ceste aueugle & disgraciée ignorance du monde? à quoy est elle bóne, sinon à exalter soymesme, abaisser la vraye vertu, priuer les lettrez, des offices, retrancher à ceux là qui en sont dignes, le chemin des honneurs, faire statuts & ordonnances contre les loix diuines & humaines, changer les loix vieilles & anciennes, trouuer

Aristote.

Platon.

nouuelles inuentions, diffiper du
tout les Sainctes reigles , & ne
commander autre chofe que les
caprices & fantafies ? l'ignorant
n'a pas les yeux pour voir le bien,
il n'a les aureilles, pour ouïr le iufte : il n'a pas les mains, pour faire ce qui eft honnefte & vertueux,
il n'a pas l'entendement pour có-
prendre : il n'a pas le iugement
pour difcourir : il n'a efprit qui
vaille rien. Quelles font communement les louanges d'vn ignorant ? Se feoir auec inciuilité au
deffus des fçauans & doctes: s'efti-
mer non feulement autant, mais
plus qu'eux: eftre bié aife qu'vn hóme de lettres luy faffe reuerence,
s'efleuer & enorgueillir d'vne faueur tref debile de fortune, auoir
en horreur la compagnie des vertueux, fe retirer auec fes fembla-

bles & egaux, murmurer tout le
iour, auec eux, à tort, des hômes
studieux, se rire de leurs œuures
tres-vtiles, se moquer de leurs ver
tueuses estudes, auilir les vertuz le
plus qu'il peut, prendre son plaisir & passetemps de leur humilité:
se glorifier des propres felicitez:
iouir de la possession qu'il retient,
d'vne bourse pleine, & triompher
auec l'alegresse d'vne grasse cuisine. Voila les louanges, les prix, les
honneurs, & les trophées de l'i-
gnorance. Quelle chose est l'igno
rant, sinon vn paon d'arrogance,
vn oiseau, d'entendement, vne pecore, de iugement, vn cocu, de
Pythago- raison & discours, & vn chat-
ras. huant ou Hibou de sens & sçauoir, & vn vray asne, (selon Pythagoras) de science & de cognois
sance? Voire mesmes l'on peut

bien prouuer par plufieurs raifons, qu'vn afne eft plus qu'vn ignorant, premierement pource
que l'on trouue des afnes, lefquels ont tresbien parlé, & rai- *Exemple*
fonnablement, comme l'afneffe *de l'afre-*
de Balaam, & l'ignorant ne peut *fe de Ba-*
former vne parole, ne peut expri- *laam.*
mer vne conception, & à peine
fçait ouurir la bouche, & s'il parle, ou deuife, il le fait fans iugemét
& fans raifon. L'afne de Marius *l'Afne d*
fut vne guide trefloyale & affeu- *Marius.*
rée à iceluy, quád il fuit des mains
furieufes de Silla : & l'ignorant a
befoin de guide en toutes fes actions: pource qu'il eft aueuglé de l'é
tédemét & du iugemét. Pour cete
caufe Platon appelloit aueugle l'a *Platon.*
me de l'ignorát. L'afne, és facrifi-
ces du vieil teftament, fe pouuoit changer à vne brebis, afin

qu'il ne fuſt occis : & ſi ceſte diſ-
grace aduenoit à l'ignorant, il ne
pourroit trouuer ce châge, pource
qu'il eſt auſſi biē vne pecore qu'vn

La maſ-
choire d'aſ
ne que Sā
ſon mit en
œuure.

aſne.　Vne maſchoire d'Aſne fut
bonne & propre à tuer, vn ſi grād
nombre de Philiſtins : & vn i-
gnorant n'eſt bon, ſinon à eſtre
occis luymeſme, eſtant vne beſte, gouuernée ſeulement par le

ſens, comme a diƈt Hermes.　Vn
aſne a eſté auditeur de la ſapience
d'Ammonius Alexandrin ,& l'i-
gnorant fuit, là ou les doƈtes parlent de Sapience & de vertu. Et

ne ſe faut pas eſmerueiller (a diƈt
Pythagoras) de ce que le Pourceau ſe couche & veautre plus
volontiers en la fange, & bourbier, qu'être les herbes & fleurs.
En ſomme, la ſottiſe, & brutalité eſt ſeulement là où ſe trou-

ne l'ignorance. Or paſſons aux
depourueuz de ceruelle , de la
troiſieſme eſpece , appellez communement doubles & malicieux.

DES DEPOVRVEVZ
de ceruelle, doubles &
malicieux.

DISCOVRS XXXIX.

LES depourueuz de ceruelle ,
doubles & malicieux ſont
ceux, qui ne marchent rondemẽt,
en leurs pẽſées, parolles & actiõs,
mais ſeulement employent vne
certaine malice couuerte, ſouuentesfois entendue & comprinſe des
hõmes d'eſprit, & cogneuë à leur
profit & vtilité : de laquelle a entendu parler Hieremie, quand il
a dit, *Laua à malitia cor tuum , vt
munda fias.* Laue & purge ton

Hieremie

coeur de la malice, afin que tu fois
nette. Sainct Augustin defcriuant
cefte cy a dict , *Malitia eft, cum
moribus deceptoriis, veritate palliata,
proprium commodum, vel alterius in-
commodum attenditur.* C'eft vne ma
lice, quand au moyen des moeurs
cauteleufes, par vne verité paffiée,
l'on s'applique au propre & particulier proffit, ou au detriment
d'autruy. Ceux cy font proprement de ces ferpens (dit Ifidore)
appellez Amphifibenes , ayans
deux teftes, l'vne en fon propre
lieu, & l'autre en la queuë, pour
ce qu'ils ont deux intentions : l'v-
ne de faindre au commancement,
l'autre, de te tromper à la fin. A
cefte caufe eft efcrit de ceux cy au
liure des Rois. *Reddet Dominus
malitiam tuam fuper caput tuum.*

3. Aug.

Ifidore.

3. Reg. 2.

Le Seigneur rendra ta malice sur
ton chef. Le Serpent Cerafte eft
de fi grande malice (efcriuent
les Phyficiens) qu'il cache fon
corps de forme de ferpent , &
defcouure feulement fes cornes,
qui femblent d'vn belier , afin de
prendre les animaux à defpour-
ueu, & les deuorer: l'Iragne tend
fa toile tref-deliée , pour y fur-
prendre la mouche. La Sirene
ou Sereine chante, pour tromper
& abufer les peu accorts mariniers. L'hiene faint la voix humaine, pour fe repaiftre, à fou-
hait, du fang de l'homme.

Ceux cy faignent pareillement,
au dommage feulement & preiudice d'autruy. L'vfurier va
pafliant fes iniuftes contracts, par
la pitié des pauures, pour faouler
fon auarice, laquelle y eft cou-

Exemples du Cera-fte, de l'Iragne de la Si-rene & de l'Hie-ne.

uerte. Les Iuges font femblant de
garder & entretenir la iuftice,
pour opprimer fecretement l'innocence. Les fuperieurs fe monftrent de paroles galants hommes
& de faiĉt, foulent leur fubiets.
Les luxurieux font féblant d'ay-
mer aucunesfois,pour deceuoir &
abufer les fottes & fimples femmes,trop faciles à croire, ce qu'ils
leur difent. Les faints amis tiennent compagnie en la bonace &
profperité: mais ils fe retirent auf
fi toft qu'il furuient quelque tempefte. Phrinondas eft diffamé
par Ariftophanes, pour vn homme tant double & malicieux, que
les doĉtes en ont faiĉt vn Prouerbe. *Impurior* *Phrinonda*. Plus
impur & malicieux que Phrinondas. Denis le Tyran eftoit tenu pour vn homme plein de malice,

Frinõdas
double en
Arifto-
phanes.
Denys le
Tyran.

plein de malice, pource qu'vne
fois, monstrant auoir compassion
de la statue de Iupiter, vestue d'vn
manteau d'or, le luy osta, & luy en
bailla vn de drap leger, disant que
ce manteau d'or, estoit trop pe-
sant l'esté, & trop froid l'hiuer,
& que cet autre seruiroit com-
modement en toute saison. Lactance Firmian escrit d'iceluy *Lactance*
Firmian
mesme, que faignant tenir cõpte
de l'honneur d'Aesculape, qui a-
uoit la barbe d'or, il le priua d'i-
celle, disant que c'estoit vne honte
expresse, veu qu'Apollon son pere estoit depaint ieune homme,
sans barbe, de faire qu'Aesculape,
le fils, semblast vn vieillard auec
cete barbe. Aristote nomme dom- *Aristote.*
mageable, és liures des animaux,
l'eguilló de la guespe, & mousche
à miel, pource qu'il est caché: ainsi
Y

est pernicieuse & dommageable
la pensée des malicieux , pource
qu'elle est couuerte & cachée. Le
David. Prophete Royal parlant du cœur
qui faint & simule a dict, que *Ver-*
ba eius iniquitas & dolus. Les paroles d'iceluy sont iniquité &
fraude : pource qu'il ne trame autre chose que tromperie contre le
prochain, & n'entend qu'à la ruine & destruction du frere. Le sage s'escrie, au second de l'Ecclesiastique , contre ceux cy, disant.
Salomon. *Væ, duplici corde : væ labiis sceleptis,*
manibus malefacientibus, & peccatori
terram ingredienti duabus viis : Væ
duplici corde : Voila le cœur double qu'ils ont. *Væ labiis sceleptis,*
Voila les paroles doubles , qu'ils
proferent : *manibus malefacientibus:*
Voila les doubles & malicieuses
operations ou actions. La nature

a donné le cœur à l'homne, entier
& non diuisé, à ce que la pensée
ne soit double en luy: vne langue
entiere, non my-partie, à fin que
les paroles ne soient diuisées, les
mains pareillement entieres, à fin
que les operations soient simples,
sinceres & nettes, non doubles,
trompeuses & fallacieuses. Quãd
l'homme double parle, il ha le
miel en la bouche, & la poison au
dedans: les promesses tresgrandes
& hautes, l'intention tres vile &
basse: il te loue par dehors, il te
trompe par le dedans: il t'est amy
de paroles, il t'est ennemy, de *Comme*
faict. Pour cognoistre l'homme *l'homme*
double & malicieux, il est besoin *double se*
d'vne tresgrãde cõsideratiõ, pour- *cognoist.*
ce q̃ la prospectiue & apparéce est
tãt belle, qu'aisément elle deçoit
l'œil des simples: parquoy ne te

pris du bon visage & de paroles,
pource que ces choses là luy sont
propres. Il faut bien considerer la
nature interieure, les actes passez,
l'obseruation de ses promesses, les
succes qu'il a eu auec autres, la renommée qui vole de son faict, le
recit des amis mesmes, la maniere
qu'il a à negocier, le ris qui ne
vient du cœur, les paroles qui
sont proferees auec grande affe-
ctation, les promesses qui sont
faictes trop extremes, & sans les
deues & conuenables occasions,
aux ennemis mesmes, & en cête
maniere, l'on entre sagement, en
la cognoissance de la duplicité &
malice du cœur d'autruy. Par ces
cauteles & consideratiós demourent auiourd'huy descouuers aucuns, qui cuident facilement tró-
per par leur faintise & simulatió,

les hommes d'esprit & accorts
trois fois plus qu'eux , & demourent confus par la naturelle prouidence de ceux cy , lesquels par
art , se mocquent de l'art trompeur & malicieux , dont ceux la
font quasi apertement profession.
Il faut qu'vn Catilina soit descou
uert par vn Ciceron : vn Iugur-
tha, par vn Marius, vn Sertorius,
par vn Metellus. Ces cœurs doubles ne peuuent longuement demourer cachez : car en fin estans
descouuerts d'vn, ils sont manife-
stez & donnez à cognoistre à chacun. Voyez si leur nature est tresbien descouuerte, en ce qu'aucuns
les comparent à Antolique, qui
faisoit du noir le blanc , & du
blanc, le noir, les autres au poisson
nommé Poulpe , qui resemble à
toute couleur : autres , au Cha-

Exemple
d'Antoli-
que du
Poulpe, du
Chamelé

Y iij

duProthée de Periclimene, de Vertunne Dieu de la Deeffe Diane, de Circe.

meleon, auquel toute couleur mefmes apparoiſt, hors mis le blāc & le rouge : autres à Prothée & Periclimene, qui ſe changeoient d'vne forme en vne autre : autres au Dieu Vertunne, qui prenoit o-res vne ſemblance, ores vne autre: autres, à la Deeſſe Diane, que les Poetes ont nommée de trois ſor-tes, cōme de trois formes, autres, à la Magicienne Circe, qui chan-geoit de forme, quand elle vou-loit. Et ceux cy ſouz diuers ha-bits & formes, cheminent à tou-te heure, pour tromper par leur malice & duplicité, l'vn & l'au-tré, bien qu'ils ſoyent le plus ſou-uent cogneuz, de perſonnes ac-cortes & aduiſées. Or parlons de ceux que le vulgaire a de couſtu-me d'appeller Bouffons.

DES DESPOVRVEVZ
de ceruelle, bouffons, plaisans,
& principalement flateurs.

DISCOVRS XL.

LEs hómes de cete espece sont propremét ceux qui font des plaisans, flateurs & Bouffons, auec tous, sans auoir egard, ny au temps, ny au lieu, ny à aucune có dition de personnes. L'arrogance du Bouffon Callipides fut bien rebouschée par le Roy Agesilaus, pource que faisant du plaisant deuant que le saluer, & disant, sur ce qu'il ne se voyoit recueilly cóme il pensoit, ne me cognois tu pas, ô Agesilée? il merita cete ridi- cule responce : Penses tu pas que ie te cognoisse ? tu es Callipides Bouffon. La flaterie d'vn Client despleut bien tant à Celius

Callipides Bouffon.

Y iiij

Celius Curion a en haine l'adulatiõ d'vn sien Client.

Cùrion, tandis qu'il plaidoit, voyant que toute parole qu'il proferoit, estoit confirmée d'iceluy, qu'ennuyé de cela, il dist, Parle à moy à l'encontre, ie te prie, à fin que nous semblions estre deux & non pas vn seul. Les Atheniens hairent tant l'adulation & flaterie de Demagoras, lequel appella Alexandre Dieu, qu'ils le condãnerent en l'amende de dix talents d'argent, pour la peine de sa faute.

Les Atheniens hairent Demagoras flateur.
Alexãdre hait les flateurs: selon Seneque.

Et le mesme Alexandre, comme Seneque escrit, estant blessé en vne bataille, d'vn coup de flesche, ayant esté au parauant appellé par les flateurs, fils de Iupiter Ammõ inuulnerable, s'escria contre eux disant, Ah flateurs, flateurs! *Omnes me iurant esse filium Iouis : sed vulnus istud me esse hominem clamat.* Tous iurent & affirment que ie

fuis fils de Iupiter, mais ce coup &
playe monftre que ie fuis vn homme. On lit de l'Empereur Sigif
mond , qu'il couurit la ioue &
donna vn fouflet à celuy qui le
flatoit : & comme il luy euft demandé pourquoy il l'auoit frappé , il fit refponfe. Et toy, pourquoy me flates tu , & me donnes
atteinte ? De combien de noms
odieux ces Bouffons font appellez au monde ? Terence & Plaute les appellent Gnatons & Para-
fites : Boece, les nomme Sirenes,
le fage , le laict des pecheurs.
Si te lactauerint peccatores, ne acquief-
cas illis. Si les pecheurs t'alle-
ctent, ne leur acquiefces , dit il
es Prouerbes. Le Prophete les
appelle rafoir aigu , en ce paffage:
Sicut nouacula acuta fecifti dolum.

Comme le rafoir aigu , tu as

faict le mal & la tromperie : Salomon les nomme le Reth du diable.

Salomon.

Qui blanditur, fictifque fermonibus loquitur rete expandit proximo fuo.

Celuy qui flate, & parle par faintife, tend le reth à fon prochain. Efaie les nomme trompeurs, *Populemeus, qui te beatum dicunt, ipfite decipiunt.* Mon peuple, ceux qui te difent heureux, te trompent & deçoiuent. Alan les appelle Onction du diable au liure, *De complanctu natura.* Veritablement ceux cy doiuenteftre odieux, pource qu'ils font ennemis de toutes vertuz. C'eſt à eux certainement de faire, que l'impatience foit patience, la luxure, chafteté, la folie, prudence, la pufilanimité & lafche-

Efaie.

Alan.

cé, force & generofité : la crainte, audace, & finalement que
toutes les vertus perdent leur
honneur & ornement. Pour ce-
te caufe Caffiodorus, en vne *Caffiodo-*
fienne Epiftre, fait ce tref beau *rus.*
difcours de l'Adulation, &
dit.

Adulatio blandè omnibus applau-
dit, omnibus falue dicit : prodigos
vocat liberales, auaros, parcos, &
fapientes : lafciuos curiales, obftina-
tos, conftantes, pigros, maturos &
graues. Hæc fagitta leuiter volat, &
citò infigitur.

L'adulation applaudit à tous,
elle faict chere à tous, elle falue chacun : elle appelle les
propigues liberaux : & auffi les
auares, efchars & fages : auec
les lafcifs, courtifans, & les

obſtinez, conſtans: les pareſſeux.
meurs & graues. Ceɾe ſagette vole legerement, & ſe fiche ſoudain.
Antiſthe- Le Philoſophe Antiſthenes diſoit
nes. bien , qu'il valloit mieux tomber
entre les ongles & grifes des corbeaux & des vautours , qu'en la
bouche des flateurs. *Oleum peccá-*
Dauid. *toris non impinguet caput meum,*
L'huile du pecheur n'engraiſſera
mon chef , diſoit le Prophete
Royal. Le flateur merite la haine
du Createur contre ſoy,& de toutes les creatures de ce monde,
pource qu'il confeſſera en vn Seigneur , les choſes appropriées au
Createur, & à toutes les creatures,ſuiuant ce prouerbe Poetique,
Prouerbe. *Omnia Cæſar habet.*

Ceſar ha toutes choſes. Si en
vn Seigneur ſe voit vne maieſté
venerable,cetuy cy dira:qu'il y a

en luy vne deité, cóme fit Timago-
ras Athenien, lequel adora Darius
Roy des Perfes , comme vn
Dieu. Si vn Seigneur eft grand,
ce flateur dira , que toute la grandeur du monde eft en luy colloquée : comme fit Decius Laberius , lequel inuité par Cæfar
d'entrer pour l'amour de luy , en
la fçene, fit refponce, qu'il ne
pouuoit refufer cete petite chofe
à luy auquel les Dieux auoyent
octroyé teute chofe. Si vn Seigneur eft digne , il confeffera en
luy la dignité mefme, comme fit
Nicefias flateur , lequel voyant
les moufches attachées à Alexandre, ores fur le front , ores fur
les mains , dift, pour le flater:
O que ces moufches font beaucoup plus henrenfes que les autres , puis qu'elles ont la faueur

Timago-
ras fla-
teur A-
thenien.

Decius
Laberius
flateur.

Nicefias
flateur.

de gouſter voſtre ſang Royal.
Et luy meſme le voyāt bleſſé profera par adulation, ce vers d'Homere, en ſa louange.

Qualis diuorum percurrit corpora
ſanguis?

Homere.

Quel ſang des Dieux va courant par les corps?

Le Seigneur ſera vn Therſite miſerable & vile, vn Irus d'Itaque,
& neantmoins les flateurs le feront ſembler vn Agamennon, vn
Aiax, & vn Achilles. Il ſera
nouuellement monté & paruenu
à l'eſtat, & ils le feront ſortir &
prendre origine des Priams, des
Romules & des Pompiles. Il ſera plus inſtable qu'Ixion en ſa
roüe, & neantmoins ils le feront
ſembler vn Socrates, qui ne

changea iamais de vifage , mefmes en fa mort.   Ceux cy font
les finges des Seigneurs , qui difent & font en tout & par tout, *Singes.*
à leur fantafie. Ceux cy font
l'Echo depaint par Ouide , le- *Echo d'O-*
quel en la voix & parolles reten- *uide.*
tit le mefme. Ceux cy font le *Chameleō*
Chameleon de Solin , qui prent *de Solin.*
& change la couleur , felon la
chofe à laquelle il fe ioint. Ceux
cy font les trompettes de l'E- *Trompet-*
uangile , qui fonnoyent & bru- *tes de l'E*
yoient entour la pauure trefpaf- *uangile.*
fée fille de l'Archifmagogue,
pource que par le fon de la flaterie , ils nourriffent les pauures a-
mes des Seigneurs , mortes &
enfeuelies au vice & au peché.
Ceux cy font les Preftres du dia- *Preftres*
ble , qui ne chantent iamais fur *du diable.*

leurs morts, le *Dirige* : mais toufiours le *Placebo*. Pour cete cause
l'Euangile dit, *Sinite mortuos, se-
pelire mortuos suos*. Laillez les
morts enfeuelir leurs morts. Ceux

*Le Verfe-
eau des
Poetes.*

cy sont le Verfe-eau des Poetes,
lequel pour estre l'echanson des
Dieux, & leur donner l'eau en la
main, fut mis & colloqué au
ciel, pour signe celeste; pource
que donnans de l'eau és mains des
Seigneurs & Prelats, ils font efleuez au ciel de leur faueur. Ils
font secretaires de leurs penfées,
chambriers de leur licts, dif-
penfateurs de leur bien, maiftres d'hoftel en toute chose, ils
ont toutes leurs graces, toutes
leurs faueurs, tous leurs priuileges, toutes leurs preeminences, & toutes leurs exemptions:
car ils defchauffent le Seigneur
& le

& le Prelat:ils luy tirent la botte,
ils font à la table, deuant luy, ils
l'entretiennent de leurs baliuernes, ils luy donnét plaifir, de leurs
rifées & paffetemps, par leurs fottifes & bouffonnories. Mais laiffons ie vous prie ces bouffons mai-
gres, & parlons vn peu des diffoluz.

DES DESPOVRVEVZ
de ceruelle, diffoluz en ieux,
gourmandifes & deshon-
neftetez du monde.

DISCOVRS XLI.

LEs defpourueuz de ceruelle, diffoluz font ceux, qui monftrét
cómunement leur diffolution,
en ieux, en gourmandifes, & en
chofes deshóneftes. Des ieux diffoluz fait mention ce paffage de l'E-
xode. *Sedit populus manducare &* Exode.

Z

bibere, & surrexerunt ludere. Le peuple s'est assis pour manger & pour boire, & s'est leué, pour iouer. Laquelle dissolution cause mille pechez, comme risées non modestes, & sans mesure, folies inutiles, paroles sottes & de badineries, & meschantes blasphemes. Pour ceste cause, apres qu'Esaie, reprenant le peuple, du ieu, eut dict. *Super quem lusistis?* il a adiousté. *Super quem aperuistis os, & ciecistis linguam?* Sur qui auez vous ioué? sur qui auez vous ouuert la bouche, & auez vous employé la langue? Nous ne parlons maintenant des ieux plaisans & ciuils, pource qu'ils seruent d'honneste passetemps & recreation à nos esprits, & sont approuuez par la sétence du Philosophe, lequel recitant l'aduis & opinion du Scithe

Esaie.

Anacarſe, diſt qu'il eſtoit aucunesfois neceſſaire ſe recréer, par le
moyen des ieux, afin que l'eſprit ſe
repoſaſt vn peu, de maniere que
reprenant vigneur il interpretaſt
apres, plus ſubtilement les choſes
haultes & difficiles de la Philoſophie. Mais parlons des ieux pro-
hibez & deffenduz, de dés, de
cartes, & de tous les ſorts, &
ſemblablement de toutes danſes
& trepignemens remplis de mo-
leſte & de laſciuité, eſquels ſe
commettent mille pechez, le iour,
voire l'heure. Là s'entremeſle
& ſuruient la cupidité, racine de
tous maux, voire meſmes la rapi-
ne qui veut deſpouiller le prochain: l'immiſericorde, vers iceluy, qui luy oſte iuſques à la che-
miſe, ſi elle peut, la tromperie, laquelle ſouuent ſe trouue

Z ij

entremeslée au larcin: le blaspheme contre Dieu, le mespris de l'Eglise : la corruptelle & deprauatió du prochain, le peché de l'ire, l'iniure contre le frere & la villenie, le contemnement de la feste, & aucunesfois l'homicide. Là aduiennent & tombent les fermons, les pariuremens, le tefmoignage inique fouuentesfois, l'iniufté defir du bien d'autruy. Là aduiennent, toutes les fottifes & les folies, que l'homme fçauroit imaginer. Vn ioueur deuient feruiteur du ieu, ains efclaue, qui ne s'en peut aucunement desfaire ny defpeftrer : il perd vainement le fié, il cognoift la malice du ieu, & ne la fuit, il reçoit perte & dommage d'iceluy, & tourne fa colere contre Dieu, il prefere le plaifir de trois dés à la diuine louange, pour n'eftre oci-

eux, il eſt la plus part ocieux. A
raiſon dequoy S. Bernard a dict, S. Ber-
nard.
*Pro vitando otio , otia ſectari ridi-
culum eſt.* C'eſt vne choſe ridicule de ſuiure l'oiſiueté, pour eui-
ter l'oiſiueté. Il conſomme le téps
plus precieux que l'or, il s'aplique au ieu , tandis qu'il chemine
touſiours à la mort. A ceſte cauſe Iob a dict , *Ducunt in bonis* *Iob.*
dies ſuos , & in puncto ad inferna
deſcendunt. Ils paſſent leurs iours
en plaiſirs , & en vn inſtant ils
deſcendent aux enfers. Il n'eſt
enfant , & neantmoins il ſe de-
monſtre enfant au poſſible, s'ap-
pliquant proprement aux choſes
vaines & pueriles. O folie! ô gran- *Les Corin*
de ſottiſe des ioueurs. Cabilon *thiens re-*
Lacedemonien eſtant enuoyé à *prins par*
Corinthe, Ambaſſadeur , pour *Cabilon*
faire ligue, trouuant les princi- *Lacedæmo-
nien.*

paux & les plus anciens des Co-
rinthiens, qui iouoyent aux dés,
s'en alla tout scandalizé, sans
faire autre chose, disant qu'il ne
vouloit tacher la gloire des Lacedemoniens, de ceste infamie &
deshonneur, qu'ils fussent dicts
auoir faict ligue auec des ioueurs. On lit du Roy des Parthes, qu'il enuoya au Roy Demetrius des dés d'or, pour reprendre seulément sa legereté. Sara
fille de Raguel, monstrant qu'elle auoit fuit toutes les dissolutions des ieux, dist à nostre Seigneur en vne sienne priere:
*Nunquam cum ludentibus me mis-
cui: neque cum his qui in leuitate
ambulant.* Ie ne me suis iamais
meslée auec les ioueurs, ny
auec ceux qui cheminent en choses friuoles, & s'adonnent à la

Le Roy Demetri- us moqué par le Roy des Parthes.

Exemple de Sara, en Tobie 3.

legereté & inconſtance. Combien ſe commettent auſſi de pechez , aux danſes , qui ne ſont
autre choſe qu'vn artifice de bal-
ler merueilleuſement agreable
aux filles & aux amans, compoſé
de geſtes ordonnez , & pas meſu-
rez au ſon des cimbales ou des
piffres , pour faire (comme ils
croyent) treſ prudemment , &
auec vne grande grace & gaillar-
diſe, la choſe la plus ſotte & vaine du monde,& peu differente de
la folie meſme. Cecy eſt vn indice
& argumēt de la delicateſſe, amie
de la meſchanceté , incitation de
la luxure & paillardiſe , ennemie
de la pudicité , & origine de
mort , & de meurtres le plus ſouuent. En ceſt endroit la gentil fē-
me perd ſon hōneur:la ieune fille
aprend ce qu'elle ne ſçauoit au-

parauant:en cet endroit la renom
mée & l'honnesteté de plusieurs
demeure estainte, infinies retournent de là, deshonnestes en leur
maison, plusieurs, auec vn coeur
douleux, mais nulle plus chaste
qu'elle estoit au precedent. En cet
endroit les regards lascifs sont
employez, les ris ocieux marchent
en campagne, les parolles trompeuses entrent au bal, les deshonnestes touchemens ont vne se-
crette & cachée intelligence pour
prendre en brief, la ville combatue. Les anciens Romains, hommes graues auoyent ces danses, en
grande horreur. Pour ceste cause

Saluste
reprend
Sempro-
nie.

Saluste reproche à Sempronie,
qu'elle chantoit & dansoit plus
dextrement, qu'il n'estoit conuenable ou seant à vne femme de
bien. On lit aussi que Marc Ca-

ton taxa L. Murena d'auoir danſé & ſaulté en Aſie. Comment fut reprins Gabinius, lequel apres auoir eſté Conſul, ſe laiſſa voir au bal? Et comment, M. Celius, pour auoir eu trop de ſcience à ce metier? Le Poëte Alexis a appellé ces danſes & trepignemens vrayes laſciuetez, diſant,

Nam laſciuorum hominum video

Accedentem multitudinem bonis, probiſque
Hic exiſtentibus.

Car ie voy la multitude des hommes laſcifs &c. Cōbien' eſt blaſmée la danſereſſe Herodias, par Sainct Chriſoſtome? Le pere S. Auguſtin, condamne tellement les danſes & bals, qu'il dit. Melius eſt in dominicis diebus arare vel ſodere, quàm choreas ducere. Il vaut mi-

Marc Caton reprēd L. Murena d'auoir ballé.

Gabinius reprins du bal & Celius de ſauter.

Le Poëte Alexis.

Herodias taxée de dāſer par S. Chriſoſtome.

S. Augu-
ſtin.
Les danſes
deſpleu-
rent à
Moyſe.

eux labourer ou fouir la terre, aux iour du Dimanche, que danſer. Lorſque Moyſe, deſcendant de la montagne, vid les danſes & bals, du peuple, deuant le veau d'or, tout iré, il ietta les tables de la loy, & de courroux & indignation grande les rompit, voyant leurs feſtes, & danſes. Noſtre Seigneur, menacea pour ce-

Ezechiel.

ſte cauſe, en Ezechiel, le peuple d'Iſrael de grande per-te & ruine, diſant. *Pro eo quod plauſiſti manu, & percuſſiſti pe-de, & gauiſa és toto affectu ſuper terram Iſrael, idcirco ego exten-dam manum meam ſuper te, & tra-dam te in direptionem gentium & in-terſiciam te de populis.* Pource que tu as touché de la main, en eſ-iouiſſance, & frappé du pied, & pource que tu t'es reſiouie de

toute ton affection, fur la terre,
Ifrael, i'eftendray ma main fur
toy, & te liureray en proye &
pillage aux gentils , & te feray
mourir &c. Les diffolutions des
gourmandifes font pareillement
pernicieufes & veneneufes. Pour
cefte raifon ne font blafmées les
tables dreffées & mifes par Ho- *Tables cõ-*
mere, à fes anciens Heroz, pour- *ftituees*
ce qu'elles eftoient du tout me- *par Ho-*
flées de frugalité & temperan- *mere.*
ce. Menelaus , dedans le mef- *Menelaus*
me Poëte, és nopces de fes fils, *en Home-*
fit feruir & mettre fur table *re.*
deuant Telemacq vn dos de
boeuf, & Agamemnon fit met-
tre deuant Neftor ia vieil , de *Exemple*
la chair commune roftie , pour *d'Agamé-*
chofe delicate. L'on ne blaf- *non.*
me point les banquets Attiques,
lefquels à caufe de la fobrieté

Banquets Attiques moquez par Linceus. & espargne, furent moquez par Linceus, en Athenée, & appellez, vne Attique desplaisance. L'on ne blasme aussi les banquets Laconiques, tels qu'ils semble que Pausanias monstra au Prince des Medes, lequel denota la tres-grande folie des Medes, & la sagesse singuliere des Sparthes. L'on ne taxé la deité Pythagorique, recueillie & rangée dedans vne pauure grotte, de laquelle Antiphanes s'est ry & moqué par ces parolles:

Banquets Laconiques louez.

Deité Pithagorique moqué par Antiphanes.

> *Quidam miselli fortè Pythagorici,*
> *Vescuntur in specu altera.*

Certains miserables d'auanture Pythagoriciens, viuent en autre cauerne &c. Mais l'on blasme les festins des Perses, les gourmandises d'Epicure, les souppers de

Cleopatre, l'ebrieté de Sardanapale, qui consistent seulement en
vrayes dissolutions de la bouche.
O gourmandise, vraiment peste, *Maux de*
ains poison, voire la mort des per *la gourmã*
sonnes! Tu és celle qui troubles *dise.*
le cerueau:tu empesches la raison,
tu prophanes le parler : tu desor-
donnes & desreigles le ris:tu réds
les gestes deshonnestes, tu induis
mauuaises tentations, tu dresses
embusches aux chastes pensées: tu
prouoques le corps, aux immon-
dices:tu remplis l'esprit de lasciueté : tu es seule occasion d'extremes & infiniz dõmages & per-
tes.O gourmãdise,gourmãdise!tu
es celle, qui as occis les premiers
peres:tu as mis le premier embra-
sement au móde : tu as vendu la
primogeniture d'Esau, tu as
massacré le peuple au desert,apres

le manger des cailles : tu as faict
mourir Holofernes, tu as enfe-
uely le banqueteur & gourmand
en enfer. O inique gourmandife,
gourmandife deteftable. Tous
les auteurs du monde, en leurs
dicts, ont blafmé cefte infatiable gourmandife. Ariftote au
neufiefme des animaux, l'appelle
gueule de loup : Architas Taren-
tin, fuiuant Ciceron, au liure.
De feneEtute : pefte trefmortelle de
l'homme : Platon, l'amorce de
tous maux : Bias, fepulchre de
l'entendement : Pithagoras, mô-
ftre prophane, Galen, expreffe
maladie, & mort de l'homme,
difant cefte fentence commune:
Gulofi nec viuere poffunt diu, nec fa-
ni effe. Les gourmands ne peuuent long temps viure, ny eftre
fains. Tous les grands perfonna-

Auteurs
qui ont
blafmé la
gourman-
dife.

Ariftote.

Architas.

Platon.
Bias.
Pithago-
ras.
Galen.

ges l'ont condamnée par exemples infiniz : Ariſtote, au troiſieſme de ſes ſecrets, louant Hippocrates treſſobre & echars : Homere, alleguant Priam, qui taxe ſes enfans, de gourmandiſe : Virgile, en ſa Bucolique blaſmant Celuis, lequel, pour faire bonne chere, vend toute choſe, ſe reſeruant ſeulement autant d'eſpace de terre, qu'il luy ſuffiſoit pour eſtre enſeuely : Valere le grand blaſmant Xerxes, lequel donnoit de grandes recompenſes aux inuenteurs de nouueaux aſſaiſonnemens de viandes : Diogenes appellant Ariſtippus Cirenean, chien Roial de Denys, le ſuiuant tant ſeulemēt pour la gourmandiſe : Theodore ſe moquant de Milon de Crotone, qui mangea vingt mines de chair, & autant de pains, beut

Ariſtote loue Hippocrates, de ſobrieté

Homere dit que Priã taxe ſes enfans de gourmandiſe.

Virgile blaſme Celius de gourmandiſe.

Valere le Grand blaſme Xerſes.

Diogenes blaſme Ariſtippe.

Theodore ſe moque de Milon.

trois grands mesures de vin & vn veau gras, en vn repas, Clearque blasmant Philoxene Erissien, qui pria le grand Iupiter, de luy donner vn col de Grue, pour receuoir vn plus grand plaisir au goust des viandes: autres, par exemples memorables, blasmans Claude Albin, qui mangea en vne matinée, cinq cens figues, cent pesches de champagne, dix melons d'Ostie, vingt liures de grappes de raisin, quarante huistres, & cent Becque-figues. Et Cambles Roy des Lidiens, lequel surpassa tous en gourmandise, pource qu'en vne nuict, il mangea, en son lict, sa femme, qu'il auoit pres de soy. Peut on ouir choses plus deshonnestes que celles cy? exéples plus detestables? gourmandises plus grandes? gloutonnies plus engouffrantes? disso-

Clearque blasme Philoxene

Claude Albin gourmäd.

Cambles Roy des Lidiens, gourmäd.

diſſolutions de bouche plus vi-
cieuſes & brutales ? pour cete
cauſe le Poete Toſcan a bien conclu, diſant:

La gola, e'l ſonne, e l'ocioſe piume
Hanno del mondo ogni virtu ſbãdita.

La gourmandiſe, le ſommeil &
les plumes ocieuſes, ont bany toute vertu du monde. Et en outre,
combien attirent apres ſoy de
blaſmes & vituperes les diſſolutions deſhonneſtes? combien cauſent elles de maux, au monde? Icy
ſe perd la honte & s'acquiert la
puanteur de l'infamie: l'eſprit ſe
cõtamine, le corps ſe tache, l'ame
s'auilit, la chair s'enflamme, l'intellect s'affole, la raiſon s'aueugle,
le Seigneur eſt outragé, l'Ange
gardian eſt offenſé, l'on fait tort
au prochain, l'homme ſe tue de
ſoy-meſme, il ſe fait compagnon
du diable & ſe procure l'enfer de

soymesme. On ne sçauroit dire les
pertes & les ruines, qui sont deri-
uées d'icelles à vne infinité de
personnes. Ces dissolutions enuoyerent le deluge sur terre, l'em-
brasemét sur Sodome & Gomor-
rhe, la ruine aux Sichimites : la
mort au peuple d'Israel, vne tres-
grande vengeãce & fleau au Roy
Dauid, vne fin honteuse à son fils
Amon, vne totalle extermination
à la lignée de Beniamin, la mort
tres-mauuaise à Holophernes,
perpetuel vitupere & deshonneur
aux deux vieillards. Il ne se faut
pas esmerueiller en apres, si l'escriture les a appellées subuersion
de l'entendement, en Daniel, où il
dit, *Species decepit te : concupiscentia*
subuertit cor tuum. La beauté t'a de-
ceu, la concupiscence ha subuerty
tó cœur; si Hugues de S. Victor les

Daniel.

Hugues
S. Victor.

a nómées fauſſe ioye: Sainct Gre- *S. Gregoi-*
goire, ſoulphre puant : Ariſtote- *re.*
à Alexandre, conionction des be- *Ariſtote.*
ſtes brutes. Platon, au liure, *De vo-* *Plato.*
luptate, venim du corps. Boetius, *Boece.*
au premier liure de la Conſola-
tion Philoſophique, Sirenes mor-
telles: Euripide, vne mer, auec le *Euripide.*
flux & reflux, pleine de tempe-
ſtes: Antiſthenes, vn mal extreme *Antiſthe-*
& la perfection & ſomme de tous *ne.*
maux. Sainct Ambroiſe les re- *S. Ambroi-*
iettant, par vn tresbeau diſcours, *ſe.*
eſcrit, *Luxuria tantæ eſt improbita-*
tis, quòd vbi ſe ingerit, reſerat palatia
Principum, penetrat cameras Prælato-
rum, poſsidet aulas Clericorum, ſub-
uertit currus contemplatiuorum, rumpit
cellulas Religioſorum, in ſenibus fumi-
gat, in iuuenibus militat ; mulieribus
imperat, totum fœdat, totum inficit, to-
tum aquis diluuii conſumit.

La luxure est si mauuaise que là
où elle se fourre, elle ouure les Palais des Princes, penetre les châ-
bres des Prelats, possede les
Cours des Prestres, renuerse le
char des contemplatifs, rompt les
chambrettes & cabinets des religieux, fume és vieillards, combat
és ieunes, commãde aux femmes,
gaste & infecte tout, & consom-
me tout des eaux du deluge. Macrobe en ses Saturnales, a descrit
la Luxure, pour vne chose tres-
deshonneste, disant : *Ea quæ ex*
tactu, & gestu voluptas est, omnium
fœtidissima est. Celle qui par le
toucher & geste, semble volupté,
est tres-sale & deshonneste. Aristote escriuant à Alexandre, exa-
gere & amplifie encore plus sa
vilenie & deshonnesteté par ces
paroles: *Nolite inclinare ad coitum*

Macrobe.

Aristote.

mulierum, quia coitus quædam pro-
prietas est porcorum. Ne tends &
ne te vueilles apliquer à la char-
nelle conionction des femmes,
pource que l'acte Venerien est v-
ne certaine proprieté de pour-
ceaux. Valere le grand, au neufief-   *Valere le grand.*
me liure, discourt à ce propos, di-
sant : *Quid luxuria fœdius ? quid ve*
ea damnosius ? à qua virtus atteritur,
ratio languescit, sopita gloria in infa-
miam commutatur, & animi vires &
corporis expugnatur. y a il chose plus
deshōneste q̃ la luxure? y a il chose plus dommageable? par laquelle
la vert̃ se suprime, la raison deuient languissante, la gloire assopie est changée en deshonneur, &
les forces de l'esprit & du corps
sont vaincues, & debellées. Par
combien d'anciens exemples est il
manifeste & euident, qu'il faut

fuir cete deshonnesteté du móde, tant dommageable & pernicieuse aux esprits & corps humains?

Aiax fils d'Oilée deshöneste

Aiax fils d'Oileus est fainct par Virgile, au premier de l'Aeineide, foudroyé par Pallas, pour auoir opprimé Cassandre fille de Priam, au temple. Le mesme descrit, au quatriesme, Didon, qui

Didon lascive.

brusle d'amour lascif à cause d'Enée, & qui se donne & auance la mort.

Troge par re de Semi ramis lascive & deshöneste

Troge raconte, que Semiramis fut occise par sa tres-grande deshonnesteté, par Ninus son fils, lequel elle aymoit lasciuement.

Thucilide escrit d'Hi parque lu xurieux.

Thucidide escrit que Hipparque fils de Pisistrate fut tué par vne có iuration de ieunes gens, à cause de sa desordonnée & incroyable luxure. Concluons en cet endroit, que la deshonnesteté est le dernier dómage des personnes. Pour

cete cauſe Seneque a dict au pre- Seneque.
mier de ſes declamations, que la
deshonneſteté eſt vne victorieuſe
peſte de tout le monde. Or parlós
vn peu, & diſcourons de toutes
les eſpeces des Deſpourueuz de
ceruelle, immoderez.

DES DESPOVRVEVZ
de ceruelle, immoderez & exceſſifs,
en auarice, ambition, arrogance, &
naturelle hautaineté & outrecui-
dance, temerité, & impudence.

DISCOVRS XLII.

LEs éceruellez immoderez, de-
monſtrent leur excez, en l'auarice, ambition, en l'arrogance,
naturelle fierté, & impudence, laquelle ils diſcourent en diuerſes
occaſiõs, qui aduiénét aucunefois.
Quant à leurs auarices, ie trouue

A a iiij

en tous les auteurs, vne mer proprement de blasmes & vituperes d'icelles. Albert le grand en l'abregé de sa Theologie, nomme l'auarice vne insatiable & trop deshonneste conuoitise d'auoir. Ciceron en ses Tusculanes, l'appelle vn amour vehement & immoderé enraciné au cœur, d'auoir & de posseder. Aristote en ses Politiques, prouue que les citadins viennent en tref-grandes discordes & dissensions, seulement à cause de cet effrené desir que tous ont, d'assembler, & amasser les biens & richesses du monde. Pour cete cause Platõ, au liure des loix a dict, que toutes les guerres ont eu leur premiere origine & naissance de cete immoderée & extreme cupidité que chacũ a d'enrichir. Boetius, au liure de la Cõ-

Albert le grand.

Ciceron.

Aristote.

Platon.

Boetius.

solatiõ Philoſophique, ſe moquât
de ceux qui mettent & eſtabliſſent
la mõdaine beatitude aux richeſſes, a dit: *O præclara opum mortalium
beatitudo , quam cum adeptus fueris,
ſecurus eſſe deſiſti.* O l'excellente
beatitude des richeſſes humaines,
laquelle apres que tu as obtenue,
tu ceſſes d'eſtre aſſeuré & trãquil- *Gorgias.*
le. Parquoy Gorgias Leontin a
appellé les richeſſes du monde v-
ne fauſſe & apparente grandeur,
laquelle eſt à toute heure ſur le
poinct de ruiner & venir au bas.
Piſiſtrate meu & induict de cete *Piſiſtrate.*
cauſe, auoit accouſtumé de les nõ-
mer eſtrangeres & pellerines, n'a-
yãs aucune ſtabilité en elles, mais *Iſocrates.*
eſtãs à toute heure, preſtes de de- *Demoſthe-*
ſaillir & d'abandonner les poſſeſ- *ne.*
ſeurs d'icelles. Iſocrates, ᴅemoſthe *Cariſthe-*
ne, Chariſthenes, & Manetius, les *nes.*
Manetius.

auoyent en si grande horreur, que le premier les a appellées serues de toutes meschancetez : le secód, Imperatrices de tous les vices : le troisiesme, precipice de tous les mortels : le quatriesme, tres-viles chambrieres de tous les pechez du monde. Quand Saluste voulut detester cete aueugle auarice du monde, il vsa de ces paroles. *Auaritia fidem, probitatem, cæterásque bonas artes euertit: & pro his, superbiam, crudelitatem, Deum negligere, omnióque venalia habere edocuit.* L'auarice a renuersé la foy, la bonté, & les autres bons arts & vertus : & au lieu de ces choses, a enseigné & introduit l'arrogance, la cruauté, le mespris de Dieu, & la maniere d'auoir toutes choses venales. A ce dernier se confirme le dict de Philippe Roy de Macedoine,

Saluste.

Dict du Roy Philippe.

lequel auoit accouftumé de dire,
que toute forterefse, tant inexpu-
gnable d'afsiete fuft elle, fe pouuoit prendre, pourueu que dedans
peuft entrer vn afne chargé d'or. *Apollon*
Pour cete caufe les Poetes faignêt *en pluye*
qu'Apollon, embrafé de l'amour *d'or.*
de Danae, qui eftoit gardée en v-
ne tour, par vn grand nombre de
gardes, ne courut à autres miracles, qu'à fe transformer, en pluye
d'or: au moyen dequoy il fut recueilly d'icelle, rompant toute
garde, par cete feule maniere &
force de l'or. Didimus efcriuant à *Didimus.*
Alexandre, en deteftation de cete
Auarice a dict: *Eft ferocifsima peftis*
cupiditas, quæ folet egenos, quos capit
efficere, dum finem acquirendi non in-
uenit, fed & magis quò fuerit locuple-
tata, mendicat. C'eft vne tref cruelle pefte, que la cupidité, la-

quelle a de couſtume de rédre ſou-
freteux ceux la qu'elle prend , ce
pendant qu'elle ne ceſſe d'acquerir & trouuer fin à ſon deſir inſa-
tiable, mais elle médie & eſt d'autant plus pauure , que plus elle eſt
enrichie. Pour cete cauſe le Philoſophe Seneque a tres-bien dict,
Quæ eſt maxima ageſtas? Auaritia.
Quelle eſt la treſgrande pauureté & indigence ? l'Auarice. Car
comme dit Sainct Hieroſme en la
Preface de la Saincte Bible, *Aua-*
ro tam deeſt quod habet , quàm quod
võ habet. L'auaricieux a faulte auſsi
bien de ce qu'il a , ǵ de ce qu'il n'a
poït. Et pourtãt le Prophete auſsi
a biẽ dict à ce propos: *Nihil inue-*
nerũ viri diuitiarum in manibus ſuis:
Les hommes n'ont rien trouué de
richeſſes en leurs mains. Car
combien que l'Auaricieux ſem-

Seneque.

S.Hieroſ
me.

Dauid
Prophete.

ble posseder beaucoup, n'vsant de
ses richesses, il ne possede rien. Et
pour cete cause, Sainct Ambroi- *S. Am-*
se , sur Sainct Luc, a dict, que *broise.*
l'auare est tousiours necessiteux
& miserable. Les auteurs ne se
peuuent saouler de blasmer ce vice abominable, meschant & de-
testable. Virgile depaint l'Aua-
rice, & la dit estre cause de tous *Virgile.*
maux, en ces vers.

Quid non mortalia pectora cogis
Auri sacra fames?

Ouide, au premier de ses Metamorphoses nomme l'Auarice plus
nuisible que le fer, quand il dit,

Effodiunt opes irritamenta Deorum,
Iamque nocens ferrum, ferróque nocen-
tius aurum.

Iuuenal en la sixiesme satire, at- *Iuuenal.*
tribue to' les vices & crimes à l'a-

uarice, là où il dit,

Nullum crimen abest, facinúsque libi-
dinis ex quo

Paupertas Romana periit , hinc fluxit
ad Indos.

Prima peregrinos obscæna pecunia
mores .

Intulit, & turpi fregerunt secula luxu
Diuitiæ moles.

Tout crime & mesfaict regne,
depuis que la pauureté Romaine
est perdue, d'icy elle est coulée aux
Indes, la deshonneste pecune a a-
mené & introduict la premiere
les estrangeres mœurs, & les effe-
minées richesses, par vn excez &
superfluité deshonneste, ont rompu & depraué les siecles. Le Poete
Martial l'appelle vne expresse
Martial. inutilité, quand il dit,

Non sibi non aliis prodest, dum viuit
auarus.

Ny à foy, ny à autre, ne profite,
  l'auare.

Epicure vne euidente mifere, par
ces parolles icy.

Si cui fua non videntur amplifsima,
  licet

Totius mundi dominus fit, mifer eft.

   Si aucun fe trouue , auquel fes
moyens ne femblent tres-grands,
combien qu'il foit feigneur de
tout le monde , il eft toutesfois
miferable. Pour cete caufe font
nommez & mentionnez en mauuaife part , tant d'auares , tant de
miferables, tant de vaincuz d'vne
aueugle côuoitife, qu'ils remplif-
fent mille fueilles & liures de diuers auteurs, lefquels les haiffet &
abhorret en leurs efcrits. L'auare
Dalide, laquelle pour arget liura
& trahit fon amât Sâfon aux Phi
liftins , eft fort blafmée à caufe

de ce vice, en la saincte Escriture.
Es liures des Rois est merueilleu-
Nabal a- sement blasmé Nabal, qui sut tant
uare. cruel & impiteux, qu'il ne voulut
aucunement subuenir au misera-
ble Dauid , combien que par ses
messagers, il se recommandast hū-
blement à luy. Es mesmes liures
est taxé & reprins d'vne grande a-
Achab a- uarice Achab, lequel par vne tant
uare. grande iniustice, voulut oster au
pauure Naboth Iezraelite , vne
pauure vigne , que le miserable
possedoit , comme heritage de ses
ancestres & predecesseurs, pres le
palais du Roy. Midas en Aristote,
Midas a- au premier des Politiques est mo-
uare. qué, pource qu'il mourut de faim,
ayāt par auarice prié Iupiter, que
tout ce qu'il toucheroit se cōuer-
Auarice tist en or. Appian Alexādrin reci-
de Crassus te de Crassus, qu'ayāt esté occis

par

par les Parthes , aufquels il auoit
faict la guerre , pour fon auarice
& conuoitife infatiable d'auoir
de l'or , ils luy emplirent la tefte
d'or, par derifion & moquerie, difant ces paroles, *Aurum fitifti, aurū*
bibe.   Tu as efté alteré d'or , boy
l'or. Valere le Grand narre, que   *Lucius Se-*
Lucius Septimilius fut tant auare,   *ptimilius*
qu'il diuifa le chef de Cai° Grac-   *auare.*
chus fon familier du refte du
corps , & le porta plein de plomb
deuant le Conful, pource qu'il a-
uoit promis de donner au porteur
autant d'or, qu'il pefoit. O auarice
inique , defloyale , mefchante &
deteftable.   Le profond Tofcam
Poete, à bon droict l'a comparée
à vne Louue, en ces vers,
Et vna luppa, che di tutte brame
Sembraua carca , nella fua magrezza, **Dante.**
Che molte genti fé già viuer grame

Les Poetes anciens, par vne signi-
fication pleine de mystere, ont e-
stably Pluton Dieu d'Enfer sur
intédátdes richesses, pource qu'ils
ont veu l'auarice estre propremét
entour d'eux vn Enfer insatiable
& plein de tourment. Pour cete
cause Ciceron a dict en ses offices

M. Cicerö *Egens aque is est, qui non satis habet,*
& is cui satis nihil esse potest. Celuy
est egallement souffreteux, qui n'a
assez, & celuy qui ne peut auoir affez. Et le Poëte Iuuenal a escrit à
ce propos:

Crescit amor nummi, quantum ipsa pe-
Iuuenal. *cunia crescit.*

L'amour croist de l'argent, cóme
fait l'argent mesme.

Ainsi Ouide a escrit en ses Fastes,
Quò plus sunt potæ, plus sitiütur aquæ.

Ouide. Plus on boit l'eau, plus on la veut
boire.

Iceux mefmes ont fignifié l'auarice , fous l'efpece des dangereux
efcueils Scille & Caribde, deno-
tant le grand danger , auquel fe
trouue le miferable & infortuné
auare de tomber en ruine , en vn
inftant , par la perte de ces fallacieufes richeffes mondaines. Pour
cete caufe le Poëte Claudian a
bien dict,

Claudi.ï.

Quas malè collegit fallacis dextra pa-
   rentis
  Has peius nati dextra refundit opes.
Iceux mefmes , fo   le nom des
gloutonnes Harpies , ont fignifié
la grande cupidité & gloutonnie
de l'auare vraiment odieufe &de-
teftable à l'endroit de tous. Pour
cete caufe Salufte a introduit,
iufques à l'inique Catilina , à *Salufte.*
fon yffue de la ville de Rome,
        B b ij

s'estre escrié côtre la ville, disant,
O venalem Vrbem : O ville venale!
Où il a clairement noté la tref-
meschante Auarice de sa patrie,
digne de blasme & vitupere. Le
Poete Mantuan, depeignant l'extreme auarice de Polinestor Roy
des Thraces, lequel pour posseder
librement le thresor de Priam occit son fils Polidor, & enseuelit
en l'arene le miserable corps de
l'infortuné ieune homme, a vsé
de ce propos, en s'escriant:

Heu fuge crudeles terras, fuge litus a-
uarum.

Helas ! fuyez les cruelles terres,
fuyez le riuage auare : comme si à
cause de l'extreme cupidité & a-
uarice demonstrée, les riuages de
Thrace eussent esté dignes de haine, & de la fuite de tous les paf-
fagers.

Virgile.

Parlons maintenāt aussy vn peu *De l'ambition.*
de l'ambition. L'on ne sçauroit
vraiment narrer combien est miserable & aueugle cete ambition,
pource qu'elle vuide les cœurs
de repos, les remplit de sollicitude
& soucy, aueugle les entendemés,
les esleue en haut , & finalement
leur rompt le col , & les consom-
me miserablement.   Pour cete *S. Bernard*
cause, Sainct Bernard, au liure,
de Consideratione, appelle l'ambitiō
vne croix des personnes qui bri-
guent l'honneur & la grandeur,
en disant.   *O ambitio ambientium*
crux, quomodo omnibus places, omnes
torques? nil acrius cruciat, nil mole-
stius inquietat.

O ambition, la croix & tourment
de ceux qui appetent & briguēt
l'honneur, comme tu plais à tous,
comme tous sont menez & tour-

mentez de toy? il n'y a chose qui
afflige plus griefuement, il n'y a
rien qui donne plus de facherie.
Et le Prophete a appellé l'ambi-
tion.vn feu, & vne flamme, que
les ambicieux ont au cœur, en ce
verfet du Pfeaume. *Exarfit ignis in
finagoga eorum flamma cõbufit peccatores.* Le feu s'eft efprins en la
finagogue d'iceux,la flâme a bruflé les pecheurs. De iour ils debatent pour les honneurs, de nuict
ils n'ont autres penfees: ils s'affli-
gent & tourmentent à toute heure en l'entendement : ils fe laffent
le corps, à les rechercher, ils tremblent, ils ahannent, ils fuent, ils
ne font iamais en repos. Vn homme ambicieux n'a iamais bien:car
s'il n'a les honneurs , il les pour-
chaffe , auec trefgrande peine &
ennuy : & s'il les a , il eft tou-

fiours en crainte de les perdre
tout d'vn coup, & à vn'inftant.
Quel ennuy eftoit celuy du Poëte
Caliphanes, de s'obliger d'apren- *Le Poëte*
dre par cœur, lés commance- *Callipha-*
mens de diuerfes harangues, & *cieux.*
vers de plufieurs Poëtes, à fin
qu'en les recitant, il femblaft vn,
Poete & vn Orateur fignalé ?
Quelle peine eftoit celle d'Abfalon, fils de Dauid, de demourer *Abfalon*
fi fouuent deuant la porte du *ambicieux*
Roy fon pere, & baifer l'vn &
l'autre, à fin de gangner les cœurs
du peuple, afpirant par fon ambition, au Royaume paternel?
O aueugle, ô infortunée, ô miferable ambition humaine! Qu'eft *Quelle cho*
finalement l'homme ambicieux, *fe eft l'hô-*
finô vn ver, qui fe rôge dè foymef- *me ambi-*
me? vne fournaife, qui fe côfôme *cieux.*
de fon feu ? vne voile en pieces,

par trop de vent? vne montagne,
qui ruine en peu de temps ? En
quelle eſtime & reputation eſt tenu l'homme ambitieux, ſinó d'vn
enfant, qui va apres les papillons?
d'vn frenetique, qui ouure la bouche, pour engloutir l'air ? d'vn fol
qui ſe fait Pape & Roy de ſoymeſme ? Qui eſt celuy qui ne rit
du Medecin Menecrates, qui affe-
ctoit que les malades l'appellaſ-
ſent Iupiter ? Qui eſt ce qui neſe
moque du Grammerien Palemó,
qui deſiroit eſtre dict celuy lequel
en viuant, donnaſt la vie aux lettres, & en mourant, la mort ? Qui
eſt ce qui ne prend ſon plaiſir &
paſſetemps de l'ambicieuſe humeur de Senecion, qui ne deſiroit
ſinon choſes grandes ? Il vouloit
de grands cheuaux, de grands ſer-
uiteurs, de grandes chambrieres,

Menecra-
tes mede-
cin ambi-
tieux.
Palemon
Gramme-
rien ambi-
cieux.

Senecion
ambicieux

& mefmes fa concubine eftoit
tres grande : & pour vne plus
grande folie , eftant iceluy affez
grand il cheminoit fur la pointe
des orteils ou doigts des pieds,
pour fe monftrer plus grand.

L'arrogance en apres & cete na *Fierté &*
turelle fierté & prefomptiõ, mef- *arrogance*
lée auec vne infolence, qu'aucuns *de nature.*
ont, par laquelle à peine peut l'on
conuerfer auec eux, eft fort eftrange, & reputée de tous ennuyeufe:
pour ce qu'elle eft fuperbe en elle
mefme, mefprifante les autres, defireufe de vaine gloire, remplie de
iactāce, finguliere en elle mefme,
prefomptueufe de fes merites, au-
dacieufe & fiere, en l'humilité, &
toufiour cupide & defireufe de
noūueaux & inufitez honneurs.
Virgile, en fon Aeneide, fe fache
de l'audace & fierté de Numanus

Remolus, lequel se vantant de soy
mesme, taxoit les Troyens assie-
gez de paresse & lascheté, disant,

Virgile.   Is primum ante aciem digna, atque in-
         digna relatu
     Vociferans, &c.

Ouide au troisiesme de ses Metamorphoses deteste fort l'arrogance du beau Narcisse, lequel passa les limites de raison, s'estimant
tant à cause de sa beauté & gail-
lardise, qu'il ne daigna complaire
aux tres-belles Nymphes, esprin-
ses de son amour, en disant.

Multæ illum iuuenes, multæ cupiere
     puella,
Sed fuit in tenera tam dura superl ia

forma,

*Nulli illum iuuenes , nulla tetigere
puellæ.*

Plusieurs iouuenceaux , plu- *Ouide.*
sieurs filles l'ont desiré : mais s'est
trouuée en cete beauté , vne telle
arrogance , que personne ne l'a
touché. Tite Liue blasme la
grande fierté d'Hannibal, lequel *Tite Liue*
apres la victoire de Cannes obte-
nue, s'esleua de tel orgueil & ou-
trecuidance , que ses Citadins e-
stans venuz pour parler à luy, il
ne daigna parler à eux , sinon
par le moyen d'interpretes &
tiers. L'arrogance de Nicanor, *Nicanor*
est pour vne chose singuliere, ma- *tres-sujer*
gnifiée par l'escriture , car com- *be.*
me on luy eust dist , pour ra-
batre & reboucher son or-
gueil , que le Seigneur estoit

au Ciel, maistre de tout, il respondit: Ie suis aussy puissant en terre, & Seigneur de la guerre & des
armes. Le Poete Iuuenal, en la
Iuuenal. troisiesme Satyre, blasme l'arrogance Romaine, disant:

Quid das, vt Cossum aliquando salu-
tes?

Où il la depaint telle, qu'ils ne
daignoient pas mesmes respondre
à vne salutation. Et le Poëte Mã-
tuan ayant en abomination l'arrogance Troyenne, s'en moqua
quand il la vid abbatue, en ces
vers:

Ceciditque superbum
Ilium, & omnis humo fumat Neptu-
nia Troia.

La superbe Troye est à bas, elle
est bruslée. De laquelle le tresdocte Dante se moquãt aussy, a dict,
Dante. *Vedea Troia in cinere, &c.*

Que diray-ie de la temerité de
telles gens, à bon droict blaſmée
& condamnée de tous? Certainement c'eſt vne choſe tref-mau-
uaiſe, de voir qu'vn ignorãt vueille confondre vn homme ſcauant,
vn veillaque & poltron, ſe vueille
parangonner à vn honorable capitaine, vn plebée entreprendre
de combatre à l'encontre d'vn gẽ-
tilhomme, vn miſerable reſiſter à
vn puiſſant, & luy vouloir faire
teſte, vn ſot plaider contre vn ſcauant & entẽdu, vn boufon & ba-
din s'eſtimer autant qu'vn ruſé &
accort. O temerité vraiment fol-
le & ridicule! Qui ne rid de Ti- *Temerité*
mée Sicilien, qui penſa ſurmonter *de Timée*
le treſdocte Thucidide en l'hi- *Sicilien, en*
ſtoire Grecque? Qui ne rid, auec *Plutarque*
Virgile, de Miſene, qui défia les *Miſene te-*
Dieux marins au ſon de la trom- *meraire.*

pette ? Qui ne rid auec Ouide
d'Aradne, qui voulut, à l'œuure
de la laine, s'estimer aussi habile
que Minerue ? Qui ne rid, auec
les Poetes , de la temerité des
Geans, qui voulurent auec les armes, offenser Iupiter, & lancer
contre luy les escueils de la terre?
Qui est ce qui ne se moque, auec
l'escriture de la sotte temerité de
Nembroth , lequel edifia la tres-
haute tour de Babel, pour combatre le ciel ? Qui n'eclate de rire,
voyãt vn pedãt, qui fera du Theologien ? vn faulcon de cuisine, qui
fera du Sommiste, vn mecanique,
qui fera du suffisant escriuain? vn
Beelfegor, qui portera l'espée? vn
Brunel, qui fera du Rodomõt? vn
Martã treslache & couard qui fera du Mãdricard? vn plus que Ganes, traistre, qui fera du S. hõme?

Aradne
temeraire.

Geans te-
meraires.

Nembroth
temeraire.

Qui eſt ce qui ne meurt de rire,
voyant vn malheureux & miſerable, qui fera du Duc? vn idiot &
ignorāt, qui fera du Ciceron? vn
diforme, qui fera du Ganimedes?
vn ſot, & niais, qui voudra ſembler la ſage Sibille? vne beſte, &
lourdaut, qui fera de l'Ariſtote? v-
ne pecore, qui fera du *Quanquam*?
vn treſmiſerable, tant en parolles, que de faict, qui s'eſtimera
plus que Charles Quint? Qui ne
meurt de force de rire, voyāt qu'vn
Nain s'arme cōtre vn Geant? vne
chauueſouris braue à l'encontre
d'vn eſpreuier? vn coucou ſe parangonner à vn perroquet, au
parler? vne grenouille vueille ſi-
fler, comme faict vn ſerpent?
vn bœuf vueille courir comme
vn cerf? vn oiſeau peſant puiſſe
voller comme vne arondelle,

vn afne vueille marcher comme
vn Lion? en y a-il d'auantage que
cete troupe Indiane?

Mais ces impudens ne font

De l'impu moins que ceux là, pource qu'ils
dence. ont perdu la honte l'ornement &
honneur de l'efprit ciuil. Il femble que toute chofe leur foit licite,
ils ont l'audace en toute chofe : la
prefomption au parler, la temerité à regarder, la fottife à rire, la va
nité au veftement, l'impudéce, en
tous leurs actes & operatiós. Les
putains & maquereaux tiénent le
pricipal fiege de l'impudéce. C'eft

Iuftin Hi pourquoy Iuftin Hiftorien, note
ftorien. l'impudéce des fémes Cipriotes,
lefqlles mettovét leurs filles, auát
le téps des nopces, fur le riuage de
la mer, à fin de gagner leur dot &
mariage, & pour payer à Ven°, les

Herodote. pmices de leur chafteté. Et Herodote

dote blafme les Babyloniés, pource qu'ils auoyent la couftume de
faire que ceux là qui auoyent cõ-
fommé leurs moyens, enuoyaffét
leurs filles, gangner, en proftituãt
& abandonnant leurs corps. O-
uide en vne fienne Elegie, blafine
auffi Dipfa impudente maquerel-
le, en ces vers.

Eft quædam (quicunque volet, &c. Ouide.
On ne fçauroit raconter le peu
de honte qu'ont ces éhontées &
impudiques: combien de deshonneftes ris, combien de deshonneftes paroles, combien d'actes mef-
chans, combien de propos vilains,
combien de lafcifs regards, combien de fallacieux allechemens,
& deshonneftetez ont elles en
foy? Leur efcole eft vn abifme, leur
art vn labirinthe, & leur meftier
vn enfer hideux & infame. Ceftes

Cc

cy, font les Louues de Romule & Remus, les eftables de Iupiter, les vaches d'Apollon, le beftail de Mercure, pour cefte caufe laiffons les en la fange & bourbier où elles font, & tournôs noftre propos ailleurs.

DES DESPOVRVEVZ
de ceruelle, Vicieux en general.

DISCOVRS XLIII.

I'Ay eftimé eftre chofe neceffaire & conuenable de parler en ce lieu, des Eceruelez vicieux en general : car côme auparauaut nous auons difcouru des Cerueaux vertueux, fouz le nom commun & general, pour n'auoir occafion de difcourir & traiter, en l'infiny, des particuliersinfiniz, ainfi reputay-ie & péfe eftre chofe propre & neceffaire

pour ne difcourir infiniement dés
infiniz Eceruellez , ou defpour-
ueux de ceruellé,qui fe trouuēt' au
monde,affigner vn fiege commun
dedás noftre Theatre à tous ceux
qui fe tairont,lequel fera appellé
le fiege des vicieux en general :
laiffant à ceux qui font nommez,
ioyeufement iouir des places parti
culieres , que nous leur auons dif-
pofés,en l'ordre du Theatre.Ie dy
donc que les Eceruellez vicieux,
font tref-viles en eux mefmes, &
indignes d'eftre à peine nommez
au monde:pource qu'ayans en eux
le vice,que S. Auguftin,fur S. Ieã,
dit eftre vn rien & neant; tãt pour *Augu-*
ce que c'eft vne corruptiõ de tous *ftin.*
biens, que pource qu'il anichile
& aneantit le vicieux , & le priue
du vray eftre , qui eft celuy de la
grace,& mefmes le rend defplai-

fant & odieux à tout le monde, ils
ne peuuent eſtre ſinon viles &
abiects en leur eſtat. Pour ceſte
caufe, le Prophete Ieremie, parlant de Hieruſalem pleine de vices, a dict, *Quàm vilis facta es mere-*
trix ciuitas fidelis: Que tu es deue-
nue vile putain & paillarde, cité
fidele. Dauantage les vicieux ſont
perſonnes ſans moyen , ſans ordre, & ſans aucune reigle au môde, & pour ceſte cauſe ne fait l'on
aucun compte d'eux, nõ plus que
d'hommes desbandez & abandõ-
nez du tout, car la vertu giſt au
milieu, dit Ariſtote, & ils dependent des extremitez en toute choſe. Pour ceſte cauſe Seneque diſoit, que *Vitia ſine modo , & ſine or-*
dine, perſequenda ſunt, quia modum
& ordinem non habent. Il faut pour-
ſuiure les vices, ſans moyen & ſãs

Ieremie.
Ariſtote.
Seneque.

ordre, pource qu'ils ne gardent &
n'ont ny ordre ny mesure. I'ay
souuenance d'auoir leu, que Pla- *Platon.*
ton, en sa Republique, parlant du
vice, en a parlé, souz le nom d'vne
grande beste & espouuantable, & *S. Iean.*
S. Iean mesmes en son Apocalyp-
se l'a figuré & representé en celle
beste ayant tant de chefs & tant *Ouide.*
de cornes. Ouide la descrit souz le
nom de Prothée monstrueux,
Virgile souz le nom de Briarée, & *Virgile.*
souz le nom de l'Hidre Lernea-
ne, qui auoit tãt de testes, & vain-
cue par Hercules. Le tresdocte
Dante aussi la descrit souz le nom
de beste, disant.

Tal mi fere la bestia senza pace,
Che venendomi incontra à poco *à Dante.*
  poco,
Mi repingena là, doue il Sol
  tace.

Telle me fit la befte fans paix, que
venant peu à peu au denât de moy
Ariftote. elle me repouffoit &c. Ariftote, au
troifiefme de l'Ethique, a agrandy
dauantage ce que nous auós dict,
& l'a exageré, adiouftant, que le
vicieux eftoit pire qu'vne befte.

Homo prauus deterior eft beftia. Aucuns le figurent en ceft Antiochus, lequel pilla le temple de Hie
rufalem, & emporta tous fes orne
Sainéts mens. Les Sainéts Docteurs luy
Docteurs. donnent le nom d'vn vray enfer,
pource qu'il contient en foy les
tenebres d'ignorance, la fumée de
vaine gloire, la glace de la pareffe,
le foulphre de la luxure, les vers
de l'enuie, les bruits & tumultes
de la maudite & aueuglée ire de
Catilina l'homme : de maniere que les vi-
vicieux en cieux ont vn deteftable renom à
Salufte. l'endroict de tous. C'eft pourquoy

eſt nommé en treſmauuaiſe part,
vn Catilina, duquel eſcrit Saluſte, lequel cachoit dedans ſon ame, mille vices profanes & malheureux. Vn Verres, duquel Cicerõ eſt tãt ennemy en ſes Harãgues contre luy : Vn Clodius treſ vicieux, & plus que l'on ne ſçauroit croire, depaint par pluſieurs auteurs. Vn Marc Antoine, duquel Plutarque & autres font mention pour vn ſignalé vicieux: vn Commodus fils d'Aurelius, qui fut pluſtoſt ou pere du vice, ou fils du vice meſme. Or laiſſons ces ſignalez vicieux, diſcourons des diuerſes eſpeces de fantaſtiques, & trouuons en premier lieu, ceux que l'on appelle communement remuans, ſãs repos & rompus.

Verres vicieux.
Clodius vicieux.

Marc Antoine & Commodus vicieux.

Cc iiij

DES DESPOVRVEVZ
de ceruelle, & esprits fan-
tastiques, sans repos,
& rompus.

DISCOVRS XLIIII.

LEs esprits remuans & sãs repos sont ceux, lesquels peu contens en soy, ont la volonté d'asseoir la mesme inquietude és autres, auecque bruits, tumultes, noises & contentions ou seditions iniustes, inuentées seulement par le remuant cerueau, qui n'a aucune cesse. Là ou entre les esprits remuans & sans repos, ne se peuuent vraiment mettre & nombrer, ceux là tels, ausquels les sots attribuent ce nom, pource qu'auec la raison en main, s'efforceans de defendre leur innocence, d'opprimer la tyrannie, de resueiller la iustice endormie, exciter celle distributiue, laquelle est assopie de sommeil és chambres des grands & puissans, ont aucunesfois contention auec eux, & procedent, *In puncto iuris*, par le poinct de droict, qu'ils haissent plus que la mort : ores gagnant, ores perdant, selon que la prudence de l'vn, ou la puissance de l'autre peut plus preualoir. Quel est l'esprit tant plein de iugement, & esueillé, qui puisse nier, que la nature ne t'enseigne cecy, veu que le chien abboye contre le loup, la poule, se defend contre le Milan, & vne mousche guespe, tant petite, s'atache à ton visage, si tu l'agaces ou molestes ? Qui peut nier que telles gens ne fassent vne chose iuste, voyant que la iustice n'est autre chose, selon l'Empereur Iu-

Exemples pour se deffendre des Tyrás

Quelle chose est la Iustice, selö l'Empereur Iustinian.

stinian, au premier liure de ses Institutions, qu'vne côstante & perpetuelle volonté, de donner à chacun ce qui luy appartient, laquelle
defaut és grands, & pour ceste cau
se est recherchée des subiects.

Quelle chose est la iustice, selon
Ciceron. Ciceron, sinon vne habitude de
l'esprit, qui garde la commune v-
tilité, & qui distribue à chacun, se
lon sa propre dignité & valeur?
Qui ha ceste iustice distributiue?
qui est-ce qui la retient ? qui la
possede ? qui est ce qui n'vsurpe
volontiers le biê d'autruy ? qui ne
s'aproprie le commun ? qui est-ce
qui ne se cognoist seul? qui ne de-
roge volontiers aux merites d'autruy? qui est celuy qui ne se môstre
vn Argus & clair-voyant, pour re
marquer ses propres merites? & si
l'on crie, si l'on vse d'exclamatiõ,

fi l'on ne fe peut taire, appellez
vous cela vne inquietude de cerueau? Ah faux Grammeriens, qui
falfifiez les vrais noms des Efprits
& cerueaux de noftre ·Theatre,
ceux cy font proprement les libres, & non les remuans ou fans
repos. Les remuans & non repofez font ceux, qui bruïent &
remuent mefnage côtre le deuoir:
feditieux, comme Catilina, contre la patrie: murmurateurs, comme les enfans d'Ifrael, contre
Dieu, bruyans, comme Abfalon,
contre le pere, amateurs de nouueautez, comme tous les Tyrans.
Ceux cy veritablement font remuans & fans repos. Sçais tu
quel eft vn cerueau proprement
remuant & n'ayant iamais cef-
fe? celuy qui ofte l'autruy,

Quel eft
le cerueau
fans repos

celuy qui vſurpe le commun & bien public, celuy qui occupe la liberté ordinaire, celuy qui veut dominer & maiſtriſer tous, celuy qui cherche, par quelque moyen que ce ſoit les preeminences du monde, celuy qui va par la porte de derriere, comme vn larrõ, pour deſrober les honneurs & les grandes dignitez: celuy qui trouble la paix vniuerſelle: celuy qui retranche les loix, & les communes ordonnances: celuy qui diſſippe & trouble le bien & repos de la Republique: celuy lequel par ambition, & par la ſimonie, donne de ſoymeſme exemple indigne aux autres: celuy qui exalte les amis indignes & pourſuit ceux, qui ont le moindre ſigne d'inimitié auec eux, celuy qui ne ſe ſoucie de l'hõneur public, pourueu qu'il iouiſſe

luymefme du Royaume vfurpé!
celuy qui laiffe dire au monde ce
qu'il veut , pourueu qu'il faffe ce
qu'il a volonté de fai e, & accom
pliffe fa fuperbe & ambicieufe in-
tention:celuy qui monftre & pu-
blie au monde fa honte & deshô-
neur, & celuy des autres auffi, &
puis fe plaint fi vn autre particulierement fignifie & monftre au
doigt le fien: celuy qui donne occafion de murmurer aux impatiés,
de s'efcrier aux libres, de rire aux
fols , & de plorer, aux fages.

Le Philofophe Seneque dit à ce Seneque.
propos, que les hommes viuroyét
en foy,fort paifiblemét,fi ces deux
pronoms eftoyent retranchez ,
Mien, Tien : mais ceux cy font a-
moureux de l'inquietude , pource
qu'ils veulent toute chofe pour
eux. Quand ils fe contentent , ils

ne prononcent autre chofe que Mien, pour fe trauailler, ils ont cè mot en la bouche, Tien. *Propter inæquale fit feditio.* La fedition adnient à caufe de l'inegal, dit Ariftote, au cinquiefme de fes Politiques. La chofe eft mal partie & diuifée, difoit Diogenes, quand les peines & fatigues touchent l'vn, & les loyers, l'autre. Le prix & la recompenfe deuroit appartenir au coureur, & non pas à celuy qui de moure à voir. La tefte du Taureau deuroit feulement appartenir à ce luy, lequel dedans l'entour, côbat valeureufement contre luy. La Coronne de là victoire, difoit Hector en Homere, fe dóne propremét au foldat, lequel a vigoureufe mét efpãdu fon sãg en la bataille. Ce neãtmoïs les loyers des peines militaires de cefte vie, sõt auiours

Ariftote.

Diogenes.

Hector en Homere.

d'huy diuifez & feparez de celles
là:les honneurs appartiennent à
celuy,qui eft le plus diffolu:les di
gnitez, à celuy qui fe voit le plus
ambicieux:la domination & Seigneurie viét à celuy qui eft le plus
iniufte,la liberté à celuy qui eft le
plus immoderé; les accueils & ca-
reffes à celuy qui eft le plus ignorãt,le credit à celuy qui eft le plus
grand fimulateur, le bien à celuy
qui en eft le plus indigne:le plaifir
à celuy qui eft le plus effrené , le
contentement à celuy qui prefen-
te plus que les autres, corrom-
pant la iuftice & raifon, pour fon
profit particulier. On ne fçauroit
nier , qu'icy ne fe trouue vne
vraye iniuftice, pource que Iufti-
tia (comme dit Ifidore,) eft or- *Ifidore.*
do & æquitas , qua homo cum
vnaquaque re benè ordinatur.

La iustice est ordre & equité, par
laquelle l'homme auec chacune
chose est bien ordonné & gouuer
né. Et neantmoins icy se rompt
tout ordre, toute reigle se deslie &
dissoult, toute mesure de iustice &
de deuoir se vient à enstaindre.
Pourquoy veux tu, inique tyran,
les plaisirs & delices, veu que les
autres ont les tourmens & peines?
pourquoy pourchasses tu les alle-
gresses & contentemens, les autres ayans pour leur part les trauaux & les labeurs ? pourquoy
veux tu la liberté de courir ça &
là à ta fantasie, estás les autres liez
& attachez à la cadene de la seruitude & subiection ? pourquoy
demandes tu ta particuliere volé-
té & appetit, veu que les autres
endurent & patissent mesmes és
choses necessaires, comme ils font
souuent?

fouuent? Pourquoy veux tu porter
ceste verge & sceptre en la main,
aux autres tãt seuere, & à toy mesme tant doux & misericordieux?
pourquoy veux tu seoir en ce siege, où ta puissance s'exalte & hausse, & la vertu s'abaisse?la violence
domine, & la iustice ne trouue
lieu?mets arriere miserable, mets
arriere la particuliere ambition,
le profit & plaisir particulier, car
ceux cy ne sont pas les vrais moyens, pour te faire estimer vn hôme
de bien, & vne vertueuse personne,ains d'vne commune voix,l'on
tient tout l'opposite, & se diuulgue par tout le contraire. Parquoy quiconques sois tu souillé
de ceste tache, despouille toy de
tes particuliers habits, & chacun te verra orné & ceind de
vraye gloire, & d'vne tresclaire

Dd

splendeur. Mais paſſons à ces autres, qui s'appellent eceruellez, e-
ſtranges, litigieux & contentieux.

DES DESPOVRVEVZ
d'entendement ou eceruellez, e-
ſtranges, litigieux &
contentieux.

DISCOVRS XLV.

CEux là ſont appellez Deſpourueuz de ceruelle ou E-
ceruellez, eſtranges & contétieux,
leſquels pour peu de choſe, & ſou
uent plus qu'il ne ſeroit conuenable, debatent outre raiſon, ores a-
uec l'vn, ores auec l'autre. C'eſt
vne choſe honorable (dit le Sage
aux Prouerbes) de s'exempter &
diſtraire de telles contentions &
Salomon. noiſes & les fuir tant qu'il eſt poſſible. *Honor eſt homini, qui ſeparat ſe*

à contentionibus. Pource qu'elles ne
donnent aucun credit au monde,
ains font communement reputées *Seneque.*
de tous folles & fottes. Et Seneque
a dit, que *Muliebre eft litigare,*
C'eft à faire à vne vile femme de
de debatre & quereller: c'eft à elle
de crier & auoir noife & contention, eftant le propre de la femme
de faire grand bruit & debatre vo *Parne li-*
lontiers pour vn œuf. Parno eftoit *tigieux.*
vn homme, lequel ayant perdu v-
ne petite barque, querelloit vn
chacun qui paffoit. A cefte caufe
a il donné lieu au Prouerbe. *Ob*
Parni fcaphulam. Pour la petite bar
que de Parne, quand l'on debat de chofe de trefpeu de confequence & valeur. Telle fut *Xantippe*
Xantippe femme de Socrates, *litigieufe.*
laquelle crioit à toute heure, à
fon mary, pour chofe legere &

de nul effect, & confideration.
Ces litiges & contentions ame-
nent aucunesfois quant & foy ,
telles difcordes & inimitiez, que
l'on vient aux mains, & fe trouble
du tout le repos des perfonnes.

Salomon. Pour cefte caufe, le Sage, en l'Ec-
clefiaftique a bien dict : *Certamen*
feftinatum accendit ignem, lis fefti-
nans effundit fanguinem. Le debat &
la contention haftiue allume le
feu, & la querelle prompte efpand
le fang. On ne fçauroit trouuer
chofe pire, que ces cerueaux litigieux, & pleins de contention,
pource qu'en tes fautes, ils s'atta-
chent fur vne lettre, fur vn point,
& font vn bruit & tumulte auffi
grand, que fi tu auois commis vn
folecifme & incongruité, à parler Latin, & en leurs erreurs, ils
font tant outrecuidez, & obfti-

nez, qu'ils voudront fouftenir qu'vn Theme, n'eft different d'vne concordance. Confidere, ie te prie, comme ils crient, comme ils brauent, comme ils fendent, comme ils bruyent, comme ils tranchent, comme ils vfent de fupercherie, quand on leur monftre, qu'ils font de vrais afnes & groffes beftes en leur iugement & difcours : comme leur vient le ciumor en la tefte, quand ils fe voyét confuz, & traittez en Pedans, en Sophiftes, & en beftes brutes. Achitofel s'en alla pendre de foymefme, lors qu'Abfalon ne voulut admettre fon iugement, & receut celuy de Berzelai. Ceux cy n'en font gueres moins, pource qu'ils fe tordent, fe debatent, s'en vont, ne peuuent arrefter en vn lieu, font des folies, femblent autant

Ciumor, eft vne maladie qui vient aux cheuaux en la tefte. Achitofel

Dd iij

de frenetiques & demoniaques,
auſſi toſt que l'on va contre leur
dire, que l'on reſiſte à leur raiſon,
& que l'on faict expreſſement apparoir leur ignorance. Mais para-
uanture ne ſont ils pleins de la
plus grande ignorance, & ne tiennent de celle de vingt quatre car-
rats. Sçauroit on noter vne plus
grande ignorance que de s'exalter
ſoymeſme tant ſeulement, & de-
primer & abaiſſer tous les autres,
faire eſtat de ce qui eſt à ſoy, meſ-
priſer l'autruy: ſe rire de ſon compagnon, ſe glorifier de ſoymeſme:
faire de l'Hercules en toute choſe, & ne ceder & s'humilier
vne ſeule fois? Sçauroit on trouuer vne plus grande folie que ceſte
cy, de debatre contre la ſcience, &
eſleuer l'ignorance? blaſmer la
vertu, louer la laſcheté? crier,

en ce qui eſt faux,ſe moquer, en la
choſe vraye? blaſmer ce qui eſt iuſte, & ſouſtenir ce qui eſt iniuſte
& deſraiſonnable? Sçauroit on
voir au monde vne plus grande
brutalité que la leur, en ce qu'ils
ſe mettent à crier comme aſnes, à
abboyer, comme chiens & à ru-
gir,comme Lions? & pourquoy?
pource que ceſte fuſee eſt meſlée
& tortue,ce poinct ne leur plaiſt,
ceſte quenoille ne va bien. Ah
ſottiſe, ha folie, ha vanité trop
manifeſte. Pour ceſte cauſe le Poëte Ouide s'eſcrioit.

Eſté procul lites & amara præmia Ouide.
lingua.

Arriere les debats & de la lãgue
amere les loyers &c.

Dd iiij

Et Iuuenal blasmant les debats
& litiges du mary & de la femme
en particulier disoit,

Semper habet lites, alternáque iur-
gia lectus,

Iuuenal. *In quo nupta iacet, minimum dor-*
mitur in illo.

Le lict a tousiours des contentiõs
& noises alternatiues auquel la
femme mariée couche, & n'y dort
on pas gueres. Pour ceste cause, le
Pronape
Poete. Poëte Pronape a fainct le litige,
fils de Demogorgon, auoir esté
chassé du ciel, à cause de sa laidde
face, ayant vne hideuse laideur &
deformité & en son aspect & en
ses manieres & cõtenances, cõme
chacun voit. Mais parlons mainte
nãt des Eceruellez, Malins & peruers, qui sont diuisez en perfides
ou desloyaux, pariures, Medisans
& Enuieux.

DES DESPOVRVEVZ

de ceruelle & entendement ,ma-
lins & peruers diuiſez en perfides , pariures , medi-
ſans & enuieux.

DISCOVRS XLVI.

Es Eſprits deſpourueuz
de iugement, malins &
peruers ſont ceux, leſḡls
ſe portans auec vne deſ-
ſloyale & perfide enuie , ou auec
vne deſloyauté trop enuieuſe, dó-
nent argument de la peruerſité &
malice qu'ils ont en eux:deſquels
le Prophete parle,quand il dit.
Quis conſurget mecum aduerſus mali- *Dauid.*
gnantes? Qui ſe leuerá quát & moy
contre les malins ? Ainſi ſerót mis
au nombre de ceux cy,les perfides
traiſtres , pariures, les meſdiſans,
blaſmans, & toutes ſortes d'enuieux. Ceux là ſont perfides,trai-

stres & pariures, lesquels en l'intention, en parolles, en signes, indices, & actions, se descouurent & manifestent à toute heure , fallacieux.   Ceux cy sont figurez en Ezechiel, par cet animal qui auoit tant d'yeux deuant & tant derriere, auec quatre faces, differentes l'vne de l'autre, pource qu'ils ont en eux plusieurs ruses cauteles & malices, qui leur seruent comme d'autant d'yeux, & retiennent certaines & diuerses manieres de pratiquer & proceder qui sont côme autant de visages differens & contraires ou opposez ensemble. Et se peut dire d'eux ce qui est escrit en l'Ecclesiastique, Cor tuum plenum est fallacia & dolo. Ils ont vn coeur seulement remply de trôperie & fallace. Virgile au secôd de l'Æneide, descrit tel , le cœur

Ezechiel.

Ecclesiastique.
Sinon par iure en Virgile.

de Sinon pariure & fallacieux, en
diſant,

Talibus inſidiis periurique arte Si-
nonis

Credita res, &c. (peries

Le faict fut creu, par telles trõ-
Et art ſubtil du pariure Sinõ, etc.
Et Properce parle de la grande fal
lace d'Vlyſſe, pariure, fauſſeur de *Vlyſſe deſ*
foy & deſloyal enuers la belle *loyal en*
Nymphe Calipſo, laquelle l'auoit *Properce.*
hebergé, & retiré en ſõ logis l'eſpace de ſept ans, quand il eſcrit,

ſic à Dulychio iuuene eſt eluſa Ca-
lypſo,

Vidit amatorem pandere vela ſuũ.
Ainſi Calypſo fut trompée par le
ieune Dulychié, & apperceut ſõ a-
moureux mettre la voile au vét. La
desloyauté de laquelle Polĩneſtor
Roy de Thrace occit le ieune Poli
dore, qui luy auoit eſté recõmãdé,

& qu'il auoit prins en sa sauuegar
de, est fort signalée & tresmanife-
ste en Ouide, pour posseder librement les thresors de son pere, qui
luy auoyent pareillement esté de-
laissez entre les mains , laquelle

Desloyau- mesme est amplement descrite par
té de Po- l'Anguillara , en la stance , qui
linnestor commance.
descrite
par Oui-   *Ben vede la dolente genitrice, &c.*
de & Ou l'on note le faict de la trahi-
l'Anguil- son Thracienne, enuers le ieune
lara. Troyen, & la tromperie, pour le
thresor de Priam qui luy auoit e-
sté auparauant baillé en garde &
gouuernement, côme à son parét.

Des mes-   Ceux qui mesdisent & blasmét
disans. tiénét du malin & du peruers aussi, reprenãs iniustemét ou les paro
les, ou les ac̄5s de l'vn & de l'autre. Ils sõt bl.. ..ez à iuste cause, de
ce que côtre raison, ils blasmét &

taxent les autres. Seneque recite qu'ũ certain Oscus fut tel, qu'il sē bloit estre né seulemēt à ceste fin, de dire mal de tous, & blasmer vn chacũ. Et les Poëtes racontent que Mome calomnioit toute chose & luy dōnoit attainte, tant parfaicte fust elle: à raisõ dequoy ne pouuãt blasmer la figure de Venus, que le peintre Praxiteles auoit faicte & represētée tresbelle, en parlãt mal toutesfois, il ne sceut dire autre chose sinõ, q̃ la chausseure du pied ou le soulier ne luy venoit pas biē, afin de la reprēdre en quelque ma niere que ce fust. L'enragee mesdi sance, & fascheuse attainte & cē- sure de Zoile en toute chose, trou- uãt par tout à redire, est passée en Prouerbe, qui dit, *Zoili mordacitas:* pource que par escrit, il a esté tant outrecuidé que de reprendre & ta

xer le diuin Homere. Et ceſte preſ-
ſomptueuſe & inſolente meſdi-
ſance ha de noſtre temps, tellemét
paſſé & franchy les limites de raiſon, & de vertu, que l'on a veu des
nouueaux Theons , donnans attainte de leurs dents enragées &
affamées, nouueaux Zoiles, & nou
ueaux Momes , en l'Aretin , en
Franco, en Lando, & pluſieurs autres, qui ont faict eſtroppier Paſ-
quain , rompre les bras de Mor-
phorius , & perdre & aſſener eux
meſmes, auec les pongnards d'infamie, de fer & d'acier tout enſem
ble. Quel eſt le Prince qui n'ait e-
ſté touché d'eux ? quel eſt le Seigneur, qui n'ait eſté iniurié ? quel
eſt le Roy, quel le Pape, qui ait e-
uité les Paſquinates, ou libelles de
difame, & les propos de ces lágues
profanes & meſcháates? Mais où laiſ

*Theõ mor-
dant &
reprneur
auec au-
tres.*

*Meſdiſãs
& piquãs*

fay-ie Agrippa,lequel a attaict vn
chacun, reprins & taxé tous, & *Agrippa:*
Prestres,&moines & Religieuses
& Hermites,& Papes, & Saincts,
auec la lāgue qu'il ha du Grāme-
rié Daphite, du philosophe Ana- *Daphite:*
xarque,du poëte Archilochus, de *Anaxar-*
l'Historié Timagines, & mesmes *que.*
Archilo-
de Luther expressement,en ses par *cus.*
ticuliers propos &deuis?Voila les *Timagi-*
lāgues malignes & forfātes,cōme *nes.*
les appelle Bernia,qui n'espargnēt *Luter.*
Bernia.
la renōmée d'aucū,pouruen qu'el
les se deschargēt de ce qu'elles ont
desir de publier. Et ces lāgues ont
mal gardé le cōseil de pithagoras, *Pithago-*
lequel conseilloit premierement *ras.*
d'apprēdre biē, & puis de parler,
& le precepte d'Ouide qui dit,
   Parcite pauçorum crimen diffunde-
   re in omnes.
Ne remettez sur tous de peu de gēs *Ouide:*

Socrates en Dioge-nes Laer-tius.

le crime. Et ce Socratique com-mandement en Laertius, *Sepultus sit apud te sermo, quem solus audies.* Cest le proposque tu oysseul. Mais cóme vn Tátale, ils on t reuelé les secrets des Dieux, & cóme le bar-bier de Midas ils ont voulu ma-nifester à tout le monde que Mi-das auoit les aureilles d'asne.

Des En-uieux.

Et quant aux enuieux, en apres, combien sont ils detestables à l'é-droit de tous, combien odieux, & estranges au monde, à cause des a-bominables conditions de leur en-uie? Quelle chose est l'enuie (Dieu immortel!) sinon vne douleur, & vne tristesse (cóme S. Augustin & Damascene disēt) du biē & de la feli cité d'autruy, qui ne peut engēdrer autre chose que haine? L'ēuieux se

S. Augu-stin & Damas-cen e

tourmēte & aflige dn biē d'autruy: il empire de l'amelioremēt & fruict d'autruy,

d'autruy, il emmaigrit, à cause de
la greffe & bõ portemét d'ũ autre,
il deuiét malade à cause de la fãté:
il meurt, pour la vie:il perd, pour le
gain. Pour cete cause, S. Gregoire *S. Gregoire*
a bien exposé ce passage de Iob,
Paruulum occidit inuidia:disant que
l'enuieux se descouure veritablement lasche & petit de cœur, vile,
abiect, & malheureux, perdant là
où vn autre gangne, & empirant
au lieu qu'vn autre vient à ame-
liorer & amender. Quelle chose
est l'enuieux sinõ vn fuzil de haine à tous, ayant en luy tant mauuaises parties, que Ciprian depeignant l'enuie, dit que l'enuieux *S. Cipriã.*
est vn visage tout menaçant, vn
regard tout de trauers & affreux,
yne face toute pasle, deux leures,
toute tremeur, dents toutes pleines de rage, paroles grosses d'iniu-

E e

res, mains tresprontes à la violence & offence de chacun. Quand
Ouide a descrit l'Enuie, outre ce
qu'il a dict qu'elle demeure & ha-
bite es antres obscurs, à scauoir és
cœurs tenebreux, que la lumiere
luy defaut, pource que l'enuieux
ne veut voir la gloire d'autruy,
qu'elle a le regard hideux & de
trauers, pource que l'enuieux ne
peut regarder droict, la personne
enuiee, il a escrit aussi qu'elle a-
uoit la poitrine pleine de fiel,
pource que l'enuieux empoison-
ne les autres & soymesme aussy.
Oy les vers d'iceluy, touchant
l'enuie,

Ouide.

Pallor i ore sedet, macies in corpore tota
Nusquam recta facies, liuent rubigine
dentes,
Pectora felle virent, lingua est suffusa
veneno.

Caïm estoit garny de cete poison, voyant les presens de son frere A-bel, plus agreables à Dieu, que les siens. Et apres qu'il l'eut mis à mort, & qu'il fut condamné de Dieu, il dist & profera ces paro-les : *Quicunque inuenerit me, occidet me,* Tout homme qui me trouue-ra, me tuera, pource que chacun occit l'enuieux, ou par le mal, luy donnant allegresse, ou par le bien, luy donnant creuecœur & tristes-se. Qu'est autre chose l'enuie, sinó (comme dit S. Augustin au liure de la doctrine de Iesus Christ) vn vice totalement diabolique ? car l'on ne dira pas au diable, au iour du iugemét: Tu as cómis adultere, tu as desrobé, tu as peché par gour mádise, tu as peché par auarice, tu as esté paresseux, & fainéar, mais seulemét, tu as porté énie, à la sain

Caïm en-uieux.

S. Augu-stin.

E e ij

êteté de l'homme , & pour cete cauſe, tu l'as induict à pecher.

Inuidia diaboli , mors introiuit in orbem terrarum, Par l'en-uie du diable , la mort eſt entrée au monde. Qu'eſt autre choſe l'ē-uie , ſinon vne peſte , vne corrup-tion , qui gaſte & infecte toute choſe? *Putredo oſsium inuidia ,* l'en-

Prouerbes. uie eſt la corruption & pourriture des os , ſelon qu'il eſt eſcrit aux Prouerbes : car l'enuieux eſt bien infect & corrompu , puis que les choſes puantes du prochain luy ſont ſouefues & agreables , & les odoriferantes au contraire & de ſouefue odeur, luy puent: les ame-res luy ſont douces, les douces, a-meres: le bien, mal, & le mal, bien. Qu'eſt l'enuie , ſinon vne beſte tres farouche & cruelle à l'encō-tre de tous, qui offenſe tous , &

donne attainte à chacun ? Elle
s'attaque à Dieu, comme l'exemple de Lucifer le demôſtre, à l'Ange &aux Sainéts, comme les dam-
nez le nous declarent, au bien né,
impugnant la communication,
aux amis, comme Saul plein d'enuie contre Dauid: aux freres, côme Caim contre Abel, aux ſœurs,
comme Rachel, contre Lia:aux e-
ſtrangers, comme aux Paleſtins
contre Iſaac. Qui eſt celuy que
cete beſte n'a affronté & aſſailly?
qui eſt celuy, qu'elle n'a offenſé?
Ceſar, encore qu'il fuſt Empereur *Enuieux.*
du monde, eſcriuit neátmoins les *Ceſar.*
Anticatons, meu & induit de ce-
te enuie. Caligule oſta à Torqua- *Caligule.*
tus la chaine, à Cincinat le crin &
perruque, à Pompee le Grand, le *Pompee.*
ſurnom de Grand, ſeulement à
cauſe de l'enuie. Xenophon a eſ- *Xenophon*
E e iij

crit contre les liures de la Republique de Platon, incité feulemét
de l'enuie, de cete mefme enuie,
le Grammerien Palemon, appella Marc Varron, vn pourceau. Le
tresbeau Hiacinthe aymāt mieux
Apóllō que Boreas, fut infect d'i-
celuy, fuiuāt les fabuleux Poetes,
feulemēt par l'enuie. Et la forcie-
re Circe empoifonna la fontaine
où la belle Nymphe Scille auoit
couftume de fe lauer , ayant enuie à la grande amour, que Glauque luy portoit. Qui eft celuy qui
ne blafme, qui ne taxe & impugne
cete aueugle enuie trop extreme?
Platon en fon Timée , dit qu'elle
eft bānie loin du tresbō, à fçauoir
de Dieu. Socrates , en Valere le
Grand, defiroit que l'enuieux euft
des yeux par toute fa perfonne , à
fin qu'il fentift peine & tourmēt
du bien de tous, l'ayant veu & cō-

Palemon.

Boreas.

Circe.

Platon.

Socrates.

fideré. Diogenes a dict que l'homme se doit garder de l'enuie, cóme d'vne tres-mauuaise maladie, laquelle a coniuré contre la vie de l'homme. Le philofophe Crates l'a appellée gourmande & ennemie de vertu. Ce que fuit S. Hierofme en l'epitaphe de S. Paole, difant: *Semper virtutes sequitur inuidia.* L'enuie fuit toufiours les vertuz: & le Poete Tofcá, quãd il dit, *O inuidia inimica di virtute, &c.*

Orphée & Homere l'ont faicte fille d'Acheron, & d'Erebe, comme chofe infernalle. Virgile depeignãt l'enuieufe Iunon, a nommé l'enuie d'icelle, vne playe eternelle, difant:

Cum Iuno æternum feruans fub pectore vulnus.

Lors que Iunon gardant l'eternel coup au cœur.

Ee iiij

Diogenes

Crates.
S. Hierofme.

Petrarque
Orphée.
Homere.

Virgile.

Horace l'a blasmée en ces Epistres, par ces vers,

Inuidus alterius marcescit reb° opimis.
Inuidia siculi non inuenere Tyranni
Maius tormentum.

L'enuieux seche sur pieds du bien
& prosperité d'autruy : les Tyrãs
de Sicile n'ont trouué plus grand
tourmét que l'enuie. Cicerõ, en la
harangue , pour Cornelius Bal-
bus, l'a detestée par ces paroles.
Est saculi malitia quædam atque la-
bes, virtuti velle inuidere , ipsúmque
florem dignitatis infingere. C'est vne
certaine malice & corruption du
siecle, de vouloir porter enuie à la
vertu, & suprimer la mesme fleur
de dignité. Valere le Grãd l'a ap-
pelléc vne expresse malignité, par
ces paroles, *Nulla est tam modesta*
foelicitas , quæ malignitatis dentes vi-
tare possit.

Ciceron.

Valere le
Grand.

Molza plein de iugement l'a eui demment pourſuiuie en vn ſon- net qui commance:

Vibra pur la tua ferza &c.

Eſtant donc telle cete maudite enuie, reſte que les cerueaux mal- lins & peruers, dominez & mai- ſtriſez par cete beſte, ſoient à bon droiƐt haiz de tous. A cete cauſe, paſſons outre à parler de ceux, que nous auós couſtume d'appel- ler aucunesfois, durs, rigoureux & arrogans.

DES DESPOVRVEVZ

d'entendement & eſprits durs & ar-
rogans, à cauſe de l'ingratitude, &
obſtination de cœur: de la rigueur &
ſeuerité de nature, de l'impieté &
cruauté.

LA rigueur & fierté se demon-
ſtre en pluſieurs choſes:en l'in
gratitude , en la pertinacité
& obſtination de cœur,en la dur-
té & ſeuerité de nature,& en l'im
picté & cruauté, que telles gens
ont imprimée au cœur. Combien
(ô bon Dieu) eſt blaſmée & có-
damnée l'ingratitude ? Le Concile d'Hiſpal condamne tellement
les actions d'vn ingrat , qu'il dit
que ſi l'on auoit donné liberté à
vn ſeruiteur,on le pourroit de re-
chef contraindre de ſeruir, à cauſe de l'ingratitude. Valere le grãd
raconte qu'en la republique d'A-
thenes,vn Maiſtre pouuoit appeller en iugement vn Seruiteur ingrat,& agir rigoureuſement contre luy. Les Perſes auoyẽt de couſtume de chaſtier aſprement tels

*L'ingrati
tude blaf-
mée par le
Concile
Hiſpalẽſe*

*Valere le
Grand.*

Perſes.

feruiteurs, & les tenoyét pour in-
fames. Philippes Roy de Macedoi
ne (côme Seneque narre) fit mar- *Seneque.*
quer vn foldat ingrat à fon hoſte:
& de là en auât fut ordónée ſem-
blabe peine aux autres. La loy Ci- *Loy ciuile*
uile , entre autres cas , exclut les
enfans & les priue de l'heritage
du pere, quãd ils font ingrats enuers leurs parés. Et dauãtage la do
nation faicte aux ingrats, n'eſt de
valeur, par la loy, côme tiẽnent les
Legiſtes, *in L. fin. C. de reuocatione do* *Ariſtote.*
nationis. Ariſtote, au troiſieſme de
l'Ethique, l'a condamnée , diſant:
Oportet regratiari, vel famulari ei, qui
gratiam fecit. Il faut remercier ou
faire feruice à celuy q a faict plaiſir. Nó pour autre chofe finó pour
ce ꝗ l'ingratitude eſt côtraire à la
iuſtice, qui eſt vne vertu moral e,
ſuiuât Ciceró, & les Theologiés. *Ciceron.*

I'ay fouuenáce auoir leu que
Pythagoras philofophe efcrit
qu'il s'eft tranfporté en enfer , &
qu'entre les peines infernalles,il a
veu Homere enuiróné d'vne gráde multitude de ferpés,& le Poete Hefiode lié à vne colóne & ba-
tu des demons,nó pour autre chofe, finon pource qu'ingrats , ils a-
uoyent compofé mille bourdes &
fauffetez de leurs Dieux.Les Poetes anciens ont códamné l'ingratitude,pource qu'ils ont depainct
trois Graces , l'vne qui eft appellée par Orphée, aux Hymnes , &
par Pindare,és Odes, Aglée,l'autre Thalie,la troifiefme, Ephrofi-
ne, à ce que la premiere denote la
perfonne qui donne:la fecóde celle qui reçoit : la troifiefme celle
qui remunere & retribue. La
Royne Didon,en Virgile, repre-

Pithago-
ras.

Les Poetes
anciens
ont blaf-
mé l'in-
gratitude.
Orphée.
Pindare.

Didon en
Virgile.

nant l'ingratitude d'Aenée, s'est
escriée contre luy, disant.

Nec tibi diua parës, generis nec Dar-
danus auctor
Perfide: sed duris genuit te cautibus
horrens
Caucasus, Hircanæque admorunt v-
bera tigres.

Ny tu n'as, ô pariure, vne Deesse
   à mere,
Ny de ta race n'a Dardan autheur
   esté,
Ains l'horrible Caucase entre la
   dureté
Des rochers t'engendra, & t'ont
   tendu cruelles
Les Tygres d'Hircanie, à succer,
   leurs mammelles.

Ingrat & desloial (dist elle) il est

impofsible qu'vne Deeffe tāt pi-
toyable que Venus,& vn pere tāt
genereux qu'Anchifes:t'ayent en-
gendré:car tu ne pourrois eftre tāt
ingrat & defloyal que tu es : mais
ie croy pluftoft que tu fois forty
des rochers du mōt Caucafe , ou
bien que les Tygres d'Hircanie,
cōme tes meres,t'ayent alaicté de
leurs māmelles. L'ingratitude de
la patrie fut tāt defplaifante à Sci
piō Romain, que prenant vn exil
volōtaire & fe priuant d'icelle, il

Scipiō Ro-
main.

dift ces paroles, *Ingrata patria meos*
æque cineres habebis. Ingrate patrie
tu n'auras pas mes cēdres. Ariad-

Ariadne,
en Ouide.

ne fille de Minos, detefta en Ouide,au huictiefme liure de fes Me-
tamorphofes , l'ingratitude de
Thefée, forty par fa faueur, hors
du difficile labyrinthe, l'ayāt iceluy miferablement laiffée & abā-

donnée depuis en l'Isle de Chios.
Ce qui a donné occasion au diuin
Arioste, plusieurs siecles apres, de
faindre le mesme en Olimpia, abã
donnée par Birene en vne isle
d'Escosse, en la Stance où reprenant l'ingratitude de son amant,
elle dit.

O perfide Bireno, &c.   *Arioste.*

Que Saul, au reste, tres obstiné,
à offenser Dauid, combien qu'il
ouist d'iceluy parolles tant hum-
bles & receust des faueurs plus grã
des qu'il n'eust receu d'vn amy ou
d'vn frere, die combien l'obstination & l'arrogance est maudite,
qu'Antiochus tres-obstiné contre
le peuple de Iuda lë die, lequel ne
cessa iamais de le molester, iusques
à ce q̃ le Seigneur à bõ esciẽt irrité
l'eut ietté en bas de sa carrosse, &
luy eut rõpu & froissë les os, cõme

*L'obstinã
tiõ & per
tinacité de
plusieurs.
Saul.*

il cheminoit droict, à la deſtructiõ
& ruine de Hieruſalem. Que Pha-
raon Roy de l'obſtination le die,
lequel ſe ſubmergea ſoymeſme &
ſon armée, pour eſtre tãt reueſche
& obſtiné cõtre le commandemẽt
de Dieu, lequel par Moyſe, luy
commãdoit la deliurance des enfans d'Iſrael. Que la meſme nature le die, laquelle ne peut parler à
vn obſtiné, ne le peut le voir des
yeux, ne le peut ouir desaureilles,
ne peut le remettre en memoire,
ou s'en ſouuenir, ne peut luy porter aucune cordiale affectiõ. Vn
obſtiné qui fait tout à ſa teſte &
fantaſie eſt fuy de tous, pource
que la cõuerſatiõ ne le peut ſouf-
frir, le parler ne le ſupporte, l'affabilité l'a en haine, la grace l'a en
deſpit, & la gaieté l'abhorre. Les
Poetes deſcriuent l'obſtinée Lidie

Lidie.

die en Enfer, enuirónée, pour cete cause de fumée & tenebres, côme estant, à cause de sa dureté &
obstination chose indigne d'estre
veuë, & regardée, voire indigne
d'apparoir à la lumiere, & deuant
les personnes.

    Mais la rigueur de la nature & *Rigueur*
la naturelle seuerité qui est tant *& seueri-*
austere, est abhorrée de tous, plus *té de plu-*
qu'vn serpent veneneux, pource *sieurs.*
qu'elle est alienée de l'amour, es-
longnée de l'affection, retirée de
la nature, contraire à l'humanité,
compagne de la cruauté, & quasi
sœur de la brutalité? A ouir nommer vn Silla, vn Marius, vn Afri- *Silla.*
cain, vn Annibal, les cœurs trem- *Marius.*
blent, les esprits sont rauiz & les *Annibal.*
entendemens demourent tous e- *Minos.*
stonnez. Les Poetes n'ont mis, *Radaman*
pour autre chose, Minos & Ra- *the,*

damáthe iuges en Enfer, sinõ à cau
se de leur rigueur ïexorable, d'euë
aux peines des ames mechãtes: la
ʠlle ils faignent estre nõ seulemét
fuie, mais aussy tenue en grande
haine & perpetuelle abominatió.
Qui peut voir ces cols droicts?
ces visages renfrógnez? ces fronts
crespes, & ridez? ces yeux obscur-
ciz, pour monstrer vn visage guerrier? ces graues contenances? ces
nouueaux Catõs en austerité? nul
veritablement. O que le beau dire du sage est veritable, Que le vin
rude & aspre n'est agreable au
goust, ny les austeres coustumes,
propres à la conuersation & compagnie. Anaxagoras estoit reputé
intraitable & sauuage, estát si austere, qu'Elian escrit, qu'il ne rit
iamais, en iour de sa vie. On lit de
Marc Crasse, qu'il estoit aussy tãt

Dict sage

*Elian es-
crit d'A-
naxago-
ras.*

*Marc
Crassus.*

rigoureux & auſtère de nature,
que iamais ne fut veu rire, qu'vne
ſeule fois. I'ay leu de Xenocrates
diſciple de Platon, qu'il fut au vi- *Xenocra-*
ſage & en compagnie, & frequen- *tes.*
tation tant auſtere, que comme il
euſt dict vne ſeule fois, vne parole
vn peu ridicule, ſes compagnons,
par merueille & eſtonnement, la
rapporterent à Platŏ, lequel leur
fit cete reſponce: *Nunquid inter ſpi-*
nas, non naſcitur roſa? La roſe naiſt
elle pas, entre les eſpines? n'eſt il
poſſible qu'entre vne ſi grande
ſeuerité, ſe voye quelque plaiſir &
gayeté? entre tant de nues, vne ſe-
renité? & entre tant d'obſcurité,
vn peu de lumiere?

L'impieté finalement, & la na- *Impieté*
turelle cruauté d'aucuns, eſt fort *& cruau-*
deteſtée par tous les liures, & *té de plu-*
ſieurs.
auteurs. Le Poëte Ouide ne

Perille. peut souffrir le nom de Perille, inuenteur du toreau de bronze, à cause de sa nouuelle & non ouye cruauté. Virgile, au troisiesme de la Georgique ne peut endurer la

Diomedes & Busiris cruauté de Diomedes & de Buziris, qui paissoyent leurs cheuaux de chair humaine. Les Historiens ne peuuent supporter celle de

Tullia. Tullia, fille de Tarquin, qui fit passer sa carrosse sur le visage de son pere mort, combien que les cheuaux mesmes resistassent à vne si grande impieté d'icelle. Qui est ce qui peut gaiemêt ouir les cruau-

Hommes & femmes se tres cruelles. tez de Neron, celles de Claudius, celles de Domitian, celles de Seuere, celles d'Herode, de Totile, d'Vzelin, & d'Othoman ? A qui est-ce que les cheueux ne se dressent & herissent en la teste, oyant nommer les Prognes, les Circes,

les Medees, les Athalies, les Iesa-
bels, Amalasõtes, & les Irenes, e-
xemples memorables, nouueaux
& extremes d'impieté? Combien
les auteurs, Philosophes, Docteurs & Poetes sont ennemis de   *Esaie*
cete cruauté. Esaie dit de la part
de nostre Seigneur, aux Hebrieux,
qu'il ne veut plus leurs sacrifices,
holocaustes, encensemés, ny leurs
festes, & aiouste la cause, disant:
Manus enim vestra sanguine plenæ
sunt. Voz mains impies & cruel-
les sont pleines de sang, S. Am-   *S. Am-*
broise en son Hexameron a dict,   *broise.*
que la cruauté est vne chose pro-
pre aux bestes. *Sæuire bestiarum est.*
S. Hierosme sur les douze Prophe   *S. Hieros-*
tes, a dict, Que la misericorde te   *me.*
leue en haut, & la cruauté t'enuoye en bas, *Sicut misericordia sur-*
sum eleuat, ad Deum:ita deorsum cru·

Mercure Trifmegifte. *delitas in infernum.* Mercure Trif-megifte, en fon Afclepie, a dict, que quand vne creature deuient cruelle contre vne autre, toutes les vertuz des cieux crient à Dieu.

Pithago-ras. Pithagoras fut tant ennemy de la cruauté, qu'il la defendit aux hô-mes mefines à l'endroit des ani-

Licurge. maux. Licurge rapporta cecy aux Lacedemoniens, qu'Apollon luy auoit dict, que les portes de la fe-licité eftoient clofes aux cruels & ouuertes aux humains & pitoya-

Socrates. bles. Socrates fouloit dire, que de-uenir cruel eftoit vne chofe appar tenant à l'homme condamné, veu qu'il fait contre la nature mai-ftreffe de l'amour. Virgile, au fi-

Virgile. xiefme de l'Aeneide, depaint le cruel Salmon, à caufe de fa cruau-té, grandement puny en Enfer. Le

Tibulle. Poete Tibulle s'efcriant côtre les

les meschans a dict,

Qui fuit horrendos primus, qui protulit
  enses:
Quàm ferus & verè ferreus ille fuit.

Celuy lequel a produit & mis
en auant le premier les horribles
espées, veritablement a esté cruel
& dur, comme le fer. Le tresdocte
Dãte en son Enfer, met vne troupe infinie de cruels, & principallement Alexandre & Denys le
Tyran, disant.

Quiuis i si piangon, &c.

Le docte Molza descrit gentimẽt
la cruauté d'Herode, par luy vail-
lamment blasmée, au Sonet qui
commance,

Fugite madri e i cari vostri pegni &c.

Le Seigneur Fabio Galeota, &
Iulio Morigi Poete de Rauẽne de
testét fort cete cruauté, de maniere que chacun l'a en horreur.

F f iiij

Mais paſſons aux cerueaux melancoliques & ſauuages.

DES DESPOVRVEVZ

d'entendement & cerueaux melancoliques, farouches
& ſauuages.

DISCOVRS XLVIII.

CEux cy ſont proprement de
ceux là leſquels vôt ſeuls errans & eslongnez du tout en l'eſprit & penſée de la conuerſation
& compagnie des autres, & ſont
pluſtoſt dignes de pitié, & compaſſion que de blaſme, pource que
leur ſauuage nature eſt de demourer ſequeſtrez & ſeparez de la có-
mune frequentation & commer-
ce des perſonnes. Ils ſont neantmoins priuez de la vraye paix de
l'eſprit, rempliz de mauuaiſes hu-

meurs, eftrâges fantafies leur oc-
cupêt & faififfent le cœur, ils ont
au dedans des fafcheufes imagina-
tions:& font aucunefois tels, que
non feulement ils haiffent la côpagnie,& hantife des autres: mais
aufsy eux mefmes. Cete melanco-
lie eft ennemie de l'alegreffe, op-
pofée & contraire à la ioyeuferé,
& au plaifir, amie des defplaifirs
& facheries, defireufe de la mort,
& priuât de la vie. Ces cœurs fauuages font ennemis de la nature,
pource que la nature, dit Ariftote,
a faict l'homme compagnable & *Ariftote.*
aymant focieté : au lieu qu'ils ayment mieux vn petit lieu, vne
grotte, vn antre, vn bois, que la
compagnie tant douce & agreable d'vn homme. Pour cete caufe,
il ne fe faut pas efmerueiller, s'ils
deuiennent aucunefois comme

beftes fauuages, & fe fortifient tãt
en l'humeur melancolique, qu'ils
penfent eftre deuenuz ou ftatues,
ou afnes, ou oifeaux, ou fourmis,
ou femblable autre chofe affez ef-
longnée de la verité. Ie ne trouue

Exemples
d'humeurs
melancoli-
ques.
aucunement eftrange l'exemple
que l'on raconte vulgairement
d'vn pauure homme & infortuné,
lequel penfant eftre transformé
en vn grain de millet, demoura
long temps, fans mettre le pied
hors de la chambre, craignant que
les poulets couruffent incontinét
le becher & engloutir. Parauan-
ture n'eft moindre cet exemple
d'vn autre, lequel imaginãt qu'il
eftoit deuenu vn cordouan, fe ti-
roit la chair auec les dents, pour fe
faire vne paire de bottes, pour aller à cheual. Auffy eft affez ridicule l'exemple de celuy, lequel pen-

fant eftre deuenu vn verre, s'é alla
à Murã, pour fe ietter dedans vne
fournaife, & fe faire faire é manie
re d'vne couppe. Et poſsible n'eft
moins deleĉtable celui d'vn autre,
lequel péfant eftre deuenu vn po-
tiron, fe plaignoit de foymefme.
qu'au terme d'vne heure la pluye
le deuft corrópre & faire pourrir.
Les Grecs couchĕt par eſcrit l'e- *Timõ A-*
xéple de la fauuage humeur de Ti *thenien.*
mõ Athenié, leĝl s'acquit le nõde
Μισάνθρωπ☉ c'eft à dire, haineux
des hõmes , pource qu'il fuioit la
compagnie de tous, & ne prenoit
plaiſir en autre chofe, que d'eftre
feul. On dit que quelquefois , il a
aymé la compagnie d'Alcibiades
ieune hõme Athenié, desbauché:
& cõme on luy euft demádé pour
quoy il hãtoit pluftoft Alcibiades
ĝ lesautres, il reſpõdit, ĝ cen'eftoit
pas pour bié qu'il luyvouluft, mais

pource qu'il cognoissoit que ce
ieune homme là deuoit estre cause de tresgrand scandales & maux
en la Republique. Et le iour que
disna quant & luy d'auanture vn
qui participoit de son humeur,
comme il dist: Que cete table, Ti-
mó est heureuse, iouissant de deux
d'humeur tant accordante, il de-
monstra le sauuage humeur qui e-
stoit en luy, par cete responce, Elle seroit beaucoup plus heureuse,
si tu n'estois icy, mais moy seul.
Bien que ne soit pas moins bru-
talle la proposition qu'il fit aux
Atheniens, lors qu'il s'en alla pu-
bliquement denoncer, qu'il vouloit coupper vn figuier, qui estoit
en son iardin, auquel plusieurs ci-
toyens par le passé, s'estoient pé-
dus ; & estranglez d'eux mesmes,
& qu'il donnoit aduertissement à

ceux qui voudroiēt faire le sembla
ble, & se pédre à ce figuier, deuant
qu'il le couppast , comme il auoit
pourpēsé. Voila les fantastiques
humeurs des cerueaux melancoliques & sauuages. Or parlons vn
peu des Cerueaux d'Alquimiste.

DES DESPOVRVEVZ
d'entendement & Cerueaux
Alquimistiques.

DISCOVRS XLIX.

LEs eceruellez Alquimistiques
ou cerueaux d'Alquimistes ap
paroissent communement ceux,
lesquels par vne sotte pensée ten-
dans en haut , veulent par vne petite chose en faire de grandes, par
la vilité, se magnifier & exalter,
par la pauureté s'enrichir, par la
misere s'esleuer, par l'infirmité,
acquerir vn tresbō estat de santé,
& par l'indigence se faire heureux

en vn moment. C'eſt pourquoy entre les fourneaux, alambics, & phioles, ils ſe vŏt ſans ceſſe diſtillans & allambiquans le cerueau, pour trouuer le moyen de ſe tirer des miſeres, & deuenir en vn inſtăt, heureux: & departăs d'vn eſtat infime & vile, monter, par les ailes de Dedale, en vn inſtăt iuſques au ciel. Il ne leur ſuffit pas de ſe promettre l'or de Crœſus & les richeſſes de Craſſus: car deuenuz encore pl' ardăs & cŏuoiteux ils vont cherchans vne certaine pierre, laquelle communemĕt ils appellĕt la pierre Philoſophale, & les auteurs Arabes la nŏmĕt Elixir, à laquelle ils font attribuer par les Philoſophes anciés, noms tres diuers: du Ciel, cŏme par Iăblic, dame Roiale, comme par les Platoniĝs, de Dieux rempliſſăt l'vniuers, comme par Democrite,

Iamblic.
Les Plato-
niques.
Democri-
te.

Orphée & Pythagoras : de diuins
allechemés, côme par Zoroaftre,
Sinefius & Plotin : de fecrets raifons feminaires, efpandues pár
tous les elemés, côme par S. Augu
ftin: d'efprit interne, côme par le
Poëte Mãtuã: de mefure fubftan-
tielle à tous, côme par Remond
Lullius:de quinte effence,comme
par Ariftote, de grãd fecret,côme
par toute l'efcole Alquimiftique.
Où ils exaltét tãt, par ces nós graues & fonãs, la vertu de l'Elixir,
ou de la pierre philofophique,que
nó feulemét ils promettét, par la
vertu d'icelle, la metamorphofe
d'or, en la boutique de Geber &
de Remond, mais vn prodigieux
Midas, lequel touchãt les chofes,
les conuertiffe en or,côme promit
Auguftin Augurel,au 3.liure de fa
Chrifopeie, defcriuant la ver-

Orphée
Pithago-
ras.
Zoroaftre
Sinefius.
Plotin.
S. Augu-
ftin.
Virgile.
Remond
Lullius.
Ariftote

Auguftin
Augurel.

tu de cete pierre, où il dit,

Che gettandone in mar picciola parte,
&c.

Quădo, il mar tutto argento viuo fosse,
Potrebbe in or tutto voltar il mare.

Ha, côme l'ont promis en tant de
leurs œuures, Hermes, Alsidius,
Auicenne, Hortulamus, Rosinus,
Albertus, Arnaldus, Morienus,
Gilgilides, Cristophle Parisien, &
infiniz autres, lesquels ont remply
les liures d'enigmes, & secrets
tres-obscurs, touchant cete fantasie, tant curieusement desirée de
tous. Or estans meuz aucunefois
de cete curiosité, ils congregent
& assemblēt les sucs, les pouldres,
les vrines, les liqueurs, les lies &
mineraux en vases de verre, en bo-
cals, en alambics, en pots, en fourneaux, en baings d'arene, en bains
Marie, passāt par la bure, preparāt,
cimen-

cimentant, fouflât, defmeflant, fu-
blimant, fondant, puluerifant, la
uant, incorporant, deffechant, iet
tant en verge, en petit canal, en
eau, les mixtions, & les compofi-
tions par eux reduites, à la dernie
re fin. Les defireux & curieux de
voir vne belle experience, efprou-
uent vne recepte, *Ad album*, auec
le blanc d'vn oeuf, allum, fel, Kal,
bruflé auec eftain d'Angleterre,
fel gemme, fel armoniac, chaux viue, vérre pillé : & cela fe pile, fe
broye, fe mould, fe faict en pafte,
fe met au feu lent, au feu d'alteration, au feu de reuerberation, fe
fond & fe tire ou vne lie & chiaf-
fe treflaidde, ou des charbons plus
noirs que ne font ceux defquels
ils fe feruent. L'on efprouue auiourd'huy la maniere de congéler
Mercure auec les mineraux, le Vi-

Gg

triol, Salnitre & autres auec les
sucs d'herbes, Napellus, Serpenti-
ne, Aristolochie , pouliot, Cen-
taurée, Tapsus, auec poudres d'E-
uphorbe, deverre, d'antimoine: a-
uec medecines y iettees de Sirop
de pauost, Agaric, Arsenic, & Reu
barbe, & les iette les matieres, les
deniers, 'e Mercure en fumée, qui
se viennent à resoudre en lies &
chiasses plus noires, que n'est la
fumée & suye des cheminées. Auiourd'huy se fera vne experience,
ad solem, tresbelle & approuuée,
que l'on a eu d'vn Flamand, d'vn
François, d'vn Allemand, de Thomas Philologue, de François Sto-
rella, & d'Augustin Panthée, & se
composent ensemble, Venus pur-
gé *pro vt scis*: Curcinne pilée, Tucie
d'Alexandrie preparée, *prout scis*,
deux dartes fresches , du safran,

la Febue noire, les figues pafteu-
fes, & fe met tout cela en vn vaiffeau, en forme de pafte, bien bouf-
ché, fans aucun vent, & puis en
vn petit fourneau, où l'on foufle
trois ou quatre heures, ce faict
on le tire dehors, & fe trouue vne
maffe non d'or, mais de cuiure,
qui ne vient à la pierre de touche
& moins à la copelle. Mais cefte cy eft encore plus belle à ouir,
quand tu accompagnes enfemble
les lames fubtiles du Soleil & de
la Lune, penfant trouuer vn or
tresfin, de vingt quatre quar-
rats, apres vne longue fufion,
tu trouues que ce qui eftoit
de douze, eft diminué iufques
à huict, ou dix au moins : de
maniere que l'on te peut dire
le propos d'Efaie, *Argentum* Efaie.
tuum verfum eft in fcoriam.

Gg ij

Ton argent eſt tourné en ordure
du metail. Que diray-ie des deſpé
ces, frais, ſueurs, des peines, des
ires, des voeuz, des iuremens, des
vaines promeſſes, que ceux cy font
tous les iours, trompez par la fauſ
ſe eſperance, qu'ils auoyent en la
teſte? Que diray-ie des fraudes, des
tromperies, des fauſſetez, des mó-
ſtres, des apparences, qui ne reſi-
ſtent ou tiennent au feu, au mar-
teau, & moins au reſte des preuues
que les Orfebures en font tous les
iours? Que diray-ie des péſées, des
intentions, des deſirs, des conceptions, des humeurs extrauagantes
& fantaſtiques qu'ils ont en eux?
Les conceptions qui empeſchent
leur eſprit ſont les caiſſes d'argét,
les eſcris d'eſcuz, les coffres pleins
de doubles ducats, les ſales magnifiques, les montagnes d'or, les pa-

rens Seigneurs, les amis, Cardinaux & Princes, eux mesmes, Rois
& Empereurs. Les miserables s'a-
busent en diuerses manieres, eux
mesmes, par la monstre de l'art,
des secrets, des experiences, de cő-
geler, arrester, transmuer: ayans finalement pour art le ridicule sou-
fler des soufflets, pour secret, l'inutile plomb purgé, pour congelatió
la vaine amalgame, pour arrester
le sot frangible, pour coppeller
vne chose, qui est seulement fon-
due. Ils sont en cecy principallement dignes de moquerie, quand
auec si grande gloire & iactance,
ils racontent aux ignorans, les fols
mysteres & les vains enigmes de
cest art, nommans le Lion verd, le
cerf fugitif, l'aigle volante, le fol
saultant, le Dragon qui deuore sa
queue, le muy enflé, la teste de

Gg iij

cerf, ce negre plus noir que le negre, le seau d'Hermes, l'vnique & seul, outre lequel il n'y a autre, & neãtmoins se trouue en tout lieu. Auec quelle iactance, Dieu immortel, ois tu ceux cy nommer & mentionner les termes & sinonimes des metaulx, qui te font donner la teste contre la muraille, en les oyant seulement, quand ils nomment l'argent, tu ois qu'ils l'appellent Lune, l'argent vif, Mercure, ennemy, sans saueur, lubrique & coulant, enfant sautant: la Gomme blanche, glaire d'oeuf, Menstrue, Sperme, Occident, Vieillesse & Nuict, l'airin, Venus: le fer, Mars: l'estain, Iupiter: le plomb, Saturne: l'or, le Soleil, l'Orient, Forme d'homme, Faucon, Cocq, pierre des Indes, Phison, Oliue perpetuelle, Veine auec lu-

ſtre, & leur donnent tant d'autres
noms, que c'eſt vne choſe treſlon-
gue à raconter, & à garder en la
memoire. Ie ne diray pas la grande
& vaine gloire qui regne en eux,
quand ils voyent qu'on les eſcou -
te, & qu'õ leur adiouſte foy, quãd
ils voyent, que de leurs propos,
l'on mõſtre vne allegreſſe, & qu'õ
leur eſt attentif, quand ils voyent
le deſir manifeſte, la merueille de
ceux qui eſcoutent, & les frais
que l'on faict incontinent. Ie ne
diray pas comme ils triomphent,
voyans que l'art va deuant, les
phioles, & vaiſſeaux s'achetent,
les matieres ſe preparét, les lieux
s'eſtouppent, les ſoufflets s'accom-
modent, les fourneaux ſe r'habil-
lent, & que la choſe s'enſuit, auec
vne bonne diſpoſitiõ de deſpédre
Gg iiij

& employer le vent & le coeur,
s'il en eſt beſoin. Apres qu'ils te
voyent chargé de fumée, ſuant de
chaleur, enduit de poix, puant de
ſoulphre, auec les yeux mols, la
ſueur au viſage, auec le coulement
au nés, les mains & le viſage taïts,
auec les accouſtremens ſales, auec
vne douleur de teſte, vn tremble-
ment de membres, & ſur tout a-
uec la bourſe vuide, en ceſt endroit, ils t'ontmôſtré & enſeigné
leur plus grand ſecret, de conuer-
tir, tranſmuer, & faire vne vraye
metamorphoſe, telle que d'Alquimiſte, tu deuiennes Cacochimi-
que, de medecin, mendiant, d'her-
boriſte, charbonnier, auec la riſée,
plaiſir & paſſetemps de toutes per
ſonnes. En ſomme i'ay touſiours
ouy dire, que tous les Alquimiſtes
ne ſont riches d'autres choſes que

de trois:de fuméé „ defperance &
de pauureté.O folie,fur toutes les
follies!folie,qui n'a moyen a defpendre , qui n'a reigle à acheter,
qui n'a ordre à difpofer , qui n'a
mefure à mettre en oeuure,qui n'a
experience à reduire, qui n'a fondement à commancer, ny perfection à finir & acheuer. L'vn dō-
ne commancement à l'art , en fo-
phiftique,qui en couleur : qui en
l'amalgame , qui , par le congeler,
qui à trouuer la fufdicte pierre mi
raculeufe, qui auec huiles , qui a-
uec onguents , qui auec fuiz, qui
auec poifons,qui auec mineraux:
& vn autre laffé de tant de preuues inutiles , s'induit finalement
(comme a faict vn mien fingulier
amy)à congeler Mercure auec le
beurre,& le Cauiare, chofe vraye
& certaine,qui donna grand plai-

Alquimi-
ftes riches
de trois
chofes.

fir à la gentile compagnie, qui le
fçeut & l'entendit à lors par paffetemps. Ie ne parleray pas tant
contre ceft art fubtil & curieux,
que ie ne vueille, en plufieurs cho-
fesle nommer veritable, & le re-
commander & louer auec tous les
tiltres de louange, que l'on eftime
luy eftre deuz & conuenables. Le
diuin Philofophe Platon, a prou-
ué l'Alquimie, ou Calcimie, ou
Voarcomene, ou Voarcadamie, e-
ftre veritable, faifant vn fuppofé, à
peu cogneu: car eftans tous les metaux differens entre eux, non d'efpece, mais feulement felon le plus
& le moins, ou felon la quantité,
l'vn fe peut tranfmuer en l'autre,
le reduifant de l'imperfection, à la
perfection, par la vigueur de l'art,
& par la pratique inuentée par les
vrais, & parfaicts Alquimiftes.

Danantage, Solin, Strabon, Pline, & Iean Picus Mirandulan (comme allegue bien, le Panthée, en sa Voarcadamie) l'ont appellée vne science celeste & diuine. Balde de Peruse aussi, fameux Docteur de loix, és commentaires qu'il a faict, sur les vsages feudaux, & au tiltre, quelles sont les regales, louant l'Alquimie, l'a appellée inuention d'vn esprit excellent & Philosophique. Oldrac mesmement tresnoble legiste, en ses conseils, l'aprouue manifestement, au Conseil soixante neufiesme, pourueu qu'il n'y ait de l'art magique, ou autre chose contraire aux loix amenant la *L. Vnica.* & le *C. de Thesauris.* Quiconque prend plaisir de voir les friuoles raisons que l'on peut amener contre les Alquimiſtes, afin que chacun les tienne & eſtime faux & menteurs, conſidere comme l'Angelique en parle, ou notant de l'autre part, comme la Somme Tabiene

refute ſagement & auec raiſon les inutiles preuues d'icelle, il verra, ſi ceux là ſont beaucoup plus dignes de louange que de blaſme, que l'ō appelle Alquimiſtes. Mais il ne ſe trouuera perſonne qui ne loue l'Alquimie en cecy, qu'elle a trouué ces beaux téperamēs de l'a zur, du Cinabre, du vermillon, du pourpre, du criſtal, & de ce qu'ils appellent or muſicien, choſe excellente & treſnoble. Dauantage elle a trouué le cuiure, qui ſert en tant de choſes, les mixtions, les compoſitions, les departemēs ou diuiſions, les eſſais, les inuentions des canons, les pouldres des artil-

leries, les feuz artificiels , & mille
autres chofes vraiment fegnalées.
Cefte cy eft celle qui a trouué les *Pline.*
verres que pline mentionne & re-
cite s'eftre veuz du temps de Tibere, mols & ployables en toute
maniere, à la perte & dommage
du propre auteur , lequel Ifidore *Ifidore.*
narre auoir efté pour cefte caufe
occis, à ce que l'or n'auilift auec
l'argent , à caufe de la beauté du
verre, & afin que l'on n'oftaft à ces
metaux tant nobles & eftimez,
leur prix & valeur. Cefte Alquimie finalement eft celle qui ha re-
trouué les eaux de vie, ces efprits
effentiels, ces quintes effences, qui
purgent par vne fi grande merueille, les catherres de la tefte, eftai
gnent & amortiffent les coleres,
repriment les phlegmes, chaffent
les douleurs, & les tourmens, con-

fomment les mauuaifes humeurs,
donnent vie aux malades, & font
quafi refufciter les morts. Parquoy
eftant, à caufe de tant de particularitez, remplie de merites, &
louable, bien qu'en quelque partie, elle fuft apparente & fauffe,
ce que n..et conftamment auteurs
trefdignes, nous la mettrons en
noftre Theatre, entre la louange
& le blafme, pour ne nous irriter
contre tout le vulgaire, & pour
n'eftre contraires aux dicts de plufieurs doctes perfonnes, d'entendement & de fçauoir. Or paffons
aux cerueaux d'Aftrologue.

DES CERVEAVX
d'Aftrologue.

DISCOVRS L.

L'ON appelle commune-
ment cerueaux d'Aftro-
logue, ceux, qui vont la
plus part du temps feuls,
penfifs, imaginant, fantaftiquant
& cõfiderãt ce qu'ils ont en leur
pẽfée, pouruen que l'hõme eftime
que ce ne foit chofe friuole, mais
digne de cõfideratiõ & d'ĩportãce
cõme les chofes, que l'Aftrologue
ha propremẽt couftume de regarder. Parquoy fouz ce membre, fe
pourroyẽt mettre plufieurs, qui ne
font de tous cõmunemẽt cogneuz
pour Aftrologues, cõme les vfu-
riers, lefquels vont tout le iour a-
ftrologifans, & penfans, cõme vn
efcu, en pourra auec le temps gangner cent, comme vn boiffeau de
bled, fe conuertira, en vn grenier,
vn fac de farine, deuiendra
vne maffe. Les fols amoureux

qui vont cherchans l'Elitrope de
Calderin, ou la pierre, Gigis, pour
aller inuisibles, les secrets de Cy-
prian, pour se transformer en pas-
sereau, la Clauicule de Salomon,
pour auoir la Calamite, ou pierre
d'Aimant, qui les remplisse plus
de calamité que d'allegresse: ceux
qui sont sur les questions, lesquels
à toute heure vont imaginant,
par quel art, par quelle ruse, &
par quel stratageme, l'on puisse
accueillir & surprendre l'ennemy
dormant, s'il seroit possible d'a-
uoir de la pouldre, laquelle ne fait
bruit, & ainsi vont discourant en
infiny. Mais les propres Astrologues, ausquels ce nom, à bõ droict
conuient, sont ceux, lesquels auec
les sferes en main, & auec l'astrolabe deuant eux, se depeignent
auiourd'huy sur les Almanachs &
prono-

pronoftications, faire iugement &
difcourir des chofes à venir: côme
des iours, des mois, des faifons de
l'an, du ferain, du mauuais temps,
de la mort, de pefte, des guerres, de
tremblemens de terre , d'innon-
dations, & de bonnes & mauuaifes cueillettes, en quoy l'experience maiftreffe des chofes , enfeigne
tous les iours, combien ils s'abufent, & comme ils font menteurs.
Ie ne dy pas que l'on ne puiffe fçauoir quelque chofe , par la longue
pratique & experience , obferuée
de leurs maiftres : comme les Ec-
clypfes de Lune, & du Soleil , les
conionctions, les oppofitions, les
dominateurs, les afcendãs, & quel
ques autres obferuatiós, qui ne sõt
de grande valeur & confequence.
Mais quant aux iugemens qu'ils
font de la mort des Seigneurs, des
Hh

guerres asseurées qui seront, des
pestes, des chertez, des heureux
succez, des infortunez, quát à faire
la natiuité de cestuycy & de cestuy là, où la chose se rencontre
souuét à l'opposite, ie dy que c'est
vne pure sottise, de ces babillards,
affronteurs & charlatans. Pourquoy veulent ils, les pauures gens,
nous remettre aux causes celestes
en ces iugemens, & aux influences
des estoilles qui predominent, veu
que leurs mesmes auteurs, tresex-
perimentez Mathematiciens, cô-
Nôs d'A- me Eudoxe, Archelaus, Cassandre,
strologues Hocchilace, Halicarnasse, auec v-
ne grande trouppe de modernes,
confessent estre vne chose impos-
sible, de trouuer aucune chose cer
taine, par la science des iugemens?
Combien de choses se peuuent
faire auec le Ciel (comme certifie

aussi Ptolomée) qui pourroyent
empescher l'euenement iugé d'i-
ceux? Combien d'occasions aussi
pourroyent faire le semblable,
lesquelles s'opposent à ces causes
là ? Trouues tu vne petite opposi-
tion, celle de l'vsage, des coustumes, de la nourriture, de la bonté,
de la deshonnesteté, de l'empire
ou commandement, du lieu, de la
Natiuité, du sang, de la viande, de
la liberté de l'esprit, & finalement de la discipline? Et d'autant plus que tous les Astrologues
concluent que les influences des
estoilles & des planettes ne for-
cent, mais seulement inclinent.
Pourquoy baptises tu donc les
coniectures simples, & estimes
qui se font au moyen seul du iugement humain, par l'Astrologie?
Chacun mediocre Philosophe,

ains toute mediocre personne, ayant iugement, sçait que les pestes
& contagions, ont coustume de ve
nir, par l'intemperature & indis-
position des saisons, & à cause des
chertez, durant lesquelles, les hom
mes contraints par la necessité,
mangent de toute chose, & se rem
plissent seulement de viandes dő-
mageables & nuisibles, occasion
de maladies contagieuses & pesti-
lentes. Et tous sçauent que les
guerres sont preparées, en ces mes
mes temps de disette, pource que
les viures sont empeschez, par ceste principauté & ceste autre, auec
alteration & emotion des cœurs
de ceux, qui souffrent: & pourtaht
sont ils trespronts à la vengeance,
auec les armes en la main. Et n'y a
aucun qui ne sçache, que se mour-
rőt des Princes tãt en Leuãt, qu'é

Occident:auſſi bien, au chef, qu'en
la queuë du Dragon. Qui ne ſçait
auſſi que quand l'ō voit les pluyes
trop grandes & frequentes, ou la
ſeichereſſe extreme, ou le froid ex-
ceſſif, hors le temps, & ſaiſon, on
ne recueillera pas beaucoup de biens, & les eſperances humaines ſe
rōt fruſtrées de leur ioyeuſe atté-
te? Appellera l'on le deuiner de
ces choſes là Aſtrologie? Nous
pourrons donc tous faire gaillar-
dement des Almanachs, ſans eſtudier les tables de Noſtradamus, &
aller à l'eſcole de Sarezane, ou de
Saranezze. Mais ſi le regarder
aux eſtoilles eſt de quelque argument, ou en bien ou en mal, entre
vne ſi grande diuerſité d'eſtoilles
quaſi infinies, qui ſuruiendront &
ſe rencōtrerōt és influēces, pourquoy ne ſe peut on promettre &

grandeur, & mifere, victoire & rui
ne: fanté & maladie , vie & mort,
honneurs & vitupere: richeffes &
pauureté: amitiez & difcordes, &
guerre & paix tout à la fois , puis
que les effects de diuerfes eftoilles
peuuent eftre, tout à la fois, non
feulement differens, mais contraires? C'eft pourquoy, les rufez &
malicieux, en leurs pronoftics, ont
couftume de couurir les fuccez à
venir en alleguant, (pour exéple)
que Saturne comme Seigneur de
l'an, fera occafion de trifteffe & de
pleur à chacun , mais que Venus,
pour eftre conioiôte à Saturne, mi
tigera vn peu la maudite rage de la
planette rigoureufe. Et ainfi quãd
l'effect fera mauuais, ils attribue-
rót cela à la Seigneurie de Saturne , & s'il eft bon, ils le fauueront
en la conionction de Venus.   Q

Aſtrologie de mauuais gouſt ? O
profeſſion trompeuſe ! ô art trop
artificiellement couuert!comme à
bon droiƈt , Cornelius Tacitus ſe *Cornelius*
plaint contre ceux cy,diſant. Il y *Tacitus.*
a vne certaine maniere d'Aſtrologues malicieux, qui ſont infideles
aux Seigneurs & Princes, fallacieux à tous ceux qui les croyét,leſ-
quels ont eſté ſouuentesfois chaſ-
ſez de noſtre ville ; & ne ſont iamais du tout exclus,comme il fau- *M. Varrõ*
droit. Que ce treſgraue auteur
Varron diſoit bien, que la vanité
de toutes les ſuperſtitions eſt de
riuée & emanée du ſein de ces trõ-
peurs & moqueurs! Cõbiẽ y en a
il qui te prennent pour Satur-
nin ou Iouial,pour Martial,ou So
laire,pour Venerien, ou Mercu-
rial, par vn ſeul ſigne de la face,

voulans par vn exterieur proba-
ble,induire vn demonstratif inte-
rieur des affections de l'esprit se
persuadans qu'ils sont si grands
Zopires en la Phisionomie, qu'ils
ne se trompent aucunement? Côbien y en a il qui pensent auoir la
parfaicte Metoposcopie , & par
tresgrand & vif entendement, en
considerant seulement le front,
pensent deuiner,les entrées, principes,deportemens & fins de toutes personnes , & puis demeurent
des sots,comme demoura celuy à
Milan,lequel regardant vn certaí
bossu au front,luy dist , par maniere d'introduction,que, *Multa*
essent dicenda de frôte illa. Il faudroit
dire beaucoup de choses d'vn
tel front: & en luy regardant aux
mains , tandis que le bossu irrité
contre luy l'importunoit de dire

ce qu'il en penſoit, en diſant, *Dic*, *dic*, *dic*, il ſe trouua chargé d'vn grand coup ſur le nés, au moyen dequoy, il demoura tout eſtonné & eſperdu, ne ſçachant plus où il en eſtoit? Combien s'en trouuent leſquels faiſans du Chiromancié, par certains ſignes ſur les mains, par certains lineamens, lignes, & par ces ſept monts, ſelon le nombre des ſept planettes, qu'ils ont retróuuez ſelon leur fantaſie, veulent deuiner les affections de l'eſprit, la vie & la fortune, & en maniere de Bohemiẽs, comme on les appelle communement, qui courent par pais, te veulẽt dire la bóne auáture, & finalemẽt te couppent ſecrettement la bourſe, mettans peine auec les mains, cóme treſbós Chiromãciẽs, de ſe moquer de toy, comme il faut? Combien y en

à il,lefquels faifans profeſſió mal-
heureufe de Geomanciens, vont
enfeignans aux femmes les fuper-
ftitions du moulinet, le tour du
bluteau, les forts des poincts iet-
tez d'auanture,les fuccez des nom
bres per & imper, & rempliſſent
leur cerueau de follies, & fadaifes,
& par cefte expreffe vanité blafmée de tous,ils s'aquierent la faueur,le credit, & la poſſeſſion des
maifons & des perfonnes ? Combien y en a il, lefquels pour fembler fuffifans & braues,comme les
anciens alleguent les miracles,re-
trouuez par leur fcience, mettant
les réfueurs, au nombre des vaillans Aftrologües, & les ignorans
auec ceux, lefquels en ont docte-
mét parlé? Tu vois en ceft endroit
amener l'inuention des fpheres,le
nombre des cieux,les mouuemés

des planetes, les signes celestes, les
poincts equinoctiaux, les discours
d'exenthices, de concentrice, d'e-
picicles, de retrogrades, de trepi-
dations, d'acces, de reculemens, de
rapts, d'eclypses, & de mille autres noms, qui donnent merueille,
au vulgaire, & le rendent par semblable attentif: & par ces propos,
ils semblent autant d'Albategnes,
autant d'Isaacs, autant d'Al-
petrages, autant de Tebith, autant d'Azarchelas, autant d'Hip-
parques autant de Bemodans,
& autant de Ptolomees, & ne
sont en fin autre chose que Hib-
bouz & Chahuans. Il est requis
autre chose, pour posseder à
bon droict le nom d'Astrologue, que la sphere depainte, en
la main, les lunettes au nés,

Noms d'aucuns Astrolo- gues.

l'astrolabe aux pieds, il faut faire
autre chose que composer vn lu-
naire, sur tous les mois de l'an,
former vn pronostic desrobé des
tables de Nostradamus, & alleguer
Ptolomée en l'Almageste, ou Mar
tian, ou Iulius Firmicus, ou le Roy
Alphonse, en quelque liure par
eux faict. Auec quel plaisir, font
ils demourer le monde attentif,
tandis qu'ils diront que l'an, selõ
la reuolution du Soleil, comman.
cera le premier de Ianuier, à quarante minutes, selon le calcul du
Roy Alphonse: que Mercure sera
Seigneur de l'ascendant & predo-
minateur, & Mars & Iupiter en
la sixiesme maison, que la cruauté
de Mars sera mitigée, par la gaieté
de Iupiter, qu'au Mouton, au
Taureau, & aussi au Capricorne,
ne sera bien faict de tirer du sang:

ny mefmes quand ils regardent
Iupiter & Saturne, que les Cieux
nous menacent de guerres, des
pays Orientaux, que la Comete
paffée nous pronoftique la mort
d'vn Hottoman : qu'il y a danger
que les lis blancs ne s'efforcent de
s'enraciner au pays des Infubriés,
& que l'on entende à auoir foin,
pource que l'on conclud finalement que les forces des eftoilles
enclinent , & ne contraignent
pas : & que, *Sapiens dominabitur*
aftris. O le gentil difcours qu'ils
font ! tous les Almanachs qui fe
voyent ne chantent quafi autre
chofe, & ne paffent ces beaux ad-
uertiffemens qui fe donnent
au monde. Eft il poffible que
le monde foit tant fot , qu'il
embraffe en vn inftant ces mo-
queries ? & ne s'aduife que telles

gens, defrobent pour le plus, ce qui eft à autruy, ne nous ameinent rien du leur, alleguent les paffages fans fondement, abufent les perfonnes de belles promeffes, entretiennent les efprits & entendemens de curiofitez & tirét l'argent de la bourfe, par efperance & flateries? *Canone* Mathematicien voulant acquerir la bonne grace & faueur du Roy Ptolomée, mit il pas la cheuelure de la Roine Berenice, au ciel, à cefte fin? Y a il flaterie aucune ou adulatió que ces modernes Aftrologues n'obferuent continuellement en leurs propos & efcrits? promettent ils pas cómunemét aux Seigneurs qu'ils cognoiffent defireux & curieux de noueauté, enfans tref-vertueux, lignée diuine, victoires tref-grádes,

Canone Mathematicien.

heritages de tref-grãde importã-
ce, threfors incõparables , éftats
innõbrables, & fur tout tref-heureufe vie, & tref-heureufe fin? Ah,
tous ne sõt pas Anaxagorcs , qui *Anaxa-*
pronoftiquent la cheute de cefte *goras.*
pierre du ciel, qui auĩt en la fepté-
te huictiefme Olĩpiade. Tous ne
resẽblẽt pas à Pherecides Sirien,
pour voir, en tirãt l'eau d'vn puits *Pherecides*
le trẽblemẽt de terre qui doit ve-
nir. Tous ne resẽblẽt à Sulla Ma- *Sulla.*
thematiciẽ, leql prediſt à Caligule, le iour, l'heure & la maniere de
fa mort. Tous ne refemblẽt à l'A-
ftrologue Mefon, qui pronoftiqua *Mefon.*
aux Atheniẽs la tref-grãde fortune qu'ils eurent, en l'expeditiõ de
Sicile. Tous ne font femblables à *Berofe.*
Berofe, pour eſtre dignes des ftatues, par la langue d'or: Tous ne
ne reſſemblent à Athlas, pour

pouuoir fouſtenir & ſupporter le ciel de leurs eſpaules. Tous ne sõt Endimions , pour demourer embraſſez auec la Lune leur amoureuſe. Mais bien pluſieurs , & en grand nombre , ſe trouuent non Aſtrologues, mais ignorans : non Mathematiciens, mais vraiemēt fols, & de la plus fine matiere qui ſe trouue, pour ceſte cauſe paſſons de ceux cy à autres fols , qui s'appellent fols & extrauagans tout enſemble.

Endimiõ.

DES DESPOVRVEVZ
de ceruelle, ou Cerueaux fols
& extrauagans.
DISCOVRS LI.

CEs Cerueaux fols & extrauagans font vn ſi grand nombre au monde, que peu de lieux ſe trouuēt vuides de ceſte ſemence, laquelle

laquelle, en maniere de chiĕ-dĕt,
se nourrit & cree par tout aisé-
mĕt. Leurs infiniz hóneurs (pource que *Stultorum infinitus est nume-*
rus) ne se peuuent tant facilement
expliquer, pource qu'ils sont en si
grand nombre & tant extrauagãs,
qu'ils portent quant & soy vne
peine indicible à celuy qui ha le
soin de les raconter. Il se trouue
tel, qui ha l'humeur d'estre Pape,
quelqu'vn d'estre Empereur, vn
autre d'estre Roy, & dispensent
les priuileges, & autoritez de deuenir Cardinaux, Marquis &
Princes, auec vne si grande grauité exterieure, qu'ils donnĕt à l'esprit vn plaisir & merueilleux passetemps, autres font du Docteur
des loix, autres, du Medecin : autres, du Prophete (comme i'en ay
cogneu par le monde, trois ou

quatre) & parlēt auec vne si grãde fermeté & asseurance, pour vn
peu, de la professiõ qu'ils ont ptin
se , que l'on diroit proprement,
qu'ils fussent tels : pource que tu
ois former vn conseil , ou bien vn
instrument de docteur Legiste:
discourir sur vne vrine, ou sur vne
fiebure, en vray medecin, predire
quel Cardinal doit estre Pape , selon les Propheties de l'Abbé Ioa-
chim? ou si le grãd Turc doit faire
entreprinse d'importance , tant
constamment, qu'ils semblent &
paroissent proprement ce qu'ils
demonstrent, Mais en fin ils viennent à extrauaguer en sorte , que
tu cognois incontinēt, qu'ils sont

Folies grã-
des de cer-
tains Ber-
gamas-
ques.

de ceux , qu'engendre Bergame,
Valtelline & Valcamonique , &
quasi tout le pais d'alentour. L'on
raconte à ce propos, vne ridicule

folie de certains Bergamafques,
lefquels penferét que l'eau d'vne
leur Serriuole, pource qu'elle
bouillonnoit, fuft vne chaudiere
pleine de Maccarós bouillãs, & fe
ietterét tous dedãs l'vn apres l'autre, penfans que leur cõpagnõ, qui
s'y eftoit ietté le premier, les deuft
manger tout feul, fans en laiffer à
fes compagnons, ne le voyant retourner en haut, & ainfi ils fe no-
yerent tous bergamafquement.
L'on raconte mefmement vne ex-
trauagante folie, d'aucuns de Val
camonique, lefquels eftans allez à
Venife, comme ils furent defcen-
duz pres les degrez de S. Marc, a-
yans cete humeur en la tefte, que
la ville fuft en la mer, comme vne
barque en l'eau, fe mirent en la
place, pres du clochier de Sainct
Marc, comme au maft, & fe ti-

Folie ex-
trauagãte
d'aucuns
de Valca-
monique.

rans leurs chemifes de deffus leur
dos, les attacherent à cet arbre &
tour du clochier, crians, voile, voile, & tour le peuple courant à ce
fpectacle, il commencerent allai-
grement à demener les bras, en
maniere de matelots qui tirent la
rame, pour ayder la barque, em-
pefchée de la charge d'vne fi grãde multitude de perfonnes. Sçauroit l'on trouuer plus fottes matie
res, & plus extrauagantes folies
que celles cy ? Celius en raconte
vne d'vn certain Pifandre, lequel
fut reduit à vne telle folie, qu'il a-
uoit peur de rencontrer, vn iour,
fon ame, qui luy dift, qu'elle ne
vouluft plus fe tenir auec luy, mais
s'en aller bien loin de luy & l'a-
bandonner : & eftant ainfi affligé
& fort marry, il s'en alloit çà & là
fuyant, de peur de la rencontrer.

Celius.

d'auanture. De maniere que ces
fols extrauagans en font de celles
qui fe peuuent appeller tres-folē-
nelles,qui donnent plaifir à toute
perfonne,qui les entend. Or paffons maintenant aux Cerueaux
fols,furieux & brutaux.

DES DESPOVRVEVZ
d'efprit,fols,furieux &
brutaux.

DISCOVRS LII.

LEs deftituez d'efprit, & cerueaux fols, furieux & brutaux, font pires que les fufdicts,
pource que nō feulement ils font
nuifibles à eux mefmes,mais fouuentesfois aux autres aufsy. Ainfi
Ouide defcrit,'en fes Faftes, le furieux Athamas auoir occis fon

Athamas furieux en Ouide.

Ii iij

propre fils Learque, en ces vers:

Hinc agitur furiis Athamas sub ima-
gine falsa
Tuque cadis patria , parue Learche
manu.

Delà Athamas est mené & induit
par les furies, souz vne fausse image: & toy petit Learque, tu meurs,
de la main de tõ pere. Plutarque
en son Romule, escrit de Cleome
des d'Astipal , homme de forces
prodigieuses, lequel tiré de la fureur, & de la brutalité, dõnãt du
poing sur vn pilier, qui soustenoit
l'escole publique de la ville, ietta
la maison, sur les enfans , lesquels
furẽt tous occis, souz ces furieuses
ruines. Mais Herodote en faict
mẽtiõ d'vne autre fort solénelle,
de Cleomenes Roy des Lacedemoniens, lequel estant deuenu fol
& brutal, dõnoit du sceptre, sur le

Cleomedes furieux.

visage d'vn chacun, & comme il
fust mis aux ceps, & emprisonné
par ses parés, il print vn cousteau,
de la main d'vn des gardes, & se
diuisa les membres de soymesme,
commanceãt par la partie infe-
rieure, & arriuant iusques aux extremes du chef:à raison dequoy il
se desmembra du tout, de soymesme. Saxõ Grammerië faict men-
tiõ aussy d'vn certain Athlete ou *Arthene*
luteur appellé Arthene, lequel en- *furieux.*
tra en si grãde furie, qu'il rõgea à
belles dents, vn escu d'acier, comme si c'eust esté vn fromage : en-
gloutit les charbons de feu, cõme
autãt de cerises, & par le milieu
des flammes courut nud vn iour,
cõme s'il eust couru par vn iardin
pleï de roses, violettes, & fleurs. A-
pulée & Ouide descriuét de la folle fureur d'Aiax, fils de Telamon,

I i iiij

lequel deuenu furieux , pource
qu'il voyoit au loyer & prix des
armes d'Achilles , le cauteleux
Vlisse, preferé à luy , par le Iuge
ou President des Acheens, entrât
aux estables des bestes , les tuoit
toutes, comme si elles eussent esté
les mesmes Grecs, & en fin, il tout
na pareillement contre soymesme
le fer fatal, & setua: ce qui a donné occasion au tres-docte esprit
de l'Anguillara de former vne
stance memorable de sa fureur,
qui commence.

Anguil-
lara.

En l'huomo inuitto al fin dal dolor
vinto, &c.

Et en fin le diuin Arioste,pour vn
vnique exemple d'extreme folie,
raconte celle du furieux Roland,
en plusieurs stances. Ainsi ces des-
pourueuz de sens, furieux & bru-

taux, portent à eux mefmes & aux
autres auffy, grand dommage, hôte & preiudice. Mais parlôs maintenant de ceux là lefquels ont vne
legion de noms , comme de cerueaux terribles , indontez, endiablez, entrauerfez, precipiteux, trepanez, bigarrés , & heteroclites.

DES CERVEAVX
*terribles, indontez, endiablez, entra-
uerfez, precipiteux, trepanez, bigarrés & heteroclites.*

DISCOVRS LIII.

CEs defpourueuz de fens, &
Cerueaux diaboliques ap-
partiennent proprement à
ceux, qui ont toufiours la volonté
de faire mal , & ne l'ont iamais,
pour faire bien , & qui font touf-

iours comme piffres, prôtz à me-
ner les mains, comme font les braues & audacieux du monde, les
defpece fer, les taille-cantons, les
mange-cadenatz, lesquels ont le
diable à cofté, derriere, deuant à
la ceinture, deffus, & és mains.
Ceux cy eftoient appellez par les
anciés Romains, gladiateurs. Le
Poëte Horace fait mentió de Bithe & Bacchius, egaux en mechã-
ceté, & audace, qui eftoient de cete engeance: defquels eft deriué ce
prouerbe, *Bithus contra Bachium:*
quand fe trouuent deux de fes
fendans & hardiz endiablez, qui
combatent entre eux. Et Virgile,
en fon Aeneïde faict mention de
Dares temeraire, lequel voulant
faire du braue & du fendãt défia
Entelle au combat, duquel il fut
vaincu & furmóté. Ce qui don-

Bithe &
Bacchius
braues &
audacieux

Dares te-
meraire.

na lieu au prouerbe, à l'endroit de
S Hierofme, qui dit, *Dares Entellū* *S. Hieroſ-*
prouocat: quand l'on parle & deui- *me.*
ſe d'vn de ces braues, ayant desfié
aucun au combat , & lequel de-
moure apres vaincu, par celuy qui
ha eſté appellé de luy, pour ſe batre.   Anthée le Geant fils de la *Anthée*
Terre, eſt deſcrit, par les Poetes, *audacieux*
pour l'vn de ces temeraires & audacieux, ayāt le desfié Hercules à
la lutte cōtre luy, & eſtāt demouré vaincu. Et en cet endroit Ange Politiā, deſcriuāt le ſingulier
combat de tous deux, à compoſé
ces beaux vers, qui commancent,

In caluere animis dura certare pale-
ſtra, &c.

On ne ſcauroit dire cōbiē ſont au
dacieux, & endiablez ces cerueaux

icy, pource qu'ils vont peschant
les discordes & debats, comme
l'on faict le poisson auec le reth:
les bruits & rumeurs les delectet,
les tumultes leur plaisent, les contentions & querelles leur agreét,
les fureurs leur vont par la fantasie, quand ils viennent aux mains,
ce leur est vn des plus grands plaifirs & passetemps, qu'ils puissent
auoir. Ils font tout le iour, fur le
point de se battre, ils pensent à
toute heure à faire boucherie, ils
courent toute la nuict, tiennent
les rues, & n'ont autre plaisir, que
de donner fascherie & ennuy à
l'vn & à l'autre. Si tu les rencontre, ils prennent plaisir de t'empescher le chemin, passetemps à
ne se laisser cognoistre, recreatiō,
à te faire dire, qui tu es, leur es-
iouissance est de te leuer vn man-

teau ou vn chappeau, ils fe glorifient de te faire fuir : ils font ambicieux, pour fe faire reputer mau
uais garçons, & rudes efpées. Le
propre d'iceux eft de marcher, cóme Gradaffes, regarder de trauers,
& bicle , comme Rolands, fou-
droyer de colere, comme Mandri-
cards, eftre bijarres, comme Mar-
phife : vanteurs, comme Ferrau:
fuperbes comme Grandoniens,
orgueilleux, comme Rodomont,
traiftres, comme Ganes, & fur tout
aucunesfois, viles, lafches & couards, comme Martan. Il n'eft pas
difficile de cognoiftre la nature &
qualité de ceux cy , pour ce qu'ils
la defcouurent & manifeftent à
tous, en vn inftant. Ils font, entre
autres chofes, tant defpiteux &
aifez à fe piquer, que le figne d'autruy feulement les molefte, vn re-

gard les fasche, vn ris les fait entrer en colere, vn geste les emplit
de rage,vne parole les met en fureur, vne menace leur fait ietter
vn plus grand feu &ardeur,qu'vn
Montgibel. Le propre d'iceux est
de porter leurs chappeaux sur les
yeux,auec la plume au vent,& les
rebras retroussez , le bouquet à
l'oreille,ou droicte,ou senestre: le
secret cabasset en teste : la maille
sur le dos : les espées & dagues au
costé,les pistoles,dessouz la cappe
& autres battons deffenduz: & en
somme le diable en la teste, & au
cerueau. Quand tu regardes ceux
cy, tu vois en leurs faces des regards d'Atrées : en leurs yeux, tu
remarques les foudres de Iupiter:
en leur port & côtenance, tu vois
les trescruels & farouches Ciclo-
pes,en la voix,les Poliphemes, en

leurs mains, tu notes les Briarees.
Mais laiſſons là ces vrais diables,
& parlons de ceux, qui s'appellẽt
Cerueaux, qui ordonnent & font
à leur fantaſie, qui font moindre
mal, en quelque choſe q̃ ceux cy.

DES CERVEAVX
qui ordonnent, & ſont faicts à leur fantaſie.

DISCOVRS LIIII.

LEs deſpourueuz de ſens & cer
ueaux qui ordonnẽt eux meſmes, & ſont faicts à leur fantaſie, ſont ceux, qui n'aduiſent aux
loix, ou à la raiſon, ou à la iuſtice,
mais ſe gouuernẽt ſelõ la fantaſie
de leur propre cerueau, ne re-
cognoiſſans autre pour vray maiſtre & conducteur que leur

cerueaux: lefquels font beaucoup
de mal, comme l'on peut voir, par
ce qu'eftant la loy, (comme dit
Vlpian) Roine de toutes les chofes humaines & diuines, la vertu
de laquelle (comme dit Modefti-
nus) eft de commander, octroyer,
punir, défendre, ou prohiber, &
n'eft poffible de trouuer office
qui furpaffe ces dignitez là, iceux
non moins iniques que temeraires, mefprifent neantmoins les
Seigneurs du monde, & Dieu
mefme. Pomponius, és loix, deffi-
nit qu'elle eft le don & inuention
de Dieu, & enfeignement de tous
les fages: à raifon dequoy eft à cô-
clurre, que les efprits font tref-
fols & defpourueuz d'entendement, qui s'eftabliffent vn propre ftatut & ordonnance, de leur
cerueau. Tous les peuples ont receu

Vlpian.
Modefti-
nus.

Pôponius.

ceu loix de quelqu'vn, comme les
Aegyptiens d'Oſiris: les Baċtriãs,
de Zoroaſtre, les Perſes, d'Oroma
ſus : les Carthaginois de Chari-
nondas : les Atheniẽs, de Solon:
les Scithes, de Zamolſis, les Cretois, de Minos : les Lacedemoniens, de Licurge : les Romains,
de Pompilius, & ceux cy n'entendent autre loy, que la folie de leur
teſte, & ce que leur diċte la fantaſie de leur propre cerueau. Que
ſert la loy de nature? que ſert l'an-
cienne eſcrite ? que ſert la nouuelle? quoy la ciuile ? les Papiria-
nes ? celles des douze tables ? les
Flauianes? les Hortenſiẽnes ? les
Emilianes ? les Honoraires ? que
ſeruent les decrets? les canons?les
bulles ? les conciles ? les Sinodes?
les reigles ? les ordonnances?puis
que ceux cy ont pour loy, leur

K k

chef, & leur fantafie, pour ftatut
& ordonnance ? Voit on pas en
ceux cy vn autre Demonax, qui

Demonax
contraire
aux loix. appelloit toutes les loix inutiles
& fuperflues ? que feruent les
comments de Balde, les expofi-
tions de Barthole, les declarations
d'Imola, les glofes ordinaires des
Docteurs, tant de liures, tant d'ef-
critures, tant de labeurs, s'il eft
ainfi qu'il faille faire à fa fantafie?
que feruent les offices, les gou-
uernemens, les feigneuries, les
magiftrats, les commandemens,
les peines, puis qu'il n'y a autre
loy que celle de fon humeur?
Que fert le prouuoir, le confeil-
ler, le fubuenir, le prendre ou
ofter, le donner, fi ainfi eft que
chacun doiue faire felon fa propre volonté ?quels tintoains font
ceux cy que l'on a en la tefte?

quelles folies , & quelles pures
fottiſes ſont celles cy ? l'on oſte
l'obeiſſance , l'on retranche la
raiſon, l'on eſtaint la iuſtice, l'e-
quité eſt ſupprimée, faut il que la
folie & la frainefie de la teſte regne tant ſeulement ? Où ſont les
ordonnances anciennes ? les anciennes loix & conſtitutions ? où
ſont les vſages , où les couſtumes?
ſont elles abbatues , ſont elles a-
baſtardies & allées en ruine ? la
ſeule volonté ſans gouſt d'vn, domine elle ? l'humeur ambicieuſe
d'vn ? la frenaiſie d'vn ſeul cerueau ? toutes les loix ſeront elles
baniɛs , à fin que ce caprice regne
à iamais ? O ſtatutz faulx ! ô fantaſies eſtranges & pleines d'er-
reur ! O fondemens fallacieux!
Quiconque veut preferer ſon
cerueau aux anciennes ordonnà-

K k ij

tes , est vraiment vn fol , pource
que l'experience l'a demonstré en
tous les temps , en tous les siecles,
& en tous les âges. Adam , pour
preferer son cerueau à l'ordonnance de Dieu , ruina toute l'humaine race. Les enfans d'Israel
s'en allerent dispersez , pour ne
vouloir garder & obseruer la loy
du Seigneur. Rome tomba en
ruine (dit Marc Aurele) lors que
les anciennes loix , ordonnances
& coustumes Romaines, ne furêt
plus en telle estime & reputation
qu'elles souloyent,& commance-
rent à s'abastardir. L'antique
Grece s'en alla en decadence &
fut dispersée, quand les ordōnan-
ces de Licurge de Solon y defail-
lirent. La Religiō des Templiers
vint à s'estaindre , lors qu'ils ne
se soucierent plus des reigles &

M. Aurele

loix de leur cheualerie. La Republique de Pise s'abastardit, lors-
que les loix du pays furent par
l'audace & arrogance abolies &
dominées. Sera il possible qu'au-
cūs toicts & couuertures de mai-
sons puissent subsister, sans murailles ? aucunes murailles, sans
fondemens ? aucuns fondemens,
sans terre ? il n'est pas besoin de
cauer tous les iours des puits, nouueaux, mais il faut refaire les
vieils, pource que l'eau nouuelle
n'a en soy la preuue qu'a la vieille,
ayant esté en plusieurs essais, experimentée. Qu'est il besoin de
tant de nouueautez d'aduis, de
preceptes, de commandemens,
d'inhibitions, de peines, inuentées par l'arrogance du monde, &
par la seule conuoitise de regner?
Que l'on obserue vn peu la cha-

K k iij

rité Euangelique, qui n'a plus d'egard à l'vn qu'à l'autre : la iuſtice des loix ciuiles & des canons, que l'on deuroit ſur tout obſeruer & entretenir, les reigles & les conſtitutions de noz predeceſſeurs, leſquelles d'vne voix plaintifue ſe lamentét & plaignent d'eſtre propoſées aux nouuelles ordonnances de ce ſiecle, non moins éhonté qu'ambicieux. Que l'on voye les poinſts de la raiſon, tant odieux à aucuns, que l'on eſtudie les Decrets, les Conciles, les Sommes, les Bulles, deſquelles choſes l'on ne ſçait pas ſeulement les tiltres: que l'on voye les Gloſes, les Doſteurs, qui ſe gaſtent & égarent entre la pouldre & les araignes: que l'on ne compoſe iournellement nouuelles fantaſies, ſans gouſt, vaines & inutiles, com-

me aucuns font , lefquels ont
plus grand meftier de fel , que
d'arrogance , & d'helebore que
de prefomption. Refte donc que
ces cerueaux defpourueuz de fens
& iugement foiét dignes de trefgrand blafme, comme trop fingu-
liers à eux mefmes, & trop infupportables aux autres. Mais faifons
fin, par ceux là, defquels le diable mefme (comme dit le vulgaire) ne fe veut empefcher.

DES DESPOVRVEVZ
d'entendement & cerueaux def-
quels le diable mefme (comme
dit le vulgaire) ne fe veut
empefcher.
DISCOVRS LV.
CErtainemét la verité ne porte ꝗ l'on trouue des cerueaux
tels, defquels le diable , tant vi-

cieux foyent ils, ne fe vueille empefcher: car pour l'augmentation
de leur dommage , & pour l'ac-
croiffement du vice, il y efpand la
poifon de fa mauuaife & peruerfe nature: mais cecy eft vne manie
re de parler du vulgaire, qui s'applique volontiers à cete forte de
perfonnes, lefquelles ont vn efprit
propre à renuerfer & mettre le
monde deffus deffouz , luy occa-
fionnant vne fi grande confufion,
qu'il deuienne comme vn Enfer.
A cete caufe, pouuans , par leur
peruerfité, eftablir & conftituer
vn Enfer de confufion , és eftats
de ce monde, les mettans tous en
tref-grande combuftion & ruine,
le vulgaire dit , par vne certaine
raifon, que le Diable ne s'en veut
empefcher, pource qu'ils femblét
tout & autant que luy : car il

porte quant & foy là où il va &
là où il s'arrefte, vn enfer de confu
fion & d'obfcurité.

On lit à ce propos,en Aule Gel
le,que Xantippe femme de Socrates fut tant peruerfe , & maligne,
que le trefpatient Philofophe ne
pouuoit habiter en paix & con-
corde,en maniere que ce fuft,auec
elle, mettant tous les iours,par fes
cris,iniures,plaintes,& bourdon-
nemens,toute la maifon en trouble & rumeur,de maniere que fa
maifon fembloit proprement vn
Enfer. Quand le diuin Ariofte de
paint la maudite vieille Gabrine,
il luy attribue vne fi grãde peruerfité,& malice,qu'il l'a faiɗ par vne
nouuelle hiperbole,furpaffer celle
du diable. Ouide en fes Metamor-
phofes a defcrit le monuement des
fils de Titan, auoir efté tant terri-

Aule
Gelle.

Ouid:.

ble & tumultueux , qu'il mit en
horreur, crainte & confusion tous
les Dieux du ciel , contre lesquels
ils s'esleuerent:& principallement
Tiphée le Geant , les auoir par
sa presence , tous mis en suite, &
faict changer de forme ayant esté
par eux recogneu , par vn cerueau
de ceste sorte. Ce que l'Anguillara
depaint és vers qui commancent
ainsi:

Ch'a pena con Tifeo &c.

Herodote en ses histoires, recite
vn exemple d'vn certain Amasis,
lequel fut tant meschãt &peruers,
que desrobant , il mettoit toute
personne en confusion : & sem-
bloit que le Diable ne se vouluft
mesler de son faict, pource qu'ayãt
plusieurs fois volé & desrobé les
temples des Idoles, & les biens de
plusieurs personnes , il auoit ceté

couſtume de conduire ceux qui de-
mandoyent quelque choſe, deuant
l'Oracle, duquel auec tous ſes bri-
gandages, larcins & voleries, il fut
ſouuentesfois deliuré & abſoubz.
Xerxes Roy des Perſes eſt noté
d'vn cerueau de telle ſorte, lequel
menacea Neptune Dieu de la
mer, de luy mettre les ceps aux
pieds, & d'enuironner le Soleil de
tenebres & de fumée. A ceſte cau-
ſe Strozza Pere, Poëte Latin treſ- *Strozza*
docte, a eſcrit d'iceluy, *Pere.*

> *Nec veluti Xerxes, Neptuno vincla*
> *minamur,*
> *Claſsibus inſolitum cum patefecit*
> *iter.*

Et Ouide en vne ſienne Elegie, a
depaint le cerueau de Diomedes
tel, fils de Tidée, pource qu'il fit le
diable en la guerre de Troye, ayãt
meſmes la hardieſſe de frapper

la Deeſſe Venus, là où il dit:

Peſſima Titides ſcelerum monimen-
ta reliquit,

Ille Deum primus perculit.

En ſommes telles gẽs ſont propremẽt de ceux, deſq̃ls le vulgaire dit,
que le diable ne ſe veut empeſcher
de leur faict, pource qu'il ſemble,
qu'ils ſoyẽt auſſi puiſſans que luy.
Quelle difference ferois-tu, de la
maudite Iezabel, à vn diable, ayãt
icelle ſeule renuerſé la maiſon
Royalle, d'Acab, par ſon extreme
peruerſité & malice? quelle choſe
ſçauroit l'õ trouuer plus maudite
& peruerſe qu'Athalie, qui mit
d'elle meſme, tout le Royaume
d'Iſraël en confuſion? Faut-il pas
appeller vn Enfer nouueau la mai
ſon de Commodus, celle de Neron, celle d'Heliogabale, qui furent rempliz de tous les vices dia-

Exẽple de
Iezabel
& d'A-
talie.

boliques du monde? Si l'argument
& indice d'vn ceruæau de la susdi-
cte sorte, est de renuerser toute
chose, dessus dessouz, c'est vne cho
se certaine, que plusieurs se trouuent de ceste espece, outre ceux q̃
nous auons mentiõnez. Theodontius, à ce propos, raconte, que Liti-
gius fils de Demogorgon, ne ce-
dant au Diable à mettre tout en
confusion, estant chassé par Iupiter à cause de sa deformité & horreur, descendit en Enfer, & incita
les Furies, à molester l'Empire d'i-
celuy, à cause de l'outrage qu'il luy
auoit faict, & s'efforcer en cet endroit de ruiner & confondre le
ciel, le mettant dessus dessouz. Be- *Berose.*
rose ancien Historien narre du superbe Nembroth, lequel s'accorda
auec les autres Geãs de bastir & e-
difier la celebre tour de Babel, afin

d'eftre egal à l'immenfe Seigneur
& Roy de l'Vniuers. Ceux cy dóc
fe peuuent dire, par prouerbe , les
cerueaux fuiz par le diable mefmes, comme fes concurrents & du
tout emulateurs. Or par les exé-
ples fufdicts , il eft aifé à cognoiftre, de quelle forte de cerueau sót
ceux , lefquels occupans la liberté
des Republiques , des Eftats , des
Villes, mettent toute chofe en rui
ne & confufion , femblables à A-
gatocles, oppreffeur de Syracufe: à
Alexandre Pherée, ryran de Thef
Noms de
Tyrãs &
diuers op-
preffeurs.
falie, à Pififtrate, d'Athenes: à Pe-
riandre, de Corinthe, à Melã, d'E-
phefe: à Phalaris, d'Agrigente: à
Hieron, de Sicile, à Ariftippe, des
Argiues: à Buffiris, de l'Aegypte:
toùs lefquels en leur tyrannie, ont
cóftitué vn Enfer d'Eftats & Roy-
aumes oppreffez. Et qui fera celui,

qui nie,qu'vn eſtat,vne Republique tyranniſée,ne ſoit comme vn
Enfer?le feu de la diſcorde,qui allume les cœurs de tous les citadins,y eſt il pas au dedans?ny voit
on pas la fumée de la treſ-facheu-
ſe ambition de ſon tyran? le ſoulphre puant de ſes villenies & deſ-
hôneſtetez y eſt il pas?la glace qui
refroidit ſon cœur de la charité &
amour enuers les freres, y eſt il
pas?y voit on pas l'horreur & l'eſpouuantement,queles timides reçoiuent principallement de ſon
faict?y voit on pas les tenebres de
l'ignorâce vers les merites des vertueux? les vers de l'indignation &
de la haine, qui ronge, au dedans,
les entrailles des ſubiuguez, y ſôt
ils pas?les cris de ceux qui ſont pri
uez de liberté, & aſtraints au rigoureux ioug de la ſeruitude,y ſôt

Simbole
& accord
d'vn eſtat
tyrániſé,
auec
l'Enfer.

il pas?les peines & les tourmés des
angoisses,& des autres maux, que
donne le Tyran aux pauures & mi
serables subiets, y sont ils pas?ny
oit l'on pas les lamentations & les
plaintes des pauures ames,priuées
de consolation & de confort? y a
il pas vne perpetuelle seruitude
d'vn ioug insupportable ?y a il pas
vn continuel blaspheme,& male-
diction contre la maudite ambition de l'Oppresseur? y a il pas vn
appetit & desir cōmun de sa mort?
y a il pas vn coeur enragé contre
luy?les Furies infernales de l'ire à
l'encontre des pauures subiects y
sont elles pas?y voit on pas ce Cer
bere abboyant,du continuel mur-
mure contre le tyran inique?y voit
l'on pas ce Tantale bruslant de la
soif,qu'il a du sang & de la vie des
pauures?y voit on pas ce Sisiphe
roulant

roulant la pierre de la vanité du trauail, pour la mettre en bas ? y voit l'on pas ce fleuue Cocire, aux ondes obscures & tenebreuses, où les esprits sont plongez en la haine & rancune contre luy? l'eau de Lethe y est elle pas, d'vne perpetuelle oubliance des actes iustes & pleins de charité, desquels le mechant & inique dominateur n'a plus de souuenance? y voit l'on pas ce Minos & ce seuere Radamanthe du cruel tyran, tant rigoureux & austere enuers tous? y voit l'on pas cete belle Proserpine, par les belles parolles, & par la belle apparence exterieure qu'elle demonstre enuers quelques particuliers ? y voit l'on pas ce Pluton infernal, ayāt l'entédemét superbe & malī, songneux aux dōmages de

L l

tous, le plus qu'il luy est possible? y
voit on pas ce marais Stigien, où
s'abaissent tāt de persónes qui me
ritent? y voit l'on pas les portes
infernalles de l'ambition & simo-
nie, qui sont ouuertes aux vicieux
& meschans? y voit on pas finalement ce Caron barbu de vice &
peché, qui passe le Tyran, à cause
de son iniustice & iniquité, & les
subiects, pour leur impatience, à
l'autre riue infortunée? Or quelle chose nous defaut, en l'estat de
tyrannie, pour le faire vn enfer?
Le tyran est il pas, en apres, vn
Lucifer, plein d'ambition? vn Sa-
tan amy de discorde? vn Asmodée
remply d'ardante luxure? vn Mā-
mon, qui entend à enrichir les
siens? vn Leuiatan enuieux du
bien commun? vn Belzebut gou-
lu de festins, banquets, & de ca-

reſſe? vn Beelfegor pareſſeux , és
aiſes & commoditez de cete vie?
vn Follet, qui va deçà & delà dōner ennuy & deſtourbier à tout
le peuple? Voila donc proprement
les cerueaux, qui ne ſont moindres dĩables que le diable meſme.
Icy ſoit la fin & l'accompliſſemēt
de noſtre Theatre formé & reduit
à la pefection que la grace diuine
nous a permis. Parquoy nous l'of-
frons ioyeuſement aux yeux de
chacun, ſoit parfaict, ou imparfaict, eſperant que ſi la forme d'a-
uanture n'agrée au iugemēt treſ-
accort de ſes ſpectateurs, il ſera au
moins & pour la matiere, & pour
la nouueauté de la fantaſie de ſon
Architecte, agreable à la veuë des
perſonnes. Ce qu'auenāt, le monde iouyra, en brief, auec la faueur
de Dieu, d'vne machine plus grã-

de, & plus delectable à voir. Ce
pendant qu'il iouïsse, en pais, de la
veuë telle quelle de ce petit Theatre, attendant la disposition du superbe edifice, lequel est preparé
en l'idée & fantasie du mesme auteur.

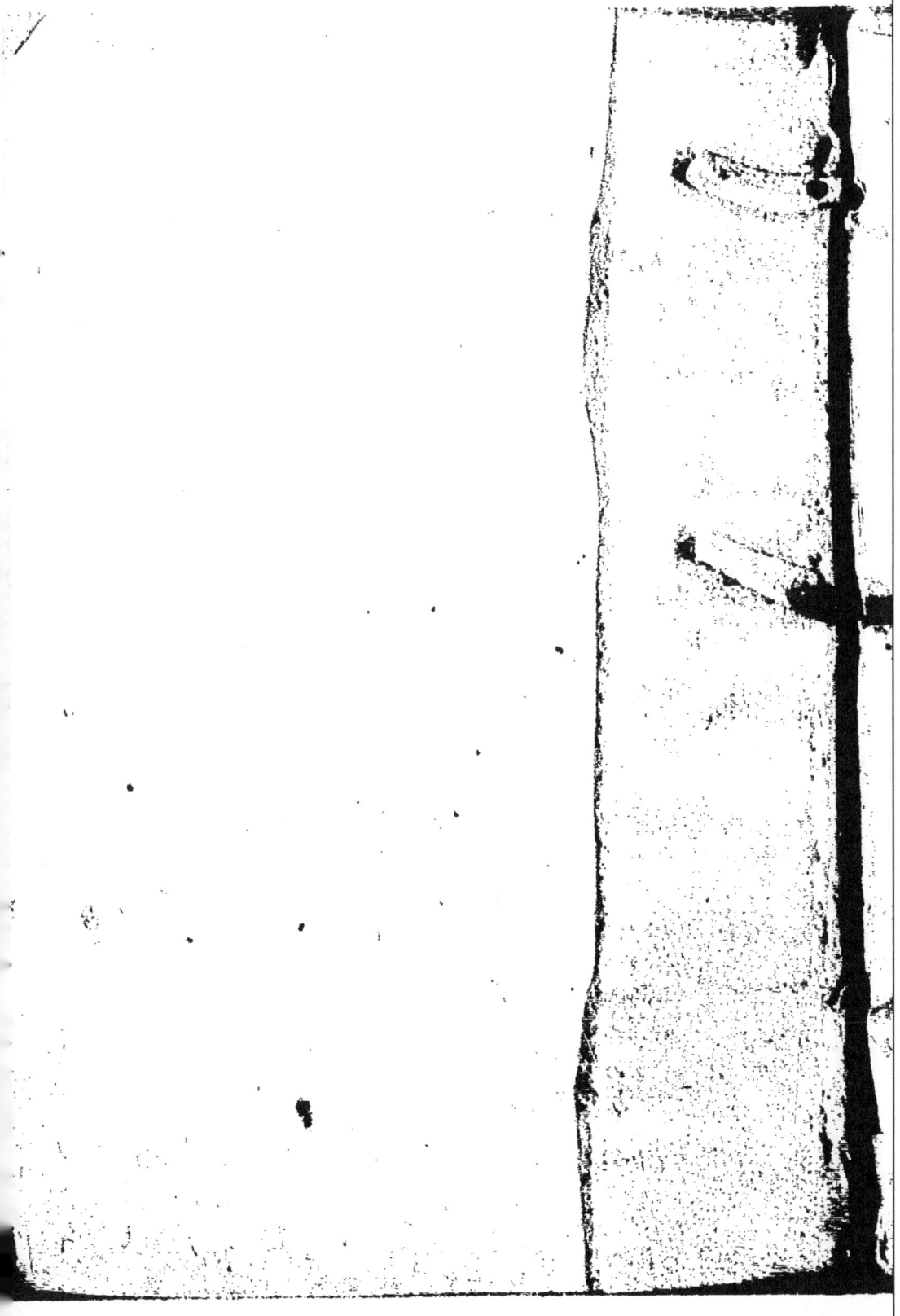

c

1. 8/